Scherz Krimi

Spannung mit Niveau

GARDNER, E. Stanley

Der Blutsauger
Die einsame Erbin
Die falschen Würfel
Frühstück für eine Million
Das Geheimnis des Kanarienvogels
Geschäftsmann mit Vergangenheit
Der goldene Köder
Guter Ruf ist teuer
Handel mit dem Schicksal
Der heulende Hund
Die kalte Spur
Katzen haben scharfe Krallen
Das Mädchen vom Golfplatz
Der Mann im Smoking
Motten im Nerz
Der nervöse Komplice
Party der Unschuldsengel
Die Pfotenspur
Rache in bar
Roter Drache, weiße Weste
Roulette mit dem Teufel
Schlafwandlers Nichte
Die schönsten Beine von Cloverdale
Schuß nach Mitternacht
Die schwarze Limousine
Die seltsame Braut
Die seltsame Nixe
Der unerwünschte Nachbar
Der vertauschte Casanova
Das vertauschte Gesicht
Was wußte Diana?
Wohin fuhr die Tote?
Zu treuen Händen

Erle Stanley Gardner

Der Mann im Smoking

Scherz

Bern - München - Wien

Einzig berechtigte Übertragung aus dem Amerikanischen
Titel des Originals: »The Case of the Haunted Husband«
Schutzumschlag von Heinz Looser
Foto: Thomas Cugini

5. Auflage 1980, ISBN 3-502-50521-7

Gesamtherstellung: Ebner Ulm

1

Stephane Olger stützte sich mit beiden Händen auf die Barriere der Garderobe, an der die Gäste des Nachtlokals *Zanders Tropennacht* ihre Hüte abgaben, und starrte wütend dem sich entfernenden Rücken des Geschäftsführers nach.
Hinter ihr stand Emily Carr, eine Brünette mit neugierigem Gesicht, und strich die Mäntel auf den Kleiderbügeln glatt.
»Also, das ist mir ein Flegel!« rief Stephane.
»Durch Liebenswürdigkeit hat der sich noch nie einen Namen gemacht«, bemerkte Emily Carr trocken und schob eine Taschenklappe zurecht. »Was wirst du jetzt tun?«
»Die Kündigung annehmen – und nicht mehr lange warten.«
Emily Carr wandte sich von dem Garderobenständer ab und ließ ihren Blick prüfend über Stephane gleiten. »Das wird nicht gehen, Stephane! Er ist verdammt gerissen. Du hast ihn von oben herab behandelt. Das paßt ihm nicht!«
»Aber ich weiß nicht, was mit dem Geld passiert ist, Emily! Ich erinnere mich genau an die Trinkgelder. Ich habe sie auch in die Schublade getan, und . . .«
»Und dann hat man dich fortgerufen, wie?« fragte Emily.
»Ja, warum?«
»Während du fort warst, hat er sie rausgenommen und das übrige Geld dringelassen. Dann hat er die Kasse geprüft. Du bist dafür verantwortlich. Du hast also Trinkgelder unterschlagen, und das ist etwas, das in unserem Beruf niemand hinnimmt.«
»Du hast nie solche Schwierigkeiten, Emily! Ich habe sie immer und in Mengen. Was mache ich verkehrt?«
»Du bist zu hübsch und gibst dir zu viele Blößen.«
»Ich habe gar nichts gemerkt.«
»Aber ich!«
»Jedenfalls habe ich es satt, Hüte aufzuhängen. Ich werde mir was anderes suchen. Ich habe eine Freundin in Hollywood. Kannst du dich noch an Horty erinnern?«
Emily schüttelte den Kopf.
»Sie hat mich während ihres Urlaubs besucht . . .«
»Ach so, die Dicke mit den Polsterkurven?«
»Genau.«
»Na, die kommt überall durch, möcht' ich wetten!«

»Da hast du recht. Die würde so was spielend erledigen.«
»Hör zu, Stephane, sei vernünftig! Stell nicht alles auf den Kopf, bloß weil . . .«
»Bin ich gekündigt?« fragte Stephane.
»Das hat er jedenfalls gesagt«, gab Emily zu. »Aber er meint es gar nicht so. Er meint, daß du jetzt mit Tränen in den Augen klein und häßlich zu ihm kommen sollst, um ihn sehr liebevoll davon zu überzeugen, daß jemand anders das Geld geklaut hat.«
Stephane sah auf ihre Uhr. »Glaubst du, daß du allein hier fertig wirst, Emily?« fragte sie.
»Wenn es sein muß, schon.«
»Jawohl! Wenn er zurückkommt und nach mir fragt, dann sag ihm – ich hätte mich entschlossen, mich nach einer anderen Stellung umzusehen.«
Emily Carrs Mund verzog sich zu einem schnellen Lächeln. »Das wird ihm sicherlich sehr gefallen.«
»Na, hoffentlich.«
»Brauchst du Geld?«
»Nein, ich fahre per Anhalter.«
»Hast du eigentlich noch einen anderen Vornamen, Stephane?«
»Ja, Claire. Warum fragst du?«
»Weißt du, ich würde den Namen Olger ablegen. Der hört sich so hart an, und bei deinem Teint wirkst du damit so fremdartig. Nenn dich doch Stephane Claire! Das reicht. Man kann nie wissen, Kindchen, vielleicht hast du eine Chance in Hollywood! Und wenn du die kriegst, dann wirst du es zu etwas bringen! Du bist keine von den üblichen Blondinen, die schnell verblassen. Du hast diesen gewissen goldenen Schimmer. Du bist wie aus Stahl, aus der Art Stahl, der seine Qualität nicht verliert.«
»Danke«, sagte Stephane trocken und zog den Mantel an.
»Du bist anders als wir übrigen in dieser Branche . . . Außerdem, du rennst doch vor etwas fort? Wovor denn – vor einem Ehemann?«
»Nein«, sagte Stephane müde, »sondern vor Geld, an dem Verpflichtungen hängen.«
»Was für Geld und was für Verpflichtungen?«
»Ein reicher Onkel, der glaubt, er könnte mir vorschreiben, daß ich und wen ich zu heiraten hätte.«

2

»Da vorn liegt Bakersfield«, sagte der Mann. »Es tut mir leid, daß ich nicht durchfahre.«
»Wie weit ist es bis Los Angeles?«
»Etwas über hundertvierzig Kilometer, mit dem Auto etwas mehr als zwei Stunden. Mir wär's lieber, Sie würden nicht darauf bestehen, noch heute nacht weiterzufahren.«
»Ach, um mich brauchen Sie sich nicht zu ängstigen. Ich habe in Los Angeles eine Freundin. Bei der kann ich wohnen.«
»Ich würde Ihnen gern ... ein Zimmer besorgen. Hier gibt es eine sehr gute Raststätte.«
»Nein, danke. Machen Sie keine Umstände.«
»Es ist ziemlich spät, und ...«
Stephane öffnete die Wagentür. »Haben Sie vielen Dank. Die Fahrt und alles andere hat mir sehr gefallen. Sie waren wirklich ... reizend.«
Sie reichte ihm die Hand. Er hielt sie einen Augenblick in der seinen; er war ein Mann Ende Vierzig, für den ein Mädchen von vierundzwanzig ein reines Kind war. Seine Besorgtheit war schmeichelhaft, aber lästig. »Ich komme schon weiter«, sagte sie, entzog ihm ihre Hand, stieg aus und schloß die Wagentür.
Die Handtasche in der Linken beobachtete sie, wie die Schlußlichter seines Wagens entschwanden, und blickte dann hoffnungsvoll auf die große Verkehrsstraße. Es war erst kurz nach zehn. Gegen ein Uhr konnte sie in Los Angeles sein.
Beinahe eine Minute lang kam kein Wagen vorbei. Dann tauchten gleich vier hintereinander auf, mit blendenden Scheinwerfern. Stephane wußte, daß Wagen, die in einer Schlange fahren, selten anhalten. Jeder Fahrer ist zu sehr damit beschäftigt, die anderen zu überholen, als sich um Anhalter zu kümmern. Sie trat ein paar Schritte zurück.
Aufheulend fuhr der erste Wagen vorbei. Der Luftzug riß ihren Rock hoch. Automatisch hob sie die Hand. Der zweite, dritte und vierte Wagen rasten vorbei. Der fünfte kam mit einem leichten Rauschen heran und schoß vorbei wie eine Rakete. Dann leuchteten seine roten Bremslichter auf. Der große Wagen schwankte leicht, als er sein Tempo verminderte.
Stephane hoffte, der Wagen würde zurücksetzen, doch das tat er nicht, und als sie auf gleicher Höhe mit ihm war, wurde ihr

klar, daß der Mann am Steuer nicht der Typ war, der so etwas tun würde.
Er paßte in jeder Beziehung zu dem arroganten Luxus des Wagens. Er war Anfang Dreißig, mit dunklen, unverschämten Augen, die sie vom Kopf bis zu den Beinen musterten, als sie neben ihn auf den Sitz kletterte. Er trug einen Smoking und darüber einen leichten schwarzen Mantel. Am Ringfinger blitzte ein Diamant, und Stephane bemerkte den schwachen, aber unverkennbaren Geruch von Whisky. Er hatte einen kurzen, schwarzen Schnurrbart und vom Trinken gerötete Augen.
Der Mann schaltete. Das Geräusch des Motors wurde zu einem beruhigenden Wispern, als der Wagen vorwärtsschoß.
»Nach Los Angeles?« fragte er beiläufig, als sie das Ende des Boulevards erreichten.
»Ja. Fahren Sie so weit?«
»Hm. Sie frieren wohl?«
Sie wußte, was jetzt kommen würde, daher lächelte sie trotz der Kälte, die seit Sonnenuntergang herrschte, und meinte: »Nein, mir geht's großartig. Danke.«
»Im Handschuhfach ist eine Flasche. Anständiger Stoff.«
»Mir geht's großartig.«
»Trinken Sie was. Dann wird Ihnen warm.«
»Nein, danke.«
»Na schön, wie Sie wollen. Wir werden auf der Strecke irgendwo halten. Ich brauche noch einen Schluck. Aber erst muß ich aus dem Stadtverkehr raus.«
Ein paar Minuten lang widmete er seine Aufmerksamkeit dem Fahren. Der Wagen glitt weich an den vier anderen vorbei, die vor ihm gewesen waren. Stephane blickte auf die Tachometernadel. Sie blieb ständig auf hundertvierzig.
»Von Geschwindigkeitsvorschriften halten Sie wohl nichts?« fragte sie lachend.
»Nein.«
Als sie Lebec erreichten, hatte Stephane ihren Fahrer genau eingeschätzt.
Der Mann hatte offensichtlich Geld und schien Vertraulichkeiten für selbstverständlich zu halten. Er hatte einen schnell funktionierenden, zynischen Verstand, und hinter seiner selbstgefälligen Sicherheit verbarg sich etwas Kaltes, Barbarisches – eine Verachtung für Frauen.

Die elektrische Heizung sandte einen Strom warmer Luft aus, die ihre Fußgelenke streichelte und ihre leblos gewordenen Füße aufwärmte. Der Mann war ein guter Fahrer, in etwas mehr als einer Stunde mußten sie in Los Angeles sein. Sie würde ihn mit netten Redensarten hinhalten und bis zum Ende mitfahren. Stephane machte ihm sowenig Avancen wie möglich. Sie sprach gerade so viel, wie nötig war, um ihn daran zu hindern, daß er sie auf freier Strecke rauswarf, wozu er durchaus fähig zu sein schien.

Sie fuhren jetzt schneller. Stephane konnte spüren, wie der Wagen trotz seines großen Gewichts in den Kurven leicht schwamm. Der Mann warf ihr verstohlene Blicke zu, voll unverhüllter Bewunderung. Sie tat, als sei sie sehr damit beschäftigt, durch das rechte Fenster zu sehen, um seinen Augen nicht begegnen zu müssen. Gott sei Dank war der Vordersitz breit genug, so daß er nicht . . .

»Komm, rutsch rüber, Baby!«

Sie sah ihn überrascht an.

»Na los! Nur nicht zimperlich!«

Sie lachte. »Sie brauchen Platz zum Fahren.«

»Den Karren kann man mit dem Finger dirigieren. He, was ist los? Du bist doch nicht so eine altmodische prüde Gans? Nun komm schon . . .«

Sein rechter Arm riß sie zu sich herüber. Er warf einen schnellen Blick auf die Straße, dann zwang er ihr Kinn nach oben, während er mit der linken Hand das Steuerrad hielt.

Sie sah seine Augen und spürte die Berührung seiner Lippen. Der Geruch des Alkohols drang ihr in die Nase. Sie machte sich frei, wobei ihr weniger daran gelegen war, sich der Umarmung zu entziehen, als das Zickzackfahren des Wagens zu verhindern. Ihre behandschuhte Hand fuhr auf das Steuerrad los.

»Passen Sie doch auf, wohin Sie fahren«, rief sie scharf.

Er lachte und riß ihre Hand weg. Der große Wagen war im Bogen auf die linke Seite geschossen. Jetzt kam er mit quietschenden Reifen auf die rechte Seite zurück, während ein empörter Autofahrer laut hupend an ihm vorbeischoß.

»Halten Sie an! Ich steige aus!«

»Nein, mein Kind! So haben wir nicht gewettet. Dies ist ein Nonstop-Flug.«

Sie bekam Angst, wollte es sich aber nicht anmerken lassen.

Ruhig öffnete sie ihre Handtasche und holte Puderdose und Lippenstift hervor. Sie zog ihren rechten Handschuh aus und tat etwas Lippenstift auf ihren kleinen Finger.
»Wir sind noch nicht fertig miteinander«, sagte er.
»Ich schon.«
»Du glaubst doch nicht, daß du bei mir mit so etwas durchkommst?«
»Wenn Sie anhalten, steige ich aus.«
»Da ist die Tür«, sagte er.
Vom Armaturenbrett hing ein Ring mit Schlüsseln herunter. Sie langte nach vorn, schaltete die Zündung aus und riß den Schlüssel heraus. Die Schlüssel warf sie in ihre Handtasche und klappte diese zu.
»Du freche, kleine Hexe«, sagte er und wollte sie packen.
Sie wehrte sich, und das Lippenrot auf ihrem kleinen Finger hinterließ einen langen, roten Streifen auf seiner Hemdbrust. Er griff nach ihrem Handgelenk. Der Wagen, dessen Zündung ausgeschaltet war, fiel langsam von hundertvierzig auf hundertzwanzig und hundert zurück. Er versuchte angestrengt, ihr die Handtasche zu entreißen.
»Vorsicht! Passen Sie doch auf!« schrie sie.
Der Wagen war weit nach links geglitten. Die Straße hatte drei Fahrbahnen. Die rechte Fahrbahn vor ihnen war von zwei Wagen blockiert. Ein großer Lastwagen mit Anhänger kam auf der linken Fahrbahn auf sie zu. Von der mittleren Fahrspur schoß das blendende Licht eines Scheinwerfers durch die Windschutzscheibe näher.
Der Mann riß das Steuer scharf nach rechts, trat automatisch auf die Bremse und versuchte, als der Motor darauf nicht reagierte, den Wagen mit der Handbremse anzuhalten.
Direkt vor ihnen waren Scheinwerfer. Sie wurden immer größer. Stephane schrie auf.

3

Zuerst spürte sie nur ein Pochen in der Brust. Irgend etwas Flüssiges tropfte aus.
Dann waren da Lichter, die ihr wie Messer in die Augen dran-

gen. Mühsam hob sie die Lider.
Eine männliche Stimme sagte: »Sie lebt! Sie hat die Augen bewegt.«
Dann waren ihre Sinne klarer, so daß sie sehen konnte und imstande war zu begreifen, was sie sah.
Sie saß hinter dem Steuer des großen Wagens. Ihre behandschuhte linke Hand und ihre bloße rechte Hand hielten es fest umklammert. Der Wagen lag auf der Seite auf einem steilen Hang. Aus dem Kühler lief Wasser. Die Scheinwerfer waren ausgeschaltet, der Motor abgestellt.
Irgend jemand richtete den Strahl einer Taschenlampe auf sie. Über ihr waren Leute. Durch das breite Fenster griffen Arme in den Wagen. Eine männliche Stimme sagte: »Fassen Sie doch mit an! Das Wrack kann Feuer fangen. Los, schnell! Können Sie Ihre Beine bewegen, Miss?«
Sie versuchte, sich aufzurichten. Ihre Beine schienen verdreht und leblos. Sie spürte, daß sie fiel. Nur das unerbittliche Zerren an ihren Handgelenken hielt sie aufrecht. Dann wurde sie hochgehoben.

4

Horty sah auf Stephanes blondes Haar hinunter, das auf dem Kopfkissen ausgebreitet war. »Du bist schon ein Haufen Unglück«, sagte sie.
Stephane lächelte. »So komm ich mir auch vor. Überall tut es mir weh.«
»Du hast Glück, daß nichts gebrochen ist. Nur einige schlimme Quetschungen und ein paar Nähte an deinem Bein. Dazu ein Riß an deiner Schulter, ist aber recht hübsch geflickt worden.«
»Werden irgendwo Narben bleiben?«
»Nicht an den Stellen, wo man sie sehen kann, es sei denn, daß du Schönheitstänzerin wirst.«
»Ich habe einen Geschmack im Mund wie der Geruch nach einer Aufsichtsratssitzung. Was ist passiert?«
»Du sitzt in der Patsche«, sagte Horty.
»Das kann ich mir denken. Ich kam her, um eine Stelle zu finden, und jetzt liege ich im Bett! Wie lange wird es dauern, bis

ich rauskomme, Horty? Sag mir offen, was los ist!«
Horty war eine Frau Ende Zwanzig und wog hundertfünfzig Pfund. Trotzdem wirkte ihre Figur nicht unförmig. Sie trug ihr Übergewicht in jenen erfreulichen Rundungen einher, die das männliche Auge mit Wohlgefallen betrachtet. Ihren Augen sah man an, daß sie vor Gutherzigkeit geradezu übersprudelte. Sie nahm das Leben, wie es kam, aß, was sie mochte, und machte sich nie Sorgen. »Gewiß, die Männer haben dünne, schlanke Frauen gern«, pflegte sie zu sagen. »Aber sie haben es auch gern, wenn jemand gutherzig ist. Gutherzigkeit verlangt eine Polsterung.« Horty konnte sich nie über Mangel an Verehrern beklagen.
»Nun red schon, Horty, wie lange muß ich hierbleiben?«
Horty blickte auf Stephane hinunter. Das Lächeln in ihren Mundwinkeln erlosch, aber ihre Augen waren immer noch voll Humor. »Du mußt ganz ordentlich getankt haben!«
»Was willst du damit sagen?«
»Na, weil du doch den Wagen von dem Kerl gestohlen hast.«
»Einen Wagen gestohlen! Wovon redest du eigentlich?«
»Hast du dir diesen feinen Schlitten etwa nicht ausgeborgt?«
»Um Gottes willen, nein. Ich fuhr . . .«
»Du hast den Wagen gesteuert.«
»Nichts habe ich getan, Hortense Zitkousky!«
Hortys Augen wurden ernst. »Du würdest doch eine alte Freundin nicht anschwindeln, nicht wahr?«
»Selbstverständlich nicht!«
Horty blickte sich im Zimmer um und senkte die Stimme. »Schon gut, Stephane, die Krankenschwester ist fort.«
»Aber ich sage dir doch, daß ich den Wagen nicht gefahren habe.«
»Als man dich fand, hast du hinterm Steuer gesessen.«
»Was ist denn aus dem Mann geworden?«
»Aus welchem Mann?«
»Aus dem Mann, der – der den Wagen gefahren hat.«
Horty schüttelte den Kopf.
»Ist jemand verletzt?« fragte Stephane.
»Eine Menge Leute. Du bist seitlich in einen Wagen auf der rechten Straßenseite gefahren, dann geradeaus gegen einen Wagen, der entgegenkam und den du an seiner Vorderseite gerammt hast, so daß er auf die andere Straßenseite hinüberflog.

Es war ein richtiger Zusammenstoß.«
»Aber ich habe doch den Wagen gar nicht gefahren! Wem gehört er denn?«
»Irgend einem großen Tier in Hollywood. Er ist gestern nachmittag gestohlen worden.«
»Gestern ... Was für ein Tag ist denn heute?«
»Donnerstag.«
Stephane versuchte, sich aufzusetzen, ließ sich aber dann, als sie spürte, wie weh ihr jeder Muskel tat, in die Kissen zurückfallen. »Eine Schweinerei«, stöhnte sie.
»Ach, so schlimm ist es nicht«, sagte Horty. »Den Wagendiebstahl können sie dir nicht anlasten, falls du bei deiner Geschichte bleibst. Daß du betrunken warst, kann man dir nicht nachweisen. Das Schlimmste, was man dir anhängen kann, ist rücksichtsloses Fahren – es sei denn ... bist du wirklich so angeheitert gewesen, daß dir alles gleichgültig war und du den Wagen gestohlen hast?«
»Red doch keinen Unsinn! Ich habe mich per Anhalter von San Franzisko aus durchmanövriert. Ich kann beweisen, daß ich gestern vormittag in San Franzisko war. Das Auto habe ich in Bakersfield angehalten.«
»Und hatte der Kerl schon getrunken?«
»Ja.«
»Wieviel?«
»Nicht zu wenig, aber auch nicht zuviel.«
»Hat er angefangen zu tätscheln?«
»Na ja, versucht hat er es natürlich! Das war ja gerade die Geschichte.«
»Hör, Stephane, du würdest mich doch nicht anschwindeln? Es handelt sich doch nicht um jemand, den du schützen möchtest?«
»Aber nein, mein Ehrenwort!«
Hortys Augen hörten auf zu zwinkern. »Also dann«, sagte sie, »sieht die Sache so aus, als brauchtest du einen Anwalt!«

5

Della Street, Pery Masons Sekretärin, hörte sich Hortys Geschichte an und sagte voller Bedauern: »Mr. Mason hat nicht die Zeit, kleine Fälle zu übernehmen und . . .«

»Und ich bin nur eine einfache Angestellte«, unterbrach Horty sie. »Ich habe etwas gespart. Ich bin bereit, das Geld für die Kleine auszugeben. Aber wichtiger ist, daß ich gut verdiene. Ich bin Sekretärin. Und arbeite für einen Mann, der kurzsichtig ist«, setzte sie prustend vor Lachen hinzu. »Von mir erwartet man nicht, daß ich ein Schmuckstück im Büro bin, daher kann ich es mir leisten, dreimal am Tag zu essen. Sagen Sie Mr. Mason, ich werde auf mein Gehalt einen Kredit aufnehmen . . .«

»Ich glaube nicht, daß das nötig sein wird«, sagte Della Street lächelnd. »Mr. Mason ist im allgemeinen ziemlich großzügig, wenn es um Honorare geht. Die Frage ist hier, ob er die Zeit hat, einen so kleinen Fall zu übernehmen. Entschuldigen Sie mich einen Moment, bitte.«

Sie ging durch die Bibliothek in Perry Masons Privatbüro.

Perry Mason, der in seinem bequem quietschenden Drehstuhl saß, studierte gerade eine Anfechtungsklage. Der Schreibtisch war voll mit Akten und ledergebundenen Gesetzbüchern. Er blickte auf. »Was ist los?«

»Der Fall selber wird Sie nicht interessieren, wohl aber die Frau!« meinte Della.

»Welche Frau?«

»Die, die draußen wartet.«

»Erzählen Sie«, sagte Mason und schob den Drehstuhl zurück, um seine Füße auf eine offene Schublade zu legen. »Geben Sie mir eine Zigarette dort aus der Schachtel, und erzählen Sie!«

»Sie ist Polin. Die Polen hängen, wie man sagt, wie Kletten zusammen. Deswegen tritt sie für eine Freundin mit Namen Stephane Claire Olger ein, die sich jetzt Stephane Claire nennt. Sie selber heißt Hortense Zitkousky.«

Mit kurzen Worten schilderte Della Street den Fall. Sie erwähnte dabei, daß die Polizei anderer Meinung wäre.

Mason runzelte die Stirn und sagte: »Ich will mit dem Mädchen sprechen, schicken Sie sie herein.«

Nachdem er Horty angehört hatte, sagte er: »Mir gefällt Ihre Treue Ihrer Freundin gegenüber. Vielleicht kann ich später etwas für sie tun. Aber jetzt brauchen Sie einen guten Detektiv. Auf dem gleichen Stock liegt die Detektivagentur Drake. Verlangen Sie Paul Drake selber. Sagen Sie ihm, ich hätte Sie geschickt, und er soll nicht zuviel Geld von Ihnen verlangen. Wenn er herausbringen kann, wer der Mann war, der den Wagen gefahren hat, ist Ihre Freundin gerettet. Selbst wenn er einen Zeugen ausfindig macht, der schwört, zwei Personen auf den Vordersitzen gesehen zu haben, so reicht das. Eine der in den Autounfall verwickelten Personen muß doch zwei Leute im Wagen gesehen haben. Bitten Sie Drake, er soll mir berichten, dann werde ich sehen, was ich tun kann.«

»Das ist großartig, Mr. Mason. Was nun das Honorar anbelangt, so habe ich . . .« Horty öffnete ihre Handtasche.

Mason wehrte mit einer Handbewegung ab. »Lassen Sie! Soviel Zeit werde ich auf den Fall nicht verwenden. Drake wird etwas Geld für seine Auslagen benötigen. An Ihrer Stelle würde ich nur für zwei oder drei Tage einen Detektiv engagieren und bezahlen. Ich glaube, das ist alles, was Sie brauchen. Ich hoffe es wenigstens.«

»Das ist schrecklich anständig von Ihnen, Mr. Mason«, meinte Horty. »Übrigens wußte Claires Freundin, daß sie per Anhalter nach San Franzisko fahren wollte. Würde deren Aussage etwas nützen?«

»Nicht viel. Wie ich gehört habe, behauptet die Polizei, Ihre Freundin hätte den Wagen in Bakersfield gestohlen. Drake soll sich auf Bakersfield konzentrieren. Falls sie beweisen kann, zu welcher Zeit sie ankam, hätte das einiges Gewicht. Möglicherweise kann der Mann, der sie bis Bakersfield mitnahm, von Nutzen sein.«

»Ich werde sie fragen. Nach ihren Worten war er riesig anständig. Vielleicht weiß er etwas.«

6

Paul Drake schob seine riesige Gestalt in den großen, für Klienten bestimmten Ledersessel. »Es geht um diesen Autozusammenstoß, Perry«, sagte er und zog ein Notizbuch aus der Tasche.

»Du meinst das kurvenreiche Mädchen?«
»Genau die.«
»Hast du was rausgebracht?«
»Ich hab' die Sache ein paar Tage verfolgt und weiß jetzt nicht, was ich machen soll. Hier arbeiten ein paar gute Leute dran, in San Franzisko ein Kollege.«
»Okay, schieß los!«
»Zu allererst folgendes: Jedesmal, wenn ich mich mit diesem Fall herumquäle, kommt mir etwas oberfaul vor. Diese Stephane Claire ist ein prächtiges Kind. Sie hat mit ihrem Onkel Krach gehabt, ist durchgebrannt und hat gelernt, auf eigenen Füßen zu stehen. Übrigens, nebenbei bemerkt, Perry, bildschön ist die Person! Dieser platinblonde Typ, weißt du.«
»Was stimmt denn bei Horty nicht?«
Drake grinste. »Wenn die dreißig Pfund abnähme, dann würde das . . .«
»Ihr ganzes Wesen ruinieren«, ergänzte Mason.
»Da hast du nicht so unrecht«, gab Drake zu. »Das Mädchen ist weiß Gott eine erfreuliche Erscheinung. Miss Claire hat mir erzählt, Hortys Freunde sind ganz versessen darauf, sie zu heiraten.«
»Ich wette, sie kocht gut.«
»Die Wette halte ich. Also, die Sache sieht folgendermaßen aus, Perry. Das Büro des Staatsanwalts ist verdammt rege. Der Mann, der verletzt wurde, ist gestorben. Das heißt soviel, daß man das Mädchen wegen Totschlag anklagen wird.«
»Hat man sich beim Staatsanwalt mit ihrer Geschichte befaßt?«
»Sie sind ganz versessen auf die Idee, daß sie den Wagen gefahren hat. Nach deren Version hat sich das Mädchen zwar bis Bakersfield mitnehmen lassen, genauso, wie sie es behauptet. Doch die Polizei ist der Meinung, der Mann, der sie mitnahm, hätte eine Flasche dabeigehabt und Stephane Claire hätte ihm keineswegs ungern geholfen, sie zu leeren. Bis sie in Bakersfield ankamen, hätte sie ziemlich heftig getankt gehabt. Dann sei sie in diesen Wagen, den ein anderer Dieb hatte stehenlassen, eingestiegen, habe festgestellt, daß er nach Hollywood gehöre, und sei losgefahren.«
»Hört sich idiotisch an.«
»Nicht idiotischer als die Geschichte des Mädchens selbst. Nun, wie dem auch sei, Perry, der springende Punkt ist folgender:

Der Wagen gehört Jules Carne Homan. Er ist Filmproduzent und ein großes Tier. Wahrscheinlich ist er ungefähr halb so groß, wie er sich einbildet, aber deswegen hat er immer noch eine Menge Einfluß. Vor ein paar Jahren hatte er eine Auseinandersetzung mit seiner Versicherungsgesellschaft, und daraufhin beschloß er, seinen Wagen anders zu versichern. Hör genau zu, Perry: Wenn der Wagen mit seiner ausdrücklichen oder stillschweigenden Erlaubnis gefahren wird, muß er bis zu zehntausend Dollar Schadenersatz tragen! Falls Stephane Claire diesen Wagen gefahren hat, dann wird er behaupten, er sei für gar nichts verantwortlich, da der Wagen nicht mit seiner Erlaubnis gefahren wurde. Falls der Wagen von einem seiner Angestellten – also irgend jemand, der für ihn arbeitet oder in seinem Auftrag unterwegs war – gefahren wurde, dann muß er den ganzen Kram bezahlen. Jetzt verstehst du also, was es für Homan bedeutet. Bei der einen Theorie kostet ihn der Schaden gar nichts. Kommt die andere Theorie durch, kostet es ihn zehntausend Dollar!«
Mason kniff die Augen zusammen. »Warum meinst du, daß der Wagen von jemand in seinem Auftrag gefahren worden sein könnte, Paul?«
»Weil verdammt viel dafür spricht, daß sich die Sache so abgespielt hat.«
»Raus mit der Sprache!«
»Tja, ich fuhr also hin und besuchte Homan. Dabei erreichte ich nichts. Er war gemein freundlich, in einer beleidigenden Form. Irgend etwas stimmt bei ihm nicht. In erster Linie wirkt seine Geschichte, wie der Wagen abhanden gekommen ist, ziemlich faul. Von seinem Standpunkt aus sah die Sache richtig aus, doch wenn man sich in die Lage eines Autodiebes versetzt, hörte sie sich oberfaul an! Falls der Wagen nicht gestohlen wurde, dann muß er wissen, wer ihn gefahren hat. Außerdem kommt hinzu, daß der Wagen ungefähr um Mittag herum geklaut wurde. Nach Stephane Claires Erzählung hatte der Fahrer einen Smoking an. Autodiebe tragen keinen Smoking, wenn sie losziehen, um um die Mittagszeit herum geparkte Wagen zu klauen.
Also habe ich in der Annahme, daß Homan gelogen hat, ein wenig Detektivarbeit getan: Anrufe nach oder von Bakersfield liegen nicht vor, doch am Tag vor dem Unfall hat Homan San

Franzisko angerufen und San Franzisko ihn.«
»Hast du die Nummer?«
»Die Anrufe kamen alle aus einem billigen Mietshaus, der Apparat ist auf den Namen L. C. Spinney eingetragen – und mit diesem Spinney ist das recht geheimnisvoll.«
»Nun rede schon, Paul.«
»Dieser Spinney hat ein billiges Zimmer in einem billigen Mietshaus in einer billigen Gegend, mit Telefon und einer Geheimnummer. Ungefähr einmal im Monat läßt er sich dort sehen. Er hat eine Reiseschreibmaschine, auf der er Briefe herunterhämmert, die er abschickt. Er führt Gespräche mit Teilnehmern, deren Nummern wir bisher noch nicht feststellen konnten, aber andere Mieter im Haus haben ihn sprechen hören. Die Leute haben gehört, wie er Ferngespräche anmeldete und Schreibmaschine schrieb. Ein- oder zweimal im Monat bekommt Spinney Post. Um diese Post abzuholen, taucht er in unregelmäßigen Abständen auf. Manchmal bleiben diese Briefe zwei bis drei Wochen in seinem Briefkasten. Niemand hat Spinney selber zu sehen gekriegt.«
»Wieso?«
»Ja, das ist Tatsache! Das Zimmer hat er eines Nachts gemietet. Er hat einfach einen Taxichauffeur mit Geld und Handgepäck hinaufgeschickt. Er kommt nachts und geht nachts. Natürlich haben einige Leute ihn flüchtig gesehen. Er ist zwischen zwanzig und fünfzig, nicht sehr dünn und nicht sehr dick, trägt einen Mantel und einen Filzhut – und ziemlich häufig einen Abendanzug. Merkst du was? Also ein Mann, der in einem billigen Mietshaus wohnt, trägt einen Smoking! Was soll das heißen?«
Mason hatte die Augen halb geschlossen und dachte angestrengt nach.
»Es steckte ein Brief in seinem Briefkasten«, fuhr Drake fort. »Uns ist es geglückt, ihn zu fotografieren, ohne den Umschlag zu öffnen.«
»Wie?« fragte Mason.
»Ach, da hat man so seine Tricks. Mit Gegenlicht abfotografieren und so weiter. Jedenfalls konnten wir den Inhalt entziffern. Er lautet: Ich schicke fünfzehn Dollar, und das ist alles, was ich in diesem Monat erübrigen kann. Sagen Sie ihm, daß ich mich schon irgendwie durchbringe. Er soll mir einmal schrei-

ben, das würde mich sehr glücklich machen.«

»Wie war der Brief unterschrieben?«

»Nur mit ›Lois‹.«

»Von wem kam die Geldüberweisung?«

»Von einer Lois Warfield.«

»Hast du sie ausfindig gemacht?«

»Aber gewiß. Sie war zu Tode erschrocken, als mein Mitarbeiter von New Orleans sie aufsuchte. Sie arbeitet in einer Cafeteria. Ihr Mann hat sie vor ein paar Jahren verlassen. Da waren Schwierigkeiten, weil er meinte, sie bekäme ein Baby, aber dann kriegte sie keins. Sie haben über ein Jahr getrennt gelebt, und dann hat sie ihm geschrieben, daß sie ihn immer noch liebe und Geld spare, um zu ihm zu kommen. Angeblich war er in Hollywood. Als nächstes erhielt sie einen Brief von einem Freund ihres Mannes, es sei etwas passiert, Warfield stecke in der Klemme und könne ihr nicht einmal antworten. Allem Anschein nach verstecke er sich vor der Polizei. Zu der Zeit lebte sie in Ridgefield in Connecticut. Sie schrieb diesem Freund, sie werde nach Westen fahren und sehen, ob sie ihrem Mann helfen könne. Dann fing sie an, sich von einer Arbeitsstelle zur anderen durchzuschlagen. Als sie schließlich in New Orleans eintraf, erhielt sie einen Brief mit der Mitteilung, ihr Mann säße im Gefängnis. Doch sie hielt weiter zu ihm. Sie ist dauernd knapp bei Kasse, weil sie ihm Geld schickt.«

»Wieviel verdient Homan?« fragte Mason.

»Wahrscheinlich drei- oder viertausend Dollar wöchentlich. Das läßt sich nicht genau sagen. Bei diesen Hollywoodgehältern wird aus Gründen der Publicity eine bestimmte Summe genannt und für die Einkommensteuer eine andere.«

Mason stand auf und fing an, auf und ab zu gehen.

»Mir war es eigentlich zuwider, so energisch vorzugehen«, sagte Drake entschuldigend. »Dieses Mädchen mit dem gut gepolsterten Chassis hat nicht sehr viel Geld, und Telegramme und alles, was dazu gehört, kosten nun mal was.«

»Spinney konntest du nicht ausfindig machen?«

»Mit dem, was ich bis jetzt herausgebracht habe, nicht. Er kommt und geht. Vor ein paar Tagen hat er ein Telegramm erhalten.«

»Kannst du eine Abschrift kriegen?«

»Es ist gesetzlich verboten, daß man ...«

»Red keinen Unsinn!«
»Es ist nicht leicht. Es muß jemand zum Telegrafenamt gehen, sich für Spinney ausgeben und ...«
Della Street erschien in der Tür zur Bibliothek und sagte: »Ei, sieh da, Paul! Hoffentlich störe ich nicht. Ich habe eine Mitteilung, die gerade von Ihrem Büro kam.« Sie reichte Drake einen Zettel. Drake las ihn und gab ihn Mason. »Da hast du die Abschrift von dem Telegramm.«
Es lautete: HABE STELLE IN RIGLEYS CAFETERIA LOS ANGELES STOP MÖCHTE GERN IN SEINER NÄHE SEIN STOP ERKLÄRE ALLES MÜNDLICH STOP KANN PER ANHALTER FAHREN STOP LOIS.
Mason las es und riß das Blatt in kleine Fetzen. Er ließ sie in einen Papierkorb fallen und sagte zu Della Street: »Stellen Sie mir eine Verbindung mit dem Leiter von Rigleys Cafeteria her, Della. Sagen Sie ihm, es sei wichtig.«
Della nickte und ging in ihr eigenes Büro.
»Wenn ich mir die Sache genau betrachte, Perry«, sagte Drake, »geht es mir gegen den Strich zuzulassen, daß man dieser Stephane Claire ein Verfahren wegen Totschlag anhängt.«
»Ich werde dafür sorgen, daß sie nicht als Sündenbock für irgendeinen Filmproduzenten aus Hollywood auf die Anklagebank geschleift wird.«
»Es wäre vielleicht kein schlechter Einfall, Perry, wenn du sie aufsuchst. Sie ist reichlich deprimiert.«
»Hat man schon schriftliche Klage eingereicht?«
»Daran wird gearbeitet. Sie wird im Krankenhaus festgehalten. Das Büro des Staatsanwalts geht mit aller Strenge gegen sie vor. Ich kann den Eifer der Leute nicht verstehen – es sei denn, es steckt noch irgend etwas hinter der Geschichte.«
»Da ist Ihr Gespräch«, meldete Della Street. »Der Mann heißt Kimball.«
Perry nahm den Telefonhörer auf und sagte liebenswürdig: »Mr. Kimball, hier spricht Perry Mason, der Anwalt. Mich würde es interessieren, Näheres über eine Frau zu erfahren, der Sie eine Stellung versprochen haben.«
Kimballs Stimme klang herzlich. »Selbstverständlich, Mr. Mason. Es wird mir eine Freude sein, Ihnen, so gut ich kann, behilflich zu sein. Ich habe in dem Fall mit dem *heulenden Hund* Ihre Verteidigung gehört. Das haben Sie geradezu meisterhaft

gemacht. Was kann ich für Sie tun?«
»Ich möchte etwas über eine Mrs. Warfield aus New Orleans erfahren.«
»Ach!«
»Was ist?«
Kimball lachte und sagte als Entschuldigung: »Ich weiß nicht genau, ob ich Ihnen viel helfen kann, Mr. Mason. Sie hat eine Freundin, die hier arbeitet. Die Freundin versuchte, ihr eine Stelle zu besorgen, und ich – ich sagte, das wäre in Ordnung.«
»Wann fängt sie bei Ihnen an?«
»Gar nicht.«
»Ja, warum denn?«
»Nun – es ist so, daß ich meine Meinung geändert habe.«
»Können Sie mir erklären, warum?«
Kimballs Stimme klang gequält. »Ich bedaure! Die Sache ist die, daß die Stelle, die ich im Auge hatte, nicht frei wurde. Würde es Ihnen etwas ausmachen, mir zu verraten, was für ein Interesse Sie an der Dame haben?«
Mason lachte. »Ich bin mehr in Verlegenheit über Ihre Fragen als Sie über meine. Ich darf die Angelegenheit eines Klienten nicht erörtern. Ist das alles, was Sie mir sagen können?«
»Tut mir leid, Mr. Mason, das ist alles.«
»Na schön, haben Sie vielen Dank«, antwortete Mason und hängte ein.
»Klappt es nicht?« fragte Drake.
»Nein. Irgendwas ist passiert, das ihn veranlaßt hat, sie wie eine heiße Kartoffel fallen zu lassen.«
»Ich möchte wissen, ob dieses Etwas vielleicht ein Geflüster von Hollywood gewesen ist.«
»Du kannst wohl Gedanken lesen!« meinte Mason, ging zum Schrank und nahm Hut und Mantel heraus. »Kommen Sie, Della«, sagte er. »Wir wollen uns diese Stephane Claire ansehen.«
»Sie ist die Liebenswürdigkeit selbst«, meinte Drake und fügte einen Augenblick später hinzu: »Und ihre Freundin mißt annähernd einen Meter im Durchmesser.«
Della Street warf Mason einen Blick zu. »Sie dürfen Drake nicht zu ernst nehmen. Sie ist nämlich platinblond«, sagte sie, »und Sie kennen ja Paul!«
Mason grinste.

»Ehrenwort, Della«, rief Drake. »Sie ist ein anständiger Kerl.«
»Ich werde mich lieber selbst davon überzeugen«, meinte Della.
»Sag mal, Paul, hast du keinen Posten als Empfangsdame frei?« fragte Mason da.
»Wieso ich?«
»Stell dich nicht so an!«
»Wovon redest du eigentlich? Meine Empfangsdame . . .«
». . . braucht jemand zur Unterstützung«, unterbrach ihn Mason, »zumindest vorübergehend. Laß Lois Warfield mitteilen, sie soll herkommen. Schick ihr das Fahrgeld für den Omnibus, ich habe zur Zeit genug Schwierigkeiten am Hals mit Leuten, die per Anhalter fahren. Ich möchte sicher sein, daß sie heil ankommt.«
»Übernimmst du die Finanzierung?« fragte Drake.
»Die übernehme ich«, antwortete Mason, »und Hollywood wird dafür blechen.«
»Diese dicke Horty ist mit ihrer Kriegskasse am Ende.«
»Und ich fange mit meiner eben erst an«, sagte Mason. »Wenn ich bei dieser Sachlage niemand in Hollywood dazu bringen kann, die Geschichte zu bezahlen, hänge ich meinen Beruf besser an den Nagel.«
Drake seufzte. »Ich habe die ganze Zeit gehofft, daß du es so sehen würdest«, sagte er und fuhr wie elektrisiert aus dem Sessel hoch.
Mason, im Begriff, seinen Mantel anzuziehen, sagte: »Ich glaube, es wäre ein großartiger Einfall, Paul, sich Jules Carne Homans Foto zu besorgen.«
»Genau das habe ich auch gedacht und mich während der letzten vierundzwanzig Stunden darum bemüht. Es ist nichts zu machen.«
Mason blieb an der Schranktür stehen und starrte den Detektiv an. »Willst du behaupten, ein Filmproduzent hätte nicht seine Bilder über ganz Hollywood verstreut?«
»Genau das. Homan ist kamerascheu.«
»Fahr zum *Photoplay*. Die Leute verfügen über die besten Fotografen der Zeitungsbranche. Vor dessen Linse kann sich keiner verstecken – jedenfalls nicht, wenn der Fotograf auf eine Aufnahme versessen ist!«

7

Der große Überlandomnibus lief in der Endstation ein. Reisemüde Fahrgäste stiegen aus und gingen zur Gepäckausgabe, um ihre Sachen abzuholen.
Mit geübtem Blick betrachtete Drake jedes Gesicht, ohne sich anmerken zu lassen, daß er sich auch nur im geringsten dafür interessierte.
»Okay, Perry«, meinte er plötzlich, »die dort drüben dürfte es sein. Die mit dem braunen Mantel und dem braunen Hut.«
Mason betrachtete die Frau, die auf sie zuschritt. Sie war ungefähr dreißig Jahre alt, sehr schlank, feingliedrig und nicht sehr muskulös. Ihre Backenknochen traten um eine Spur zu stark hervor. Ihr Haar hatte eine kastanienbraune Farbe und wirkte strähnig und staubig.
»Wie deichseln wir die Sache?« fragte Drake.
»Wie besprochen.«
Mrs. Warfield blickte sich jetzt um, als erwarte sie, daß sie abgeholt würde.
»Sie wäre eine gutaussehende Person«, meinte Drake, »wenn sie eine bessere Frisur hätte.«
»Sie würde auch jetzt nicht schlecht aussehen, wenn sie ihre Schultern nicht so hängen ließe. Sie ist ziemlich müde. Okay, Paul! Sie sieht zu uns her.« Mason ging auf sie zu. »Sind Sie Mrs. Warfield?« fragte er.
Die Frau nickte, wobei in ihren müden blaugrauen Augen ein Funken Interesse aufleuchtete.
»Sind Sie der Mann, der – der die Stelle für mich hat?«
»Vielleicht.«
Ihr Gesicht ließ eine Spur von Enttäuschung erkennen. »Wieso? Ich dachte, es wäre abgemacht?«
Mason lächelte beruhigend. »Machen Sie sich keine Sorgen, Mrs. Warfield! Ich glaube, die Sache geht in Ordnung. Wenn nicht, bezahle ich Ihnen die Rückfahrt.«
»Aber ich will nicht zurück! Ich habe meine Stellung aufgegeben und brauche die Arbeit! Ich kann es mir nicht leisten zu faulenzen. Ich habe Verpflichtungen!«
»Ich möchte Sie mit Mr. Drake bekanntmachen«, sagte Mason. »Paul, hier ist sie.«
Drake lüftete seinen Hut, machte eine Verbeugung und mur-

melte ein paar Worte.
»Haben Sie schon zu Abend gegessen?« fragte Mason.
»Ah – ja, ich ...«
Mason lachte. »Dann kommen Sie. Wir können uns beim Essen weiter unterhalten.«
Sie zögerte einen Augenblick und sagte: »Ausgezeichnet. Dort ist ein Erfrischungsraum.«
Mason grinste Paul Drake an. »Männer mit so langen Beinen wie wir brauchen mehr Platz, als es dort gibt. Mir macht das Essen keinen Spaß, wenn ich die Knie an so eine Theke drücken muß. Kennst du nicht irgendein Lokal in der Nähe, Paul?«
»Doch. Es gibt etwas in diesem Block.«
»Es macht Ihnen doch nichts aus zu laufen?«
Mrs. Warfield lachte. »Ich bin den ganzen Tag auf den Beinen.«
Als sie kurz darauf in einer Nische des Restaurants saßen, sagte Mason: »Ich bin es gewesen, der Mr. Drake den Vorschlag gemacht hat, Sie einzustellen.«
»Was für eine Stelle ist es? Soweit ich verstanden habe, sollte ich in einem Büro tätig sein.«
»Das stimmt.«
Ihr Gesicht hellte sich auf. »Und das Gehalt ist achtzig Dollar?« fragte sie eifrig.
»Das Gehalt«, erklärte Mason, »beträgt hundert Dollar. Drake möchte, daß seine Empfangsdame sich gut anzieht. Bei einem Gehalt von achtzig Dollar könnten Sie das nicht.«
Mrs. Warfield starrte ihn an.
»Wir müßten aber etwas mehr über Ihre Vergangenheit erfahren«, fuhr Mason fort.
»Ich dachte, Sie wüßten genau Bescheid.«
»Wir wußten nur, daß Sie gut aussehen und eine Stelle hier an der Küste suchen. Sie sind natürlich verheiratet?«
»Ja.«
»Lebt Ihr Mann noch?«
Sie zögerte einen Augenblick und meinte: »Ja.«
»Sind Sie geschieden?«
»Nein.«
»Sie haben sich nur getrennt?«
»Ja, wir leben nicht zusammen – jedenfalls vorübergehend.«
Mason blickte Drake an. Drake verzog den Mund. »Das ist nicht

gut. Ich glaubte, Sie wären entweder Witwe oder geschieden. Ehemänner machen manchmal Schwierigkeiten.«
»Mein Mann wird keine Schwierigkeiten machen.«
»Nun, Sie wissen, wie das ist«, sagte Mason. »Nehmen Sie einmal an, Sie müßten bis spät in die Nacht hinein arbeiten, und ...«
»Ich werde alles, was verlangt wird, tun«, warf Mrs. Warfield ein.
»Sie werden natürlich eine Versicherung abschließen müssen, und die Versicherungsgesellschaft wird bestimmt etwas über Ihren Mann wissen wollen.«
»Was hat mein Mann mit meiner Versicherung zu tun?«
Mason lachte erheitert. »Zum Teufel, woher soll ich das wissen? Diese Leute stecken ihre Nase ständig in unsere Privatangelegenheiten.«
»Wenn du dir die Sache richtig betrachtest, Perry«, sagte Drake, »ist das von denen leicht unverschämt. Was spielt es für eine Rolle, wo der Ehemann ist oder was er tut?«
»Nun«, sagte Mason, »unter gewissen Umständen ist es wichtig. Sieh mal, er könnte zum Beispiel vorbestraft sein. Wo ist Ihr Mann, Mrs. Warfield?«
Die Kellnerin erschien, um ihre Bestellung entgegenzunehmen.
»Möchten Sie einen Cocktail?« fragte Mason Mrs. Warfield.
Sie zögerte.
»Ich glaube, sie möchte einen«, meinte Mason. »Bringen Sie uns drei Martinis, und machen Sie sie stark.«
Die Kellnerin nickte und ging.
»Nun?« fragte Mason.
»Er ... er ist ... ich glaube, er will nicht, daß bekannt wird, wo er ist.«
Auf Masons Gesicht zeigte sich Enttäuschung und Vorwurf. »Wir bringen Ihnen ziemlich viel Vertrauen entgegen. Unser Freund in New Orleans schien sehr daran interessiert zu sein, die Stelle für Sie zu bekommen, und empfahl Sie so warm, daß wir beschlossen ...«
»Ach, es tut mir leid«, unterbrach sie ihn. »Ich – ich kann es Ihnen beim besten Willen nicht erklären.«
Masons Stimme klang kühl. »Tja, Mrs. Warfield, wenn Sie natürlich diese Haltung einnehmen ...«
»Aber begreifen Sie nicht! Es handelt sich um ... um etwas, das

ich Ihnen wirklich nicht erklären kann.«
»Ganz wie Sie wollen«, antwortete Mason förmlich. »Möchten Sie eine Zigarette, Mrs. Warfield?« fragte er.
Sie unterdrückte die aufsteigenden Tränen und schüttelte den Kopf. »Nein, danke.«
Drakes Augen waren voll Mitgefühl. Mason blickte ihn stirnrunzelnd an.
Es entstand ein unbehagliches Schweigen, dann sagte Mrs. Warfield: »Ich nehme an, daß mich das die Stelle kosten wird?«
Mason warf Paul Drake einen Blick zu, zuckte leicht mit den Schultern und rauchte weiter.
»Na schön«, sagte sie plötzlich. »Diese ganze Geschichte hängt mir zum Hals heraus. Wenn ich für jemand arbeite, leiste ich, wofür ich bezahlt werde, aber immer, wenn ich mich bewerbe, tut man so, als handelte es sich um Wohltätigkeit. Behalten Sie Ihre Stellung!« Sie schob den Stuhl zurück.
In dem Augenblick kam die Kellnerin mit den Cocktails.
»Es liegt kein Anlaß vor, warum wir Sie nicht zum Essen einladen sollen, Mrs. Warfield. Trinken Sie doch den Cocktail!«
Die Kellnerin blickte von einem zum andern und stellte leise die Cocktails auf den Tisch. Mrs. Warfield zögerte, griff dann nach einem Glas und schüttete den Martini hinunter.
»Es tut mir leid, daß sich die Dinge so entwickelt haben«, sagte Mason. »Ich glaube, ich hätte Sie hier unterbringen können.«
Sie warf den Kopf zurück, wobei sie Tränen der Empörung zurückdrängte. »Na schön! Also: mein Mann sitzt im Gefängnis! Ich weiß nicht einmal, in welchem! Er will es mir nicht mitteilen. Er will sich von mir scheiden lassen und sagt, er sei meiner nicht würdig. Er will nur durch einen Freund mit mir in Verbindung bleiben. Das ist der Grund, weswegen ich Ihnen nichts sagen konnte.«
»Ist das die Wahrheit?« fragte Mason.
Sie nickte.
Mason machte eine fast unmerkliche Bewegung mit dem Kopf, und Drake zog ein Päckchen Geldscheine aus der Tasche. »Nun, Mrs. Warfield, das ändert die Lage natürlich völlig. Ich bin überzeugt, daß man Sie nicht für etwas verantwortlich machen kann, das Ihr Mann getan hat, und finde, daß Ihre Anstrengungen, sich selber durchzubringen, sehr anerkennenswert sind.«

Sie starrte ihn ungläubig an.
Drake entnahm dem Päckchen fünfzig Dollar. »Die Stellung, die ich Ihnen geben wollte, ist noch nicht frei, aber in einer Woche wird sie es sein. Hier ist das Gehalt für zwei Wochen.«
Mason sagte ohne jeden Übergang: »Ich möchte wetten, Ihr Mann ist dieser Warfield, der wegen Scheckfälschungen in San Franzisko eingesperrt worden ist.«
»Weswegen er eingesperrt wurde, weiß ich nicht. Das hat er mir nie mitgeteilt. Es ist nur ein Brief von ihm gekommen, daß er in Schwierigkeiten sei und für lange Zeit nicht unmittelbar mit mir in Verbindung treten könne, nur über einen Freund. Er gab mir die Adresse seines Freundes in San Franzisko – er heißt Spinney.«
»Aber natürlich, das muß der gleiche Warfield sein«, sagte Mason. »Ich persönlich hatte immer das Gefühl, daß er zu Unrecht verurteilt worden ist. Hat er Ihnen irgend etwas Näheres gesagt?«
»Er hat den Grund nie erwähnt.« Sie holte eine Puderdose aus ihrer Tasche und puderte sich die Nase.
Mason griff in seine Aktenmappe. »Durch einen bloßen Zufall«, sagte er, »habe ich mit dem Fall zu tun. Ich bin Rechtsanwalt, Mrs. Warfield. Falls die von mir gesammelten Tatsachen stimmen, bezweifle ich nicht, daß Ihr Mann innerhalb der nächsten dreißig Tage aus der Strafanstalt entlassen wird. Sagen Sie, ist das Ihr Mann?« Mason zog Jules Carne Homans Foto heraus.
»Ach, ich bin froh, daß Sie ihm helfen«, sagte Mrs. Warfield. »Ich wußte immer, daß er . . .« Sie hielt mitten im Satz inne.
»Was gibt es?« fragte Mason.
»Den Mann auf dem Bild habe ich im Leben noch nie gesehen«, erklärte sie.
Mason betrachtete sie genau. Nichts deutete darauf hin, daß sie schauspielerte, nur der verdutzte Ausdruck eines Menschen, der eine Enttäuschung erlebt hat. Sie hielt die Fotografie in der rechten Hand – und das mehrere Sekunden lang –, und in der Linken die offene Puderdose, dann gab sie Mason das Bild zurück.
»Vielleicht ist das ein Foto von Spinney«, sagte Mason.
»Spinney kenne ich nicht persönlich.«
»Hat Ihr Mann Ihnen von ihm geschrieben?«
»Ja. Mervin bat mich, ihm nicht direkt zu schreiben, aber ich

könnte Spinney mein Leben anvertrauen. Ich verstehe nicht«, fuhr sie nachdenklich fort, »warum Mervin mir nicht verraten will, wo er ist. Darf man im Gefängnis denn keine Post kriegen, Mr. Mason?«
»Doch, unter gewissen Voraussetzungen. Vielleicht wollte Ihr Mann nicht, daß Sie von seiner Strafe erfahren.«
»Sein Freund hat mir doch geschrieben! Ich dachte, es sei irgendwo in Kalifornien. Ich schrieb nach Folsom und San Quentin, doch die Briefe kamen zurück.«
»Warum glauben Sie, daß er in Kalifornien ist?« fragte Mason.
»Weil sein Freund ... Entschuldigen Sie, ich glaube, ich sollte aufhören, immerzu nur davon zu sprechen.«
»Eine gute Idee«, sagte Mason. »Sie könnten sich sonst den Appetit verderben. Hier kommt Ihr Hummercocktail.«
Während des Essens versuchte Mrs. Warfield, etwas über ihre zukünftigen Pflichten in Erfahrung zu bringen. Drake gab ihr die entsprechenden Auskünfte. Seine Empfangsdame, so erklärte er, stünde im Begriff, sich zu verheiraten. Sie hätte die Absicht gehabt, am zwanzigsten dieses Monats zu heiraten, doch gewisse Umstände hätten sie veranlaßt, diesen Zeitpunkt um einige Tage zu verschieben. Sie hätte den Wunsch geäußert, bis zur letzten Minute zu arbeiten.
Mason machte den Vorschlag, daß Mrs. Warfield im *Gateview* Hotel übernachten und sich am nächsten Morgen ein Zimmer suchen sollte. Nach dem Essen brachten sie sie ins Hotel, nahmen für sie ein Zimmer, und Mrs. Warfield trug sich ins Hotelregister ein.
»Und wie werde ich Sie verständigen, wo ich wohne?«
»Es ist besser, wenn Sie mich nicht im Büro anrufen«, antwortete Drake, »weil meine Empfangsdame wahrscheinlich sofort kündigt, wenn sie erfährt, daß ich schon Ersatz engagiert habe. Sie will nicht eher gehen, als sie muß. Sie ist seit Jahren bei mir gewesen, daher möchte ich, daß sie solange bleibt, wie sie kann. Sobald Sie eine Bleibe gefunden haben, hinterlassen Sie hier im Hotel eine Nachricht für mich. Ich werde sie abholen und Ihnen Bescheid geben, wenn die Stelle frei ist.«
Sie reichte ihm die Hand. »Sie sind sehr nett zu mir, Mr. Drake.«
»Reden wir nicht davon«, sagte Paul und wich ihrem Blick aus.
Mason und Drake wünschten ihr eine gute Nacht und gingen

durch die Halle hinaus zum Wagen.
»Ich komme mir wie ein Schuft vor«, sagte Drake.
»Du tust es nur zu ihrem eigenen Besten«, meinte Mason.
»Aber wie ist das mit der Stelle?«
»Damit hältst du sie eben hin. Zahl ihr ein Gehalt und laß sie sich ausruhen! Sie soll sich in die Sonne legen und Ferien machen.«
»Wie lange willst du die Kosten für sie tragen?«
»Bis wir eine Stelle für sie haben.«
Auf Drakes Gesicht zeigte sich Erleichterung. »Das ist verdammt anständig von dir!«
Mason überhörte die Bemerkung. »Glaubst du, sie hat im Hinblick auf das Foto gelogen, Paul?«
»Nein. Dazu war sie viel zu enttäuscht.«
»Ich wünschte, Della Street wäre hier. Ich bin nicht ganz sicher, ob sie wußte, was kam, als ich nach dem Foto in meiner Aktentasche griff.«
»Du meinst also, sie hat gelogen?«
»Alles deutet auf Homan hin! Denk mal an die Art und Weise, wie die Cafeteria sie plötzlich fallen ließ. Ich sage dir, Paul, hinter dieser Geschichte stecken einflußreiche Leute, und einflußreiche Leute sitzen hier nur an einer Stelle.«
»In Hollywood?«
»Jawohl, in Hollywood!«
»Wir könnten natürlich die Akten durchgehen, Perry, falls ihr Mann hier in Kalifornien verurteilt worden ist ...«
»Bedenke, daß sie es bereits in San Quentin und Folson versucht hat. Sehen wir die Sache mal so an, daß Warfield hierher an die Küste gekommen ist und beim Film Arbeit gefunden hat. Dort hat er allmählich gutes Geld verdient und Gelegenheit gehabt, hübsche Frauen kennenzulernen. Zuerst hat er wahrscheinlich herumgespielt und dann seine große Chance gekriegt. Er wollte heiraten und sich von seiner Frau natürlich scheiden lassen. Doch er wagte es nicht, weil sie zu verliebt war, um ihn freizugeben. Hätte sie je rausbekommen, wo er steckte, wäre sie zu ihm gefahren. Er war jetzt ein großes Tier – und wie ein Gespenst verfolgte ihn eine Vergangenheit, von der er niemand etwas zu sagen wagte.
Er versuchte das Problem zu lösen, indem er behauptete, er wäre in Schwierigkeiten geraten und ins Gefängnis gekommen.

Seiner Frau hat er geschrieben, sie solle nicht nach Kalifornien kommen, weil sie ihn doch nicht sehen könne. Um ganz sicher zu sein, daß sie es nicht versuchte, hat er sie veranlaßt, ihm jeden übrigen Cent zu schicken.«
»Du meinst, er ist ein solches Schwein?«
»Gewiß. Das allein ist der Grund, weswegen sie das Geld an Spinney schicken mußte.«
»Und wie erfahren wir, daß Homan ihr Mann ist?«
»Spinney ist nur ein Vermittler, jemand, dem ihr Mann vertraut. Er fährt nach San Franzisko. Natürlich bekommt er die Post an die dortige Adresse. Und sobald etwas passiert, hat er den Auftrag, sich mit ihrem Mann in Los Angeles in Verbindung zu setzen.«
»Verdammt noch mal«, sagte Drake. »Wenn man die Sache von der Seite ansieht, stimmt sie haargenau. Homan muß Warfield sein! Natürlich ist da noch sein jüngerer Bruder, der bei ihm im Haus wohnt – doch der war am Tag des Unfalls und auch den Tag vorher nicht da.«
»Besser, wir beschäftigen uns etwas näher mit ihm. Erzähle!«
»Er heißt Horace, ist sieben oder acht Jahre jünger als Jules und begeisterter Angler und Golfspieler, der Typ des reichen Nichtstuers.«
»Was arbeitet er denn?«
»Mal hier ein bißchen, mal da ein bißchen. Jules verschafft ihm ab und zu einen Job und gibt sich alle Mühe, etwas Ordentliches aus ihm zu machen. Er hat eine Jacht, ein Reitpferd, ist Mitglied eines Golfklubs und besitzt alles, was reiche Leute in Hollywood so brauchen. Horace arbeitet eine Zeitlang irgend etwas, und dann spielt er wieder mit den Spielsachen seines Bruders, geht angeln und . . .«
»Einen Moment, bitte«, unterbrach ihn Mason. »Also Horace war am Tage des Unfalls nicht in Hollywood?«
»Nein. Er war auf einer Angeltour.«
»Könnte sein, daß er Spinney ist.«
»Möglich.«
»Es könnte aber auch sein, daß Horace der Ehemann ist und Jules ihn schützte.«
Drake runzelte die Stirn. »Daran hab' ich noch gar nicht gedacht. Aber Jules ist derjenige, der das viele Geld hat. Sein Bruder spielt nur so herum. Er könnte ja einen Brief schreiben: ›Sieh

mal, Kindchen, ich bin hier draußen in Hollywood, aber so gut geht es mir nicht. Ich bringe mich durch, weil mein Bruder hinter mir steht, doch der schmeißt mich raus, wenn er dahinterkommt, daß ich eine Frau habe. Was meinst Du dazu, wenn wir die ganze Geschichte als beendet ansehen? Ich werde Dir etwas Geld schicken, dann kannst Du langsam wieder flott werden.‹«
Mason überlegte. »Ich komme immer noch nicht über ihre beiläufige Art hinweg, als ich ihr Homans Bild zeigte. Bist du sicher, daß es seine Fotografie ist?«
»Aber ja, ich habe doch mit ihm gesprochen! Das ist schon eine Fotografie von ihm, und eine gute obendrein.«
»Wir werden das überschlafen«, verkündete Mason. »Ich werde Stephane Claire noch einmal aufsuchen. Ich hatte ihr gesagt, ich glaubte, ich hätte eine gute Nachricht für sie. Es ist mir zuwider, ihr gestehen zu müssen, daß es ein Reinfall war.«
»Kannst du sie nicht hinhalten?«
»Die nicht«, sagte Mason. »Ich werde mir diesen Homan vorknöpfen müssen, Paul!«
»Es wird schwer sein, den um diese Nachtzeit zu besuchen.«
»Genauso schwer wie am Tag. Wo wohnt er denn?«
»In so einem Schloß draußen in Beverly Hills.«
»Hat er eine Geheimnummer?«
»Darauf kannst du dich verlassen.«
»Aber du mußt doch die Nummer gehabt haben, als du deine Show mit der Telefongesellschaft abgezogen hast.«
Drake nickte, suchte in seinen Taschen herum, zog ein Notizbuch heraus und reichte es Mason. Der Anwalt schrieb sich die Telefonnummer auf.
»Komische Sache mit diesem Spinney. Da lebt er in einem billigen Mietshaus in San Franzisko und hat eine Geheimnummer wie ein Filmscheich!« meinte Mason nachdenklich.

8

Die Straßenlampen beleuchteten die Front des in spanischem Stil erbauten Hauses. Die roten Dachziegel wirkten in dem unbestimmten Licht nahezu schwarz.
Ein Filipino in weißem Anzug öffnete.

»Ich habe mit Mr. Homan telefoniert«, sagte Mason. »Ich bin . . .«
»Jawohl, Mr. Mason«, antwortete der Boy. »Bitte, hier entlang! Darf ich Ihnen Hut und Mantel abnehmen?«
Mason befreite sich von seinem Mantel und übergab ihn mitsamt dem Hut dem Boy, dem er durch einen mit gewachsten Ziegeln ausgelegten Korridor folgte, dann durch ein großes, indirekt beleuchtetes Wohnzimmer und in ein Studio, dessen Fenster auf einen Patio führten. Homan saß an seinem Schreibtisch und las stirnrunzelnd in einem Manuskript, dessen Seiten mit Bleistiftkorrekturen versehen waren. Er blickte auf, als Mason hereinkam, und sagte: »Nehmen Sie Platz! Aber bitte, reden Sie nicht!«
Mason, in dessen Augen ein belustigter Ausdruck lag, blieb stehen und starrte auf die Gestalt am Schreibtisch hinunter. Einen Augenblick später setzte er sich in einen der tiefen Sessel, von wo aus er Homan beobachtete wie ein Großwildjäger seine Beute.
Die Vorhänge waren nicht zugezogen, damit man den Patio mit seinen Palmen, seinem von farbigen Lichtern beleuchteten Springbrunnen und das Schwimmbecken sehen konnte. Das Haus troff sozusagen vor Reichtum.
Ohne von seinem Text aufzublicken, sagte Homan: »Nur noch einen Augenblick, dann habe ich die Szene und wir können uns unterhalten.«
Homan war ganz offensichtlich ein Mann des Films. Ein Kranz kurzgeschorener Haare rahmte die kahle Mitte seines Schädels ein. Eine große Hornbrille ruhte auf seiner Nase. Er hielt den Kopf leicht gebeugt. Seine Augen starrten ohne zu blinzeln angespannt auf den Text. Unvermittelt griff er nach seinem Bleistift. Unter seinem wilden Angriff wurde aus der unteren Hälfte der Seite ein wahres Schlachtfeld von Anmerkungen. Dann ließ er den Bleistift fallen, schob das Manuskript zurück und wandte Mason ein Paar rötlichbraune Augen zu. »Bedaure, daß ich Sie habe warten lassen. Ich glaubte nicht, daß Sie so schnell kommen würden. Ich mußte die Szene beenden, solange ich noch in Stimmung dazu war. Ihr Besuch wird mich völlig aus dem Text bringen. Dieser Detektiv war schon schlimm genug. Was wollen Sie?«
Mason bemühte sich, durch einige einleitende Bemerkungen

etwas aus ihm herauszuholen. »Ich hatte keine Ahnung, daß Sie noch so spät arbeiten.«
»Ich arbeite immer, und je später, desto besser. Die beste Arbeit leistet ein Mann, sobald seine Umgebung schlafen gegangen ist.« Er machte eine ausholende Bewegung mit seinem kurzen, dicken Arm.
»Und jetzt habe ich Sie aus der Stimmung gebracht?« fragte Mason.
»Sie haben mir das Interesse an dem Manuskript verleidet. Es geht da um Leute, die sich in einem dramatischen Augenblick ihres Lebens gegenübertreten. Dergleichen läßt sich nicht auf die Leinwand bringen, wenn die Charaktere nicht echt sind. Ob sie echt sind, kann man aber nicht entscheiden, wenn man nicht mit ihnen fühlt, eine Tür aufmachen und unmittelbar in ihr Leben treten kann. Das nenne ich subjektives Denken, Intuition, Telepathie und Selbsthypnose. Sie können das nennen, wie Sie wollen. Aber jetzt sind Sie hier. Ich muß mich mit Ihnen unterhalten. Sie geben vor, Informationen von mir zu wollen. Wahrscheinlich wollen Sie mir eine Falle stellen. Ich muß aufpassen!«
»Warum?« fragte Mason und nahm die Gelegenheit wahr, seine Attacke zu eröffnen. »Etwa um zu vermeiden, irgendeine nicht beabsichtigte Aussage zu machen?«
»Nein, um nicht etwas zu sagen, das Sie mißdeuten und mir später wieder vorwerfen können.«
»So schlimm bin ich doch nicht!«
»Aber Ihr Detektiv. Er hat mich für einen halben Tag völlig aus meinem Arbeitsrhythmus gebracht. Was wollen Sie wissen?«
»Haben Sie Ihren Wagen besonders versichert?«
»Ja – falls Sie das etwas angeht, was nicht der Fall ist.«
»Es spielt – ich meine bei diesem Unfall – eine gewisse Rolle.«
»Wieso?«
»Hinsichtlich Ihrer Haftpflicht, wobei es darauf ankommt, ob das Auto mit Ihrer ausdrücklichen oder stillschweigenden Genehmigung gefahren wurde oder nicht.«
»Das war nicht der Fall.«
»Immerhin ist Ihnen wohl der juristische Unterschied klar.«
»Nun schön, juristisch ist da ein Unterschied. Und was weiter?«

»Und falls die Person«, fuhr Mason fort, »die den Wagen fuhr, zufällig einer Ihrer Angestellten gewesen ist . . .«
»Ich habe keine Angestellten.«
»Das ist die Vorstellung, die der Laie gelegentlich hat, doch wenn Sie jemanden bitten, mit Ihrem Wagen zur Post zu fahren, um einen Brief aufzugeben, so wird er dadurch, für diese Fahrt jedenfalls, ein von Ihnen Beauftragter.«
»Ich werd's mir merken. Was gibt es sonst noch?«
»Und sollten Sie einen Mann mit Ihrem Wagen nach San Franzisko geschickt haben, um dort etwas zu erledigen, so würde er in diesem Fall automatisch ein von Ihnen Beauftragter sein«, sagte Mason.
»Und das hieße?«
»Wenn so ein Mann einen Unfall verursacht, sind Sie haftbar, als wären Sie selber gefahren.«
»Sie wollen doch auf etwas Bestimmtes hinaus!«
»Ich bin Anwalt, Mr. Homan, und vertrete Stephane Claire. Mein Interesse geht dahin, jedes noch so kleine Beweismittel ausfindig zu machen, das sie von der Anklage auf fahrlässige Tötung befreien kann.«
»Das ist selbstverständlich.«
»Sie dagegen sind daran interessiert, Ihre Haftpflicht zu verringern. Sollte tatsächlich jemand ohne Ihre Erlaubnis den Wagen gefahren haben, so ist das die eine Seite. Falls die Person, die den Wagen fuhr, tatsächlich in Ihrem Auftrag gehandelt hat, ist das die andere. Sie sind natürlich daran interessiert, die Beweismittel so auszulegen, daß Sie finanziell so wenig wie möglich belangt werden können.«
»Das ist doch sonnenklar!«
»Deswegen sind unsere Interessen entgegengesetzt.«
»Natürlich!«
»Mir ist der Gedanke gekommen, Mr. Homan«, meinte Mason mit besonderer Betonung, »daß Sie vielleicht in kleinen Dingen zu rechnen verstehen und in großen leichtsinnig sind.«
»Wieso?«
»Bei dem Versuch, ein paar tausend Dollar zu sparen, um der gesetzlichen Haftpflicht zu entgehen, können Sie sich eventuell einem Flankenangriff aussetzen.«
»Von wem?«
»Von mir.«

Homan starrte Mason durch seine Hornbrille lange und forschend an. »Was noch?«
»Ich will beweisen«, sagte Mason, »daß Stephane Claire Ihren Wagen nicht gefahren hat! Um das tun zu können, muß ich nachweisen, wer den Wagen gefahren hat. Und um das zu bewerkstelligen, muß ich meine Nase in Ihre privaten Angelegenheiten stecken. Wenn ich einmal neugierig bin, dann leiste ich ganze Arbeit.«
»Ist das eine Erpressung?«
»Eine Warnung.«
»Sind Sie fertig?«
»Nein, ich fange erst an!«
»Ich fürchte, diese Sache wird doch schlimmer, als ich dachte.«
Dann begann Homan, mit seinen kurzen, dicken Fingern auf der Schreibtischplatte herumzutrommeln, und der Diamant an seinem rechten kleinen Finger funkelte auf.
»Es ist ganz klar«, meinte Mason, »daß es für mich ein großer Vorteil und für Sie ein großer Nachteil wäre, wenn ich beweisen könnte, daß der Wagen in Ihrem Auftrag gefahren wurde.«
»Ich lüge also, wenn ich sage, der Wagen sei gestohlen worden?«
»Ich nehme gern an, daß alles, was im Gegensatz zur Aussage meines Klienten steht, die Dinge verfälscht.«
»Das kann ich Ihnen nicht zum Vorwurf machen.«
»Wenn Sie nun«, sagte Mason und beugte sich vor, wobei er plötzlich mit seinem Finger auf Homan zielte, »aus irgendwelchen Gründen nicht wünschen, daß über Mr. Spinney etwas bekannt wird, so ist es Ihr Vorteil, wenn Sie das jetzt gleich zugeben.«
In Homans Gesichtsausdruck vollzog sich auch nicht die geringste Änderung. »Wer ist Spinney?«
»Ein Mann in San Franzisko.«
»Den kenne ich nicht, und deswegen ist es mir gleichgültig, was Sie für Tatsachen ans Licht bringen.«
»Sollten Sie außerdem nicht wünschen, daß irgend etwas über eine Bedienung in einer Cafeteria in New Orleans bekannt wird, so wäre jetzt der richtige Augenblick, das zu sagen.«
»Wollen Sie mir mit Geschichten über Frauen drohen?«
»Über eine Frau!«
»Schießen Sie nur los! Was, zum Teufel, liegt mir daran? Ich bin Junggeselle! Die Leute glauben alle, ich sei ein Frauenheld.«

»Sie mißverstehen mich. Ich rede nicht von einer Frau, zu der Sie intime Beziehungen gehabt haben.«
»Was ist dann mit ihr los?«
»Ich rede von einer Frau, die ihrem Mann treu blieb, obwohl sie ihn seit langer Zeit nicht gesehen hat, von einer Frau, die in New Orleans bleiben sollte, weil ihr Mann nicht wünschte, daß sie wußte, wo er sich aufhielt und was er tat.«
»Warum?«
»Weil er sich von ihr scheiden lassen wollte.«
»Warum?«
»Weil er wahrscheinlich zu Geld gekommen ist und jemand anders heiraten will.«
Homan kniff nachdenklich die Augen zusammen. »Mason«, sagte er, »da ist Ihnen etwas Gutes eingefallen. Ich glaube, den Einfall könnten Sie ausbauen. Sie müßten noch was hinzufügen, wie zum Beispiel menschliches Interesse, Selbstaufopferung und Dramatik. Das alles gehört dazu. Die Frau, von der Sie sprechen, müssen Sie als demütig und gut darstellen, doch auch das dürfen Sie nicht übertreiben, sonst machen Sie eine blöde Gans aus ihr. Erzählen Sie weiter, bauen Sie die Geschichte aus!«
»Die Absicht habe ich auch.«
Homan winkte mit seiner ringgeschmückten Hand und lachte plötzlich. »Das ist ja ein Filmthema«, sagte er. »Verzeihen Sie, Mason, zu mir kommen so viele Schriftsteller mit Einfällen, bombardieren mich geradezu damit und fragen mich, was ich davon halte, daß ich so was gleich von diesem Standpunkt aus sehe. Ich habe einen Augenblick lang gedacht, Sie wollten mich über etwas Originelles um Rat fragen. Diese Geschichte hört sich wie eine gute Idee zu einem Film an.«
»Ich rede von Tatsachen.«
»Und zwar von Tatsachen, die mir nichts sagen. Sonst noch etwas?«
»Ja. Sie werden in den Zeugenstand treten und Ihre Geschichte erzählen müssen. Jede falsche Darstellung wird ein Meineid sein. Vielleicht hatten Sie sich, als Sie zuerst von diesem Unfall hörten, gedacht, Sie könnten sich raushalten, indem Sie nur der Polizei Ihre Version erzählen. Das fällt flach. Sollte ich Sie bei einem Meineid ertappen, werde ich mir alle Mühe geben, Sie ins Gefängnis zu bringen. Habe ich mich deutlich ausgedrückt?«
»Bleiben Sie noch einen Moment!« bat Homan. »Ich möchte

über die letzte Bemerkung nachdenken.«
Mason saß regungslos da und beobachtete Homan. Der Filmproduzent starrte auf seinen Schreibtisch. Sein Gesicht war ausdruckslos.
Plötzlich blickte er auf und sagte: »Meine Geschichte ist lückenlos. Ich habe der Polizei die Tatsachen mitgeteilt. Diese Stephane Claire tut mir leid. Ich bin nicht sicher, daß sie das Auto gestohlen hat. Ich glaube, zuerst hat es jemand anders gestohlen. Sie selber, Mason, sind mir völlig egal. Für das Mädchen könnte ich Mitgefühl empfinden, wenn ich mich mit ihr beschäftigte. Da liegt sie nun im Krankenhaus, ist verletzt, behält vielleicht Narben, hat kein Geld, keine Arbeit ... eine böse Lage. Ich könnte die menschliche Seite, das Drama und das Tragische an der Sache verstehen. Aber ich kann es mir nicht leisten, mich damit zu beschäftigen. Meine Filmgesellschaft bezahlt mich gerade im Augenblick dafür, daß ich mich angestrengt mit dem Problem eines Mannes beschäftige, der sich in eine Frau verliebt hat, die unglückseligerweise mit jemand anderem verheiratet ist. Ihr Mann will sie nicht freigeben. Er klammert sich an sie. Das intime Verhältnis entwickelt sich – und dann plötzlich erwischt sie der Ehemann. Sein grausamer Hohn, seine Bosheit, sein ... Was mich interessiert, Mason, ist der Einfluß, den dies auf den Charakter seiner Frau hat. Die Tatsache, daß ihr Mann sie zwingt, eine Lüge zu leben, sie zwingt, daß sie ...«
Mason erhob sich. »Ich meinerseits habe kein Interesse an Ihren Problemen. Ich werde dafür bezahlt, ein Mädchen vor dem Gefängnis zu bewahren, und dazu bin ich verdammt gut in der Lage!«
»Ja, ich sehe Ihre Schwierigkeiten. Ich glaube, jetzt komme ich wieder in die richtige Stimmung für mein Film-Treatment. Gute Nacht, Mr. Mason! Machen Sie keinen Versuch, wiederzukommen.«
»Ich warne immer nur einmal!«
»Und das sollte auch genügen. Ich habe gut verstanden.« Homan griff nach dem Manuskript und zog es zu sich heran.
Mason schritt auf die Tür zu, dann wandte er sich plötzlich um und trat wieder auf Homan zu. »Könnten Sie mir, nur weil ich neugierig bin, sagen, wie der Titel Ihres Manuskripts lautet? Ich würde mir gern den Film ansehen und versuchen zu erkennen, ob mein Eindringen hier irgendwelche Eindrücke hin-

terlassen habe ...«
Homan schlug zerstreut die Titelseite auf und sagte: »Es handelt sich um die Adaption eines Romans, den die Gesellschaft vor ein paar Jahren gekauft hat. Der Titel des Buches lautet *Wo Späne fallen.* Wissen Sie, es handelt sich um eine Abänderung des alten Sprichwortes ›Wo gehobelt wird, fallen Späne‹. Der Titel ist kitschig. Wir werden ihn ändern ... Warum, zum Teufel, erzähle ich Ihnen das eigentlich alles?«
»Das kann ich Ihnen auch nicht sagen«, antwortete Mason und ging hinaus, wobei er leise die Tür hinter sich schloß.
Der Filipino wartete im Wohnzimmer und hielt Masons Hut und Mantel in der Hand.
Mason ließ sich in seinen Mantel helfen, nahm seinen Hut entgegen, blieb einen Augenblick stehen und sah sich dann den riesigen Radioapparat an. Die Skala war schlecht beleuchtet, und leise Orgelmusik klang aus dem Lautsprecher.
Mason blickte von dem Radio zu dem Filipino. »Dürfen Sie das?«
Die weißen gleichmäßigen Zähne strahlten Mason mit einem unverschämten Lächeln an. »Nein, Sir. Wenn er arbeitet, hört er nichts. Ich beschummle ihn ein bißchen. Ich muß solange bleiben, bis Sie gehen, und dies ist mein Lieblingsprogramm.«
»Ach, so ist das?« Mason trat auf das Radio zu. »Diese Art von Apparat interessiert mich«, sagte er, blieb stehen und starrte das Gerät an.
Plötzlich wurde die Orgelmusik von einem Krachen unterbrochen, auf das ein Knacken folgte. Es wiederholte sich sechsmal, wobei das Krachen verschieden lang dauerte, als wenn jemand im Hause eine Telefonnummer wählte.
Mason wandte sich augenblicklich zur Tür. »Haben Sie vielen Dank«, sagte er. »Gute Nacht!«
Der Filipinoboy sah nachdenklich hinter ihm her. »Ich werde Mr. Homan Bescheid sagen.«
»Worüber?«
»Daß Sie gewartet haben, um zu sehen, ob er telefoniert.«
Mason lächelte. »Bitte, tun Sie das.«
Gerade als der Filipino die Haustür aufriß, hörte man von draußen schnelle Schritte. Mason, der sich anschickte, hinauszugehen, stieß mit einem braungebrannten jungen Mann zusammen, der einen Schlüssel in der Hand hielt.

»Hallo«, sagte der junge Mann. »Ich hatte nicht die Absicht, zum Sturmangriff anzutreten. Entschuldigen Sie.«

Mason bemerkte die tiefliegenden dunklen Augen, die ausgeprägten, scharfen Gesichtszüge, die lange Stirn und das dichte, gewellte schwarze Haar.

»Sie sind Horace Homan?«

»Ja.«

»Ich hätte gern ein paar Worte mit Ihnen gesprochen.«

»Ich habe es verdammt eilig. Hat es nicht Zeit?«

»Nein. Ich bin Perry Mason, Anwalt. Ich vertrete Stephane Claire.«

»Ach, du lieber Gott, schon wieder ein Prozeß wegen gebrochenem Eheversprechen! Wenn sie damit vor Gericht gehen will . . . Nein, hoppla, warten Sie! Stephane Claire. Jetzt verstehe ich!«

»Es handelt sich um die junge Frau, die beschuldigt wird, den Wagen Ihres Bruders gefahren zu haben.«

»Ich weiß.«

»Soweit ich gehört habe, waren Sie zu der fraglichen Zeit angeln.«

»Das stimmt – ich war auf einer Segelpartie.«

»Eben habe ich Ihrem Bruder erklärt, daß dieser Unfall eine ernste Angelegenheit ist, der er nicht aus dem Weg gehen kann, indem er einfach der Polizei seine Geschichte erzählt und sich wieder an die Arbeit setzt. Er muß als Zeuge aussagen, und ich werde ihn über alle Punkte ausfragen, die nach meiner Meinung zur Klärung des Geschehens beitragen.«

»Ich möchte wetten, daß Jules das nicht sehr gefiel – falls er Ihnen zugehört hat.«

»Er hat aufgehört zu arbeiten und zugehört, doch ich bin nicht sicher, ob er mit den Gedanken bei der Sache war.«

Der jüngere Bruder grinste. »Wahrscheinlich nicht. Immerhin, Sie haben Ihre Pflicht getan. Machen Sie sich keine Sorgen um Jules! Der paßt schon auf sich auf. Den werden Sie nicht so ohne weiteres reinlegen!«

»Mir kommt es ziemlich töricht vor, daß ein Mann Dinge riskiert, die für ihn ernsthafte Folgen haben können, nur weil er sich vor einem Schadenersatzprozeß drücken möchte.«

Horace Homan warf einen Blick auf seine Armbanduhr. »Ich habe es verdammt eilig. Aber fünf Minuten Zeit habe ich. Reden wir genauer darüber. Felipe, scher dich zum Teufel!«

»Ja, Mr. Homan. Ich werde in der Nähe bleiben, um Mr. Mason hinauszulassen.«
»Das mache ich schon.«
»Ich bitte um Entschuldigung, Sir, aber Mr. Homan hat mich beauftragt, Sir.«
»Okay, Felipe, tu, was du willst! Ich werde dich rufen, wenn wir fertig sind. Wollen Sie nicht Platz nehmen?« fragte er Mason.
»Verschwenden wir keine Zeit. Wir können uns auch hier unterhalten.«
»Okay.«
»Was wissen Sie über Spinney?« fragte Mason in freundlichem Gesprächston.
»Spinney?« Homan runzelte die Stirn. »Spinney! Nein, kenne ich nicht.«
»Und die Frau in New Orleans?«
»New Orleans? Ich begreife nicht recht, was das damit zu tun hat. Soweit ich weiß, handelt es sich doch darum, wer den Wagen gefahren hat?«
»Ganz recht.«
»Junge, Junge, kann ich meinem Glücksstern danken, daß ich nicht am Steuer saß! Ich werde mich doch entschließen müssen, nie mehr zu fahren, wenn ich betrunken bin. Das heißt, das denke ich, wenn ich nüchtern bin. Habe ich mal was getrunken, glaube ich immer, ich bin noch nüchtern genug, um Auto zu fahren, und wenn ich so betrunken bin, daß ich mir nicht mehr einreden kann, ich wäre noch nüchtern, ist mir alles egal. Ich wünschte, ich könnte was dagegen tun.«
»Nun, Sie können zum Beispiel aufhören zu trinken«, schlug Mason vor.
»Ach, ich meine doch, etwas Praktisches.«
»Na, warum ziehen Sie nicht die Wagenschlüssel ab, sobald Sie anfangen zu trinken, und schicken sie sich mit der Post zu?«
»Ach, Unsinn! Ich will doch den Wagen benutzen und nicht vor dem ersten Nachtlokal stehen lassen.«
Mason lachte. »Ich fürchte, ich kann Ihnen nicht helfen, und ich nehme auch nicht an, daß Sie mir helfen können.«
»In welcher Beziehung?«
»Ich glaube nicht, daß Stephane Claire den Wagen gefahren hat.

Ich glaube nicht einmal, daß er gestohlen wurde!«
»Jules sagt das aber. In der Regel ist er ziemlich genau, doch wenn er arbeitet – und er arbeitet die meiste Zeit –, dann ist er gräßlich zerstreut. Ich nehme an, Sie werden ihm im Kreuzverhör heftig zusetzen?«
Mason nickte.
»Das wird ihm nicht gefallen! Er wird nervös, wenn ihm Leute widersprechen. Na, ich bin nur froh, daß ich nichts darüber weiß ... Das Mädchen tut mir leid. Ich werde mal vorbeigehen und sie besuchen, nicht weil ich etwas für sie tun kann, aber ich möchte ihr zeigen, daß ich mit ihr fühle und ... *Ich* glaube nicht, daß sie den Wagen gestohlen hat.«
»Wer tat es dann?«
»Ach, irgendein hergelaufenes Subjekt, das zufällig die Straße entlangkam und den Wagen dort sah, wo Jules ihn stehen ließ.«
»Können Sie mir verraten, wer das gewesen ist?«
Horace Homan kniff die Augen zusammen. Plötzlich lachte er auf. »Nein, Mr. Mason. Außerdem habe ich in genau zwanzig Minuten eine Verabredung mit einem großartigen Schmuckstück, und zehn Minuten brauche ich zum Umziehen. Tut mir leid, alter Junge, aber Sie wissen, wie das ist. Und diese Miss Claire werde ich besuchen. Sie wird doch nichts dagegen haben?«
»Das geht schon in Ordnung, solange Sie nicht beabsichtigen, sie auszuholen. Sie wird die Anweisung erhalten, Ihnen nichts zu erzählen.«
Homan grinste. »Nun, das ist nur fair. *Ich* habe Ihnen auch nichts erzählt, nicht wahr?«
»Nicht das geringste.«
»Okay, dann sind wir quitt! Hat mich gefreut, Sie kennenzulernen.« Horace Homan hob seine Stimme und rief: »He, Felipe! Er ist im Begriff zu gehen, und das Familiensilber ist noch da.«
Der Boy glitt geräuschlos hinter einem schweren Vorhang hervor. Er hatte, wie Mason klar wurde, sich bis auf Hörweite heranmanövriert. Wortlos hielt er dem Anwalt die Tür auf, und schweigend schritt Mason in die Nacht hinaus.

9

Ein schlanker grauhaariger Mann stand am Empfang des Krankenhauses, als Mason eintrat, hinter ihm ein junger Mann in grauem Mantel. Mason hatte nur einen etwas flüchtigen Eindruck von breiten Schultern und schwarzem Haar.
Eine Schwester sagte gerade zu dem grauhaarigen Mann: »Es ist uns nicht gestattet, irgendwelche Besucher ohne Erlaubnis der Polizei vorzulassen.«
Mason ging auf die Schranke zu, hielt sich jedoch unauffällig im Hintergrund.
»Haben Sie die Patientin in ein Einzelzimmer verlegt?« fragte der grauhaarige Mann.
»Sie sind Mr. Olger?«
»So ist es.«
»Ja, Mr. Olger! Wir haben Ihre Anweisungen genau befolgt. Sie haben am Telefon erwähnt, Sie seien ihr Onkel.«
»So ist es.«
»Ich glaube, daß Sie als Verwandter die Erlaubnis haben, sie zu sprechen. Wollen Sie bitte warten, ich werde das augenblicklich klären.«
»Und Mr. Sterne auch«, sagte Olger.
»Ist er ein Verwandter?«
»In gewisser Beziehung.«
Der Mann im grauen Mantel meinte: »Also, Max, ich sollte lieber nicht mitkommen.«
»Wieso nicht?«
»Es wird sie nur aufregen. Sie wird glauben, ich wollte mich jetzt, wo es ihr schlecht geht, an sie ranmachen ...«
»Ach, Unsinn!«
»Ich könnte hier warten!«
»Ist er kein Verwandter?« erkundigte sich die Schwester.
»Er ist mit ihr verlobt«, sagte Olger.
»Ach, so ...«
»Ich war es jedenfalls einmal ...«
»Halt doch den Mund«, unterbrach Olger den jungen Mann. Er war ein borstiger, kleiner Kerl um die Sechzig, doch er machte einen weit kräftigeren Eindruck als der junge Sterne, der mit seinem breiten Brustkasten und seinen sportlich harten Gesichtszügen jede Reklame hätte zieren können.

Die Büroschwester fing Masons Blick auf. »Schon gut, Mr. Mason. Sie können hinaufgehen. Ich habe für Sie besondere Anweisungen bekommen.«
Mason nickte dankend und stellte dabei fest, daß sein Name keinem der beiden Besucher etwas zu bedeuten schien, die der Schwester zusahen, wie sie eine Nummer wählte.
Mason schritt die linoleumbelegten Korridore entlang und blieb schließlich vor der Tür der Stationsschwester stehen. In frisch gestärkter Uniform rauschte eine Schwester an ihm vorbei, lächelte ihn an und sagte: »Ihre Patientin ist eben verlegt worden, Mr. Mason.«
»Und wohin?«
»In ein Einzelzimmer, Nummer zweiundsechzig. Ich werde Ihnen den Weg zeigen.« Mason bedankte sich und ging hinter ihr her. Vor Nummer zweiundsechzig blieben sie stehen. Leise klopfte die Schwester an die Tür. »Herein«, rief Stephane Claire. Mason drückte die Tür auf und lächelte der Schwester dankend zu.
Stephane Claire saß im Bett. »Wer hat denn für ein Einzelzimmer und die Blumen gesorgt?« fragte sie.
»Anscheinend ein Mann mit Namen Max Olger«, sagte Mason. »Er ist im Augenblick gerade ...« Er brach ab, als er ihren Gesichtsausdruck sah. »Was ist los?«
»Onkel Max? Wie in aller Welt hat er herausgefunden, daß ich ...«
»Sie haben wohl die Tatsache übersehen, daß die Geschichte ein gefundenes Fressen für die Zeitungen ist. Was haben Sie gegen Ihren Onkel?«
»Ach, er ist schon in Ordnung, nur will er mich herumkommandieren. Es geht einfach nicht in seinen Kopf, daß ich erwachsen bin!«
»Wann haben Sie ihn das letztemal gesehen?«
»Vor mehr als einem Jahr.«
Mason setzte sich auf den Bettrand. »Er wird jeden Augenblick hier sein«, sagte er. »Er ist schon unten am Empfang.«
»War er allein?«
Mason blickte sie forschend an. »Der junge Mann, der ihn begleitet, ist der Typ des breitschultrigen maskulinen Helden. Immerhin schien es ihm schwer zu fallen, sich zu entscheiden, ob er ...«

»Das wird Jackson sein«, unterbrach sie ihn. »Es sieht Onkel Max ähnlich, daß er ihn mitbringt.«
»Erzählen Sie mir mehr von Ihrem Onkel«, bat Mason.
»Er ist der Bruder meines Vaters, aber ziemlich viel älter, und hat viel Geld. Als Vater und Mutter starben, hat Onkel Max mich zu sich genommen. Ich war nicht an Wohlstand gewöhnt. Zuerst war Onkel Max besorgt, ich könnte mir vielleicht einbilden, ich sei nun ein reiches Mädchen, und würde das Geld verschwenden. Er wollte mich damit beeindrucken, daß er mir beibrachte, ich sei bei ihm nur geduldet.«
»Und das paßte Ihnen nicht?«
»Im Gegenteil! Nur hatte ich bald einen Job, war unabhängig und ganz glücklich. Da bekam Onkel Max Komplexe und fing an, Vater und Mutter zu spielen und obendrein den guten Onkel herauszukehren. Er überschüttete mich mit Geld. Ich wurde hinten und vorn bedient, und er hat mir solange zugesetzt, bis ich meine Stelle aufgab, weil ich mit ihm nach Palm Beach fahren sollte. Alles nur Theater, um mich von meiner Arbeit loszueisen.«
»Und was ist mit Sterne?«
»Ach, Jacks«, sagte Stephane und lächelte. »Der gehört auch zu den Dingen, von denen mein Onkel meint, daß sie gut für mich wären. Er ...«
Es wurde an die Tür geklopft. Stephane blickte Mason an und rief zögernd: »Herein.«
Eine vor Tüchtigkeit geradezu strotzende Krankenschwester riß die Tür auf. Mit kleinen federnden Schritten kam Max Olger ins Zimmer geschritten.
»So, so, da ist also mein kleiner Ausreißer!« rief er.
»Ja, da ist er!« verkündete Stephane.
»Wie geht's dir? Du bist doch nicht verkrüppelt? Du bist nicht etwa ...«
»Mir geht es in jeder Beziehung gut. Ich bin ein wenig steif und habe Schmerzen. Ich habe auch noch einige blaue Flecke und eine kleine Naht, aber das Krankenhaus könnte ich sofort verlassen.«
»Warum bleibst du dann hier?«
»Die Polizei hat es angeordnet«, sagte sie. »Übrigens, Onkel Max, dies ist Perry Mason ... mein Rechtsanwalt.«
Mason schüttelte dem kleinen, nervösen Mann die Hand.

Zu Mason gewandt sagte Stephane: »Sie werden ihn nehmen müssen, wie er ist, Mr. Mason! Es kostet mehr Anstrengung, sich mit ihm zu streiten, als wenn man ihm seinen Kopf durchgehen läßt.«
Mason setzte sich wieder ans Fußende des Bettes und grinste ihrem Onkel zu. »Was haben Sie eigentlich vor, Olger?«
»Ich weiß nicht, wie ernst die Sache ist, aber ich habe keineswegs im Sinn, Stephane unter die Räder kommen zu lassen.«
»Das wäre eine böse Sache«, pflichtete Mason bei.
»Ich weiß zu schätzen, was Sie getan haben! Sie dürfen mich nicht falsch verstehen! Ich werde auch beim Honorar nicht knauserig sein.«
»Ich auch nicht.«
»Mich können Sie nicht reinlegen, Mason! Ich warne Sie!«
»Und Sie mich auch nicht. Zufällig interessiert mich der Fall zu sehr, als daß ich ihn mir von irgendeinem x-beliebigen Anwalt verderben ließe.«
»Zufällig zahle ich die Rechnungen! Ich . . .«
»Meine Rechnungen zahlen Sie nicht«, sagte Mason.
»Nein? Wer denn?«
»Der Mann, der den Wagen gefahren hat! Sobald ich ihn gefunden habe.«
Olgers Augen blitzten auf. »Na schön, jeder nach seiner eigenen Fasson! Also, dann legen Sie mal los, fangen Sie an! Sie werden Geld für Auslagen brauchen. Aber machen Sie eine genaue Aufstellung, Mr. Mason!«
»Ich bin kein Buchhalter. Ich . . .«
Halb stöhnend rief Stephane: »Da sehen Sie, Mr. Mason! Er quetscht die Menschen aus wie Zitronen!«
»Nichts dergleichen tue ich«, protestierte Max Olger bissig. »Was soll das übrigens heißen, daß du deinen Namen geändert hast, Stephane? Ehe ich dein Bild in den Zeitungen zu sehen bekam, hatte ich gar nichts gemerkt. Gutes Foto übrigens. Was soll das heißen, daß du in einem Nachtlokal als Garderobenmädchen arbeitest, wie?«
»Das ist zahm im Vergleich zu den Jobs, die ich außerdem noch hatte.«
»Hm. Auf jeden Fall hätte es nicht in die Zeitungen kommen dürfen. Max Olgers Nichte als Garderobenfrau! Pfui!«
»Wo ist Jacks?« fragte sie.

»Woher soll ich das wissen?«
»Wann hast du ihn zum letztenmal gesehen?«
»Laß mich nachdenken ...« Er brach ab und blickte schnell zu Mason hinüber. »Jetzt fällt mir ein, daß ich ihn gesehen habe ... Na schön, also Jacks wartet draußen. Er meinte, es wäre besser, wenn wir beide uns erst aussprechen, ehe er reinkommt.«
»Ist er zu diesem Entschluß auf einen Schlag gekommen oder so nach und nach?«
»Du kannst dir nicht denken, wie sehr der Junge durcheinander war, weil er meinte, dir sei etwas Ernstes zugestoßen ...«
»Nun, dann geh und hol ihn!«
Olger verschwand, Stephane seufzte. Sie ließ ihre Augen fragend auf Masons Gesicht ruhen, dann wandte sie ihren Blick hastig ab und sagte: »Wie schlimm steht es nun eigentlich?«
»Nicht gerade ermutigend im Augenblick, aber es wird schon werden! Ich möchte von Ihnen jede kleinste Einzelheit erfahren! Denken Sie einmal genau über den Unfall nach! Können Sie sich nicht an den Namen oder die Autonummer des Mannes erinnern, der Sie nach Bakersfield gebracht hat?«
»Nein. Er war um die Vierzig. Der Wagen war ein alter Ford. So genau kenne ich mich bei den Marken nicht aus.«
»Hat er Ihnen seinen Namen nicht genannt?«
»Seinen Nachnamen nicht. Er fragte mich nach dem meinen, und ich sagte, ich hieße Stephane. Er hieß Jim. Mehr weiß ich nicht.«
»Und der Mann, der Sie von Bakersfield aus mitnahm?«
Stephane gab einen genauen Bericht über den Wagen und den Fahrer.
Zum Schluß fragte Mason: »Was wurde aus Ihrem Lippenstift?«
»Der ist in meiner Handtasche. Männer haben es nicht gern, wenn sie mit Lippenstift vollgeschmiert werden. Da dieser Kerl zudringlich wurde und ich ein wenig Angst hatte, trug ich den Lippenstift so dick wie möglich auf. Als er handgreiflich wurde und ich den Zündschlüssel abzog, bekam er einen Streifen Lippenstift auf seine Hemdbrust.«
»Aber Sie haben den Lippenstift wieder in Ihre Handtasche getan?«
»Ja, kurz vor dem Unfall.«
»Und der Zündschlüssel?«

»Ich ... ich glaube, ich habe ihn in meine Handtasche fallen lassen.«
»Wo ist sie?«
»Man hat sie mir fortgenommen. Gestern hat sie die Krankenschwester wiedergebracht.«
»Haben Sie schon hineingesehen?«
»Ich habe nur nach meiner Puderdose gesucht, und ...«
»Wo ist sie?«
»In der Kommode dort.«
Mason zog die Schublade auf, nahm eine abgenutzte schwarze Handtasche heraus und reichte sie Stephane. Sie öffnete sie, suchte darin herum und schüttelte mit einem ärgerlichen Ausruf den Inhalt auf die Bettdecke. »Da sehen Sie«, sagte sie und hielt ein Schlüsselbund hoch.
Mason sah sich die drei Schlüssel, die an dem Ring hingen, an. »Dies hier ist ein Autoschlüssel«, sagte er. »Die beiden andern sehen wie Hausschlüssel aus.«
»Ganz recht!«
»Gehört keiner Ihnen?«
»Nein.«
»Haben Sie der Polizei von diesen Schlüsseln erzählt?«
»Nicht, daß ich sie noch habe. Einem von den Detektiven habe ich geschildert, was passiert war, nämlich, daß der Mann zudringlich wurde und ich den Schlüssel abzog.«
»Wie gut können Sie schauspielern?«
»Das weiß ich nicht, warum?«
»Wenn ich diese Schlüssel jetzt der Polizei übergebe, würde das Verdacht erregen.«
»Warum?«
»Die Leute würden sich fragen, warum Sie nicht schon vorher von ihnen gesprochen haben.«
»Du lieber Himmel, Mr. Mason, ich war doch ziemlich übel zugerichtet!«
»Ich weiß«, sagte Mason. »Jetzt stellen Sie sich mal folgendes vor: Sie würden also warten, bis Sie im Zeugenstand stehen und auf meine Aufforderung hin die Ereignisse jener Nacht erzählen. Ich würde so tun, als wäre ich der Meinung, Sie hätten die Schlüssel zum Zeitpunkt des Unfalls in der Hand gehabt, und dann wären sie irgendwie verlorengegangen. Beiläufig würde ich Sie fragen, ob das nicht der Fall wäre, und dann wür-

den Sie einen Augenblick nachdenken. Meinen Sie, Sie könnten ein genauso verwirrtes Gesicht machen wie eben und erklären, Sie könnten sich dunkel erinnern, die Schlüssel in Ihre Handtasche geworfen zu haben? Und wenn ich Sie nach der Handtasche frage, könnten Sie die Schlüssel – genau wie eben – angesichts der Geschworenen hervorholen?«

»Das weiß ich nicht. Versuchen kann ich es ja.«

»Na schön!« Mason ließ die Schlüssel wieder in die Tasche gleiten. »Sobald wir etwas mehr Zeit haben, halten wir eine kleine Generalprobe ab. Ich möchte, daß es spontan und natürlich wirkt. Aber jetzt weiter! Versuchen Sie doch, sich noch an andere Dinge zu erinnern! Zum Beispiel dieser Smoking: Hat der Mann Ihnen nicht erzählt, wo er gewesen ist oder warum er ihn trug?«

»Nein. Ich habe mir auch nicht viele Gedanken darüber gemacht.«

»Der Smoking ist ein wichtiger Anhaltspunkt, sobald wir imstande sind, die richtige Erklärung zu finden!«

»Wieso? So ungewöhnlich ist es doch nicht, daß man einen Smoking trägt.«

»Na, dann halten Sie mal um zehn Uhr abends irgendwo fünftausend Wagen an, und sehen Sie, wieviel Autofahrer einen Smoking tragen!«

»Sie haben recht. Ich verstehe, was Sie meinen. Es ist doch ungewöhnlich!«

»Und darin liegt eben das Geheimnis für die Lösung eines Verbrechens«, bemerkte Mason. »Man muß die Dinge herausfinden, die ungewöhnlich sind, und man muß sie als Anhaltspunkte verwenden, um damit von den Verallgemeinerungen fort und auf die Besonderheit des einzelnen, vorliegenden Falles zu kommen.«

»Aber ich kann Ihnen nicht helfen. Er hat mit keinem Wort erklärt, wieso er einen Smoking trug.«

»Sie sind aus Bakersfield gegen zehn Uhr losgefahren?«

»Ja.«

»Und Sie glauben, dieser Mann ist aus irgendeinem Ort nördlich von Bakersfield gekommen?«

»Mit Sicherheit weiß ich das nicht. Ich beobachtete die andern Wagen. Er kann auch gerade erst eingebogen sein.«

»Haben Sie Gepäck im Wagen gesehen?«

Sie runzelte die Stirn. »Ich glaube, da lag nichts.«

»Er könnte nach dem Unfall auch kaum den Kofferraum geöffnet und Gepäck herausgenommen haben. Außerdem hatten Sie die Schlüssel.«
»Ganz richtig.«
»Trug er Ringe?«
»Ja. An seiner rechten Hand hatte er einen Diamantring. Ich erinnere mich, ihn gesehen zu haben, als er nach dem Schalthebel griff, außerdem waren seine Hände sehr gepflegt, sie waren plump und hatten kurze, dicke Finger.«
»Handschuhe hat er nicht getragen?«
»Nein.«
Es wurde an die Tür geklopft. »Das werden Onkel Max und mein Verehrer sein«, sagte Stephane und rief: »Herein!«
Max Olger war es, der die Tür aufmachte. Der junge Mann hielt sich im Hintergrund. »Nun komm schon rein, Jacks«, rief Stephane. »Ich beiße dich nicht!«
Jacks ging auf das Bett zu und sah auf Stephane hinunter. »Hallo, Kindchen«, sagte er und griff schüchtern nach ihrer Hand. »Wie geht es dir?«
»Großartig!«
»Ich wollte nicht, daß du glaubst, ich laufe dir nach. Das ist alles. Ich will dir in keiner Weise lästig fallen. Ich habe Max bereits gesagt, daß ich in einem andern Hotel wohnen will und . . .«
Stephane entzog ihm ihre Hand und sagte: »Das hier ist Mr. Mason, mein Anwalt.«
Der junge Mann war genauso groß wie Mason, aber trotz seiner schlanken Hüften wog er dreißig Pfund mehr. Seine große Hand umschloß kurz Masons drahtige Finger. »Sehr angenehm, Mr. Mason. Mr. Olger hat mir schon von Ihnen erzählt. Wie stehen denn die Dinge?«
»Im Augenblick sieht die Sache ziemlich faul aus. Sie haben doch nichts dagegen, meine Herren, daß Miss Claire Ihnen die Geschehnisse in ziemlich allgemeiner Form erzählt, nicht wahr? Ich möchte nicht, daß sie einstudiert klingt, wenn sie in den Zeugenstand tritt.«
Max Olger nickte heftig. »Guter Einfall, Mason! Ich bin auch schon mal in einem Gerichtssaal gewesen und habe Leute Geschichten erzählen hören, die so klangen, als hätten sie sie auswendig gelernt.«
»Was sie sicher auch getan haben. Aber jetzt muß ich gehen.«

»Kann ich Stephane mitnehmen?« fragte Olger.
»Das können Sie, falls Sie zehntausend Dollar bar oder zwanzigtausend Dollar in Wertpapieren als Kaution hinterlegen.«
»Ach, du großer Gott, Mr. Mason«, sagte Stephane Claire. »Hält man mich für eine solche Verbrecherin? Wann ist denn all dies vereinbart worden?«
»Heute, am Spätnachmittag«, sagte Mason.
»Ich werde in den nächsten dreißig Minuten das Geld hinterlegen«, sagte Olger. »Ich wußte nicht, wieviel man verlangen würde, daher habe ich zehn Barschecks zu je zehntausend Dollar mitgenommen.«
»Sie wollen doch nicht heute abend noch ausziehen?« fragte Mason Stephane Claire.
»Auf jeden Fall. Ich habe bisher nichts gesagt, weil es keinen Zweck hatte, unnötige Worte über etwas zu verlieren, das sich nicht ändern ließ. Aber die Tatsache, hier festgehalten zu werden, ist für mich der reinste Alpdruck.«
»Schön«, sagte Mason zu Max Olger. »Dann hinterlegen Sie die Kautionssumme und holen Sie sie. Wo werden Sie wohnen?«
»Im *Adirondack*. Wir haben dort ein Appartement gemietet.«
»Ich werde in ein anderes Hotel ziehen, Stephane«, sagte Sterne. »Ich möchte nicht stören. Können Sie mir irgendein gutes Hotel in der Nähe nennen, Mr. Mason?«
»Versuchen Sie es im *Gateview*«, sagte Mason. »Es liegt drei oder vier Block vom *Adirondack* entfernt. Es ist ruhig, klein, bequem.«
»Ach, Jacks, wenn du dich nur nicht so verdammt klein machtest, würdest du mir viel besser gefallen«, sagte Stephane wütend. »Willst du mir eigentlich keinen Kuß geben?«
»Darf ich wirklich?«
Ruckartig wandte sie ihren Kopf ab und sagte: »Nein!«
Mason ging auf den Zehenspitzen aus dem Zimmer, ließ die Tür hinter sich ins Schloß fallen und schritt schnell den Korridor hinunter. Ein kalter Wind hatte eingesetzt, daher knöpfte er seinen Mantel bis oben zu, vergewisserte sich, daß ihm niemand folgte, und ging in einen Drugstore an der Ecke. Er rief Drakes Büro an. Drake war gerade gekommen.
»Paul«, sagte Mason, »mir ist eingefallen, daß wir etwas übersehen haben.«

»Und das wäre?«
»Bei Mrs. Warfield. Wir haben ihr niemand auf die Spur gesetzt.«
»Wenn du willst, kann ich das noch tun.«
»Schick zwei gute Leute sofort ins Hotel! Sie können sich ein Zimmer nehmen und sich im Aufpassen und Schlafen abwechseln.«
»In einer halben Stunde werden sie dort sein.«
»Ruf mich in meiner Wohnung an«, sagte Mason, »und laß feststellen, ob Mrs. Warfield in ihrem Zimmer ist!«
»Wird gemacht.«
Mason legte auf, fuhr zu seiner Wohnung, zog Jacke, Weste, Hemd und Hosen aus, zog einen Hausrock an und zündete sich gerade eine Pfeife an, als das Telefon läutete.
»Hier spricht Drake«, sagte der Detektiv. »Im *Gateview* Hotel geht alles in Ordnung.«
»Ist sie in ihrem Zimmer?«
»Nur nicht so hastig. Das Licht brennt.«
»Und deine Leute sind bei der Arbeit?«
»So ist es. Aber ich habe etwas anderes herausbekommen, was nicht so gut aussieht.«
»Und das ist?«
»Sie ging auf ihr Zimmer und kehrte ein paar Minuten später wieder in die Halle zurück. Die Verkäuferin vom Zeitungsstand wollte gerade schließen. Mrs. Warfield versuchte, ein paar alte Nummern vom *Photoplay* zu bekommen!«
Mason stieß einen Pfiff aus. »Hatte die Verkäuferin noch welche?«
»Nein.«
Mason blickte stirnrunzelnd auf das Telefon. »Sag mal, ist das Bild von Homan im *Photoplay* veröffentlicht worden?« fragte er.
»Ich glaube schon.«
»Wann das war, weißt du nicht?«
»Irgendwann letzten Sommer.«
»Hat sie irgendeine bestimmte Nummer verlangt?«
»Nein, sie hat nur nach alten Nummern der Zeitschrift gefragt.«
»Wir werden uns etwas eingehender mit Mrs. Lois Warfield beschäftigen müssen.«
»Da kannst du recht haben! Ich bin mir nicht sicher, Perry, ob

das alles nicht nur Schwindel ist. Wenn sie jeden Monat achtzehn Dollar abgeschickt hat, so würden das zweihundertundsechzehn Dollar im Jahr ergeben. Das ist eine ziemlich kümmerliche Summe.«
»Nicht für jemand, der in einer Cafeteria in New Orleans arbeitet. Halt die Augen offen, Paul!«

10

Mason stand um sieben Uhr dreißig auf. Er schloß die Fenster, stellte die Dampfheizung an, warf einen Blick auf die Schlagzeilen der Zeitung und nahm eine lauwarme Dusche.
Als er sich angezogen hatte, trat er ans Bücherregal und nahm einen dicken Band mit weißem Rücken heraus, den er auf dem Tisch vor dem Fenster aufschlug.
Der Band enthielt eine Menge biographischer Auskünfte über prominente Leute der Filmindustrie. Mason wollte die Informationen nachprüfen, die ihm Drake über Jules Carne Homan gegeben hatte. Der Filmproduzent war vierunddreißig Jahre alt, hatte ein Gymnasium besucht und zwei Jahre auf einem College verbracht. Obwohl die Angaben ziemlich kurz waren, ging doch aus ihnen hervor, daß Homans Tätigkeit in Hollywood einen Zeitraum von etwas mehr als zwei Jahren umfaßte. Er hatte als Schriftsteller angefangen, und Mason hatte die sichere Überzeugung, daß hinter seinem meteorhaften Aufstieg irgendein Roman steckte. Es fand sich indessen kein Anhaltspunkt darüber.
Mason zog den Reißverschluß seiner Aktenmappe auf und starrte Homans Foto an. Er drehte es um und betrachtete die Rückseite, auf die die Worte *Photoplay Magazine* gestempelt waren. Er ließ die Rolläden herunter, knipste eine Taschenlampe an und prüfte, ob sich die Worte durch das Foto hindurch lesen ließen. Nur wenn er die Fotografie direkt vor die Lampe hielt, waren sie zu erkennen.
Eine Stunde und fünfzehn Minuten später, als er sein Büro betrat, war er immer noch nachdenklich.
Della Street brachte die Morgenpost. »Nun, wie ist Ihre Unterredung ausgegangen?« fragte sie.

»Es war nichts zu machen«, sagte Mason.
»Hat Stephane Claire nicht sprechen wollen?«
»Sie wußte allem Anschein nach nichts. Aber da ist eine Sache, aus der ich nicht klug werde.«
»Und die wäre?«
Mason reichte Della Street Homans Foto. »Sehen Sie sich das an«, sagte er. »Nein, drehen Sie es nicht um! Sehen Sie es sich nur an. Wie könnten Sie feststellen, daß das Bild von einem Fotografen vom *Photoplay* aufgenommen wurde?«
»Ich wüßte nicht, wie.«
»Nun, sie hat es herausgebracht.«
»Sind Sie ganz sicher?«
»Bei dieser Sache bin ich in keinem Punkt sicher. Mir ist, als ginge ich einer hellerleuchteten Spur nach, so breit wie ein Boulevard, und plötzlich löst sie sich in Luft auf.«
»Augenblick mal«, sagte Della Street und starrte auf das Foto, das sie gegen das Licht hielt.
»Nein, das hab' ich schon versucht. Das Papier ist zu dick. Das Licht scheint nicht hindurch. Übrigens war auch am Tisch kein gutes Licht. Sie hat das Bild nicht einmal herumgedreht, sondern nur in ihrer rechten Hand gehalten, es angesehen und dann zurückgegeben.«
»Komisch, daß sie es nicht mit beiden Händen gehalten hat!«
»Nein, sie hat in ihrer Handtasche gekramt oder irgend so einen weiblichen Trick vollführt.«
Della zwinkerte. »Sie hat sich nicht etwa die Nase gepudert?«
»Doch, ich glaube. Wieso?«
»Was bin ich für ein Schaf!«
»Was soll das heißen?«
Della machte ihre Handtasche auf, nahm eine Puderdose heraus, klappte sie auf und sagte: »Jetzt halten Sie mir das Foto hin.«
Mason hielt ihr die Fotografie vor die Nase. Della drehte ihre Puderdose hin und her. »Haben Sie begriffen?« fragte sie.
»Großer Gott, natürlich!« rief Mason.
»Sie hätten mich mitnehmen sollen«, sagte Della vorwurfsvoll. »Auf so etwas kommt nur eine Frau.«
»Ich bin bloß ein Anwalt«, sagte Mason, »aber Paul soll ja Detektiv sein. Na, warten Sie nur, wenn er ...«
Es klopfte an die Tür. »Das ist Paul«, sagte Della.
Mason grinste. »Machen Sie auf, Della. Das gibt was!«

Drake kam schwungvoll ins Büro, rief: »Hallo, Herrschaften«, und ließ sich breit in den großen Ledersessel fallen.
»Nun, wie geht's denn dem großen Detektiv heute morgen?« fragte Mason.
Drake richtete einen ahnungsvollen Blick auf Mason. »Das riecht sehr, als sollte ich eine verpaßt bekommen.«
»Der Haken ist eben der, Paul, daß wir immer einen Schutzengel bei uns haben sollten. Es geschieht uns ganz recht, daß wir Della gestern abend nicht mitgenommen haben.«
»Was ist los?«
»Erinnerst du dich, was Mrs. Warfield tat, als wir ihr das Foto zeigten?«
»Nun, sie saß am Tisch.«
»Hat sie sich die Rückseite der Fotografie angesehen?«
»Ich erinnere mich, daß sie sie eine Minute in der Hand hielt und dann zurückgab.«
»Erinnerst du dich nicht, was sie tat, als ich ihr das Foto zeigte?«
»Zum Teufel, nein!«
»Los, Della, zeigen Sie ihm den Trick!«
Della wiederholte das Experiment.
»Du siehst, sie ist gerissen«, sagte Mason warnend.
»Und ob die gerissen ist«, antwortete Drake. »Sie hat sich nicht das geringste anmerken lassen, daß sie sich überhaupt für die Fotografie interessierte. Aber bei sich hat sie beschlossen, alte Nummern von *Photoplay* zu überprüfen.«
»Bist du soweit, daß wir gehen können?« fragte Mason. »Holen Sie Ihre Sachen, Della. Im Umgang mit dieser Frau brauchen wir Sie.«
Während Della Street ihren Mantel anzog und ihren Hut aufsetzte, sagte Mason zu Drake: »Noch etwas, Paul. Lies einmal Homans Lebenslauf nach. Sein raketenhafter Aufstieg hätte sich nicht so schnell ermöglichen lassen, ohne daß ihn jemand die Treppe hinaufstieß.«
»Und wer?«
Mason grinste. »Ich zahle dir gutes Geld, damit du das herausbringst.«
»Ich bin fertig!« rief Della Street.
»Ich muß in meinem Büro vorbeigehen und Hut und Mantel holen«, sagte Drake. »Diesmal wird mir sehr viel leichter zu

Mute sein. Ich werde nicht soviel Mitleid empfinden wie letztesmal. Da kam ich mir vor, als ob ich einem Baby Geld aus der Spardose klaute.«

»Und während derselben Zeit hat das Baby uns dicke Summen aus der Tasche geklaut.«

»Nehmen wir deinen oder meinen Wagen, Perry?«

»Wir fahren mit dem Taxi, das spart Zeit.«

»Okay.«

Sie brauchten weniger als zehn Minuten, um zum *Gateview* Hotel zu kommen. »Nur der Ordnung halber, Paul, laß uns erst mal nachsehen, ob für dich eine Mitteilung vorliegt«, sagte Mason.

»Wart einen Augenblick, Perry! Ich werde erst mit meinem Mitarbeiter reden und feststellen, ob sie im Empfangsbüro war.«

Drake ging davon. Ein Mann, der allem Anschein nach tief in eine Zeitung versunken war, ließ das Blatt sinken, blickte zu Drake hin, schüttelte unmerklich den Kopf und fuhr in seiner Lektüre fort.

Drake kam zu Mason zurück. »Sie ist auf ihrem Zimmer.«

Sie fuhren mit dem Fahrstuhl hinauf und gingen schweigend den teppichbelegten Korridor entlang. Mason fand die richtige Tür und klopfte. Nach ein paar Augenblicken klopfte er noch einmal und drehte am Türgriff. Die Tür war verschlossen.

»Heb' mich mal ein wenig hoch«, sagte er zu Drake.

Drake bückte sich, faßte Mason um die Knie und hob ihn hoch, so daß er gerade durch das Oberfenster über der Tür blicken konnte. »Außer dem brennenden elektrischen Licht kann ich nichts sehen, Paul. Los, komm, wir werden mit dem Hoteldirektor sprechen.«

Der Hoteldirektor war etwas abweisend, und Mason tat sogleich alles, um seinen Verdacht zu zerstreuen. Er erklärte ihm, seine Schwägerin sei zu Besuch in die Stadt gekommen und hätte um acht Uhr in seinem Büro sein sollen. Sie sei nicht gekommen. Sie litte an Herzbeschwerden und sei ganz allein.

Der Hoteldirektor rief schließlich den Zimmerkellner herbei. »Gehen Sie hinauf und sehen Sie in Zimmer sechsachtundzwanzig nach«, sagte er, und als Mason sich anschickte, ihm zu folgen, fügte er hinzu: »Sie können solange hier warten.«

Drake trat vom Empfang zurück und hustete zweimal. Der

Mann, der immer noch in seine Zeitung vertieft war, ließ sie ein wenig sinken. Drake machte ihm ein Zeichen und wies auf den Zimmerkellner, der vor dem Fahrstuhl wartete. Der Mann faltete die Zeitung zusammen, gähnte und erhob sich genau in dem Augenblick, als die Fahrstuhltür aufging.
»Ich fahre mit hinauf!« rief er und schritt dann gemütlich durch die Halle auf den Lift zu.
Fünf Minuten später war der Zimmerkellner zurück und berichtete. »Die Tür ist verschlossen. Ich habe den Nachschlüssel benutzt. Im Zimmer ist niemand. Im Bett hat niemand geschlafen. Es ist kein Gepäck im Zimmer. Die Handtücher sind nicht benutzt worden. Die Vorhänge sind zugezogen, und das Licht brennt.«
Der Hoteldirektor betrachtete Mason mit einem kühlen, abschätzenden Blick. »Sagten Sie nicht, sie sei Ihre Schwägerin? Sollte es irgendwelche Schwierigkeiten wegen der Hotelrechnung geben . . .«
»Ich werde die Rechnung sofort bezahlen«, sagte Mason. »Wahrscheinlich hat sie in einem Restaurant einen Herzanfall gehabt und ist ins Krankenhaus gebracht worden.«
»Sie meinen, ehe sie ins Bett gegangen ist?« fragte der Hoteldirektor spitz.
»Ja«, antwortete Mason leichthin. »Das arme Kind! Hoffentlich ist sie nicht ernsthaft krank! Ich werde im Krankenhaus nachfragen. Della, hätten Sie etwas dagegen, inzwischen die Rechnung zu bezahlen?« Zum Hoteldirektor gewandt fuhr er fort: »Sollte sie eventuell zurückkommen, sagen Sie ihr, sie möchte sich sofort mit ihrem Schwager in Verbindung setzen. Wollen Sie ihr das bitte bestellen?«
»Aber mit Vergnügen«, sagte der Hoteldirektor. »Noch einen Augenblick, bitte!«
Er nahm den Hörer vom Telefon und sagte zur Telefonistin in der Zentrale: »Sehen Sie nach, was für Gepäck der Gast von sechsachtundzwanzig gehabt hat. Ich bleibe am Apparat.« Seine Augen schweiften prüfend über seine Besucher, während er wartete. Dann sagte er in den Apparat: »Sind Sie ganz sicher? Schön, in Ordnung!«
Er ließ den Hörer auf die Gabel fallen und sagte zu Mason: »Sie ist mit einem Koffer und einem Hutkoffer angekommen. Beides befindet sich nicht im Zimmer. Sollte sie sie ins Restau-

rant mitgenommen haben?«

Mason stellte sich empört. »Wollen Sie andeuten, daß eine Verwandte von mir das Hotel verlassen würde, ohne ihre Rechnung zu bezahlen?«

Dem Verhalten des Hoteldirektors merkte man an, daß ihm unbehaglich zu Mute war. »Es ist etwas seltsam«, sagte er. »Das ist alles.«

»Und Ihr Benehmen und Ihre Verdächtigungen sind noch seltsamer. Da ist eine arglose, unerfahrene Frau in einem Hotel. Auf geheimnisvolle Weise verschwindet sie, und statt daß Sie uns auch nur etwas behilflich sind, fangen Sie an, alberne Bemerkungen über ihre Hotelrechnung zu machen.«

»So habe ich es nicht gemeint. Die ganze Sache sieht nur so verdächtig aus!«

»Was ist daran verdächtig?«

»Nun, sie hätte ihr Gepäck nicht einfach durch die Halle mit hinausnehmen können. Unsere Angestellten sind angewiesen, darauf zu achten, daß kein Gast mit seinem Gepäck durch die Hotelhalle geht. Das Gepäck nimmt jeweils der Zimmerkellner und bringt es zum Hotelbüro.«

»Gibt es hier einen Hinterausgang?«

»Es gibt einen Kellerausgang und einen Gepäckraum.«

»Und führt von dort aus ein Ausgang auf eine Seitenstraße?«

»Das schon, aber nur mit einem Lastenaufzug, und der läßt sich ohne Wissen des Heizers nicht bedienen. Er hat Anweisung, das Empfangsbüro zu verständigen, wenn auf diesem Weg Gepäck transportiert wird.«

»Dann ist also die einzige Möglichkeit, wie jemand das Hotel verlassen kann, durch die Hotelhalle?«

Der Hoteldirektor hustete mißbilligend. »Es gibt natürlich noch die Feuerleitern«, sagte er.

Mason richtete sich würdevoll auf. »Ich kann mir kaum vorstellen, daß meine Schwägerin durch das Fenster . . .«

11

Frank Ruscell vom Büro des Staatsanwalts war verbindlich, aber hartnäckig. »Wir möchten das Verfahren gegen Stephane Claire gern in Gang bringen, Mason! Wie wäre es, wenn wir die Anklage fertigstellten und das Vorverfahren für Freitag festsetzten!«

»Aber Sie haben nichts gegen sie vorliegen!«

Ruscell lehnte es ab, sich auf eine Auseinandersetzung einzulassen. »Ich weiß nicht sehr viel über die Sache. Ich behandle den Fall nicht selbst. Das Büro ist der Ansicht, daß genügend Material vorliegt. Wie wäre es Freitag um zehn Uhr?«

Mason zögerte.

»Natürlich könnten wir sie vorladen und den Richter den Zeitpunkt dafür festsetzen lassen. Soweit ich gehört habe, hat man sie gegen Kaution freigelassen. Sollte sie sich weigern, sofort verhört zu werden, müßten wir auf einer Erhöhung der Kaution bestehen.«

»Na schön«, gab Mason nach, »dann also Freitag um zehn Uhr.«

»Danke Ihnen«, sagte Ruscell in jenem blasierten, höflichen Ton eines stellvertretenden Staatsanwalts, der der Meinung ist, daß alle Strafverteidiger Halunken sind, und hängte auf.

Mason legte den Hörer auf die Gabel und sagte zu Della Street: »Der Teufel soll mich holen, wenn diese Burschen sie ins Gefängnis stecken, damit irgendein großes Tier in Hollywood ungeschoren bleibt.«

»Haben Sie irgendwelche Pläne?« fragte sie.

Mason schob die Bücher auf seinem Schreibtisch zur Seite und setzte sich auf den dadurch freigewordenen Platz. »Ich glaube, dieser Smoking spielt eine wichtige Rolle, Della.«

»Ich verstehe nicht, wieso.«

»Kein Mensch zieht einen Smoking zum Autofahren an. Der Mann hatte entweder die Absicht, in Los Angeles auf eine feine Party zu gehen, oder er hatte sonst einen Grund, einen Smoking anzuziehen. Achten Sie mal auf die Zeit! Er dürfte hier etwas nach Mitternacht angekommen sein. Zu diesem Zeitpunkt hätte er kaum noch auf eine Party gehen können. Andererseits verließ er Bakersfield gegen zehn Uhr. Jetzt fragt es sich noch, ob er von Bakersfield oder auf der Hauptverkehrsstraße von San

Franzisko her kam. Gesellschaftliche Ereignisse, für die Leute sich die Mühe machen, sich offiziell oder halboffiziell anzuziehen, hören gewöhnlich nicht so früh am Abend auf.«
»Machen Sie nur weiter«, sagte Della Street. »Sie sind richtig in Fahrt.«
»Bakersfield ist nicht so groß, als daß wir nicht im Stande sein könnten, mit Hilfe der Presse festzustellen, ob irgendwelche ungewöhnliche Anlässe vorlagen, zu denen man Abendkleidung brauchte. Dann könnten wir die Gästeliste überprüfen und feststellen, ob irgend jemand zeitig weggegangen ist.«
»Großartig!«
»Wir werden Paul Drake darauf ansetzen.«
»Fällt Ihnen sonst noch etwas ein?« fragte Della und machte sich Anmerkungen in ihr Notizbuch.
»Hinter Homan stehen irgendwelche einflußreichen Leute«, sagte Mason. »Er hat sehr schnell Erfolg gehabt.«
»Haben das Leute in Hollywood nicht eigentlich immer?«
»Gelegentlich schon. Sooft das geschieht, steht meistens jemand hinter ihnen, jemand, der die Spielregeln kennt. Sie wissen ja, wie das ist. Da kann zum Beispiel ein Mr. Meyer jahrelang um eine Anstellung betteln. Plötzlich erwähnt jemand auf einer Party in Hollywood, daß die Metro-Goldwyn-Mayer im Begriff steht, ihm einen langfristigen Vertrag zu geben, und innerhalb vierundzwanzig Stunden kriegt er vier oder fünf telefonische Angebote.«
»Was spielt das bei Homan für eine Rolle? Er hat den Wagen doch nicht selbst gefahren, nicht wahr?«
»Allem Anschein nach nicht. Die Beschreibung paßt nicht auf ihn.«
»Ich verstehe nicht, wie das Geheimnis um seinen Erfolg Ihnen helfen soll.«
»So geht es mir auch«, gab Mason zu. »Wenigstens bis jetzt. Aber ich möchte noch mehr über ihn erfahren! Der Mann, nach dem ich suche, ist natürlich Spinney. Es sieht indessen so aus, als ob ich Spinney nur über Homan erreichen kann, und Spinney wird gedeckt. Könnte ich nur eine Möglichkeit finden, ihn aus seinem Versteck hervorzulocken ...« Mason verstummte und starrte auf den Teppich.
»Mir kommt eine Idee!« sagte Della Street.
»Schießen Sie los.«

»Sollte Ihre Vermutung über Spinney stimmen, ist er derjenige, der für Homan die schmutzige Wäsche wäscht und so weiter.«
»Na, na!«
»Und Homan weiß, daß Sie nach Spinney suchen.«
»Wahrscheinlich weiß er nicht genau, wieviel wir über Spinney wissen, aber er macht sich Sorgen, um Spinney eine Zeitlang unsichtbar zu machen.«
»Sollte Homan aber in Schwierigkeiten geraten, so würde er sich an Spinney wenden, nicht wahr?«
»Möglicherweise. Warum?«
Della Street blinzelte. »Warum sollten wir nicht . . .«
»Es würde uns nicht einmal gelingen, ihn zu beunruhigen, Della«, unterbrach Mason sie. »Ihm müßte man schon etwas Handfesteres vor die Nase setzen als ein Märchen unsererseits, daß wir Spinney zwingen könnten, an die Öffentlichkeit zu treten.«
»Könnten Sie sich nicht etwas einfallen lassen?«
»Betrachten wir die Sache mal von Homans Standpunkt aus. Beunruhigen mag ihn die Sache schon. Vermutlich kann man ihn irgendwo und irgendwie mit Spinney in Verbindung bringen. Davor mag er Angst haben, aber mehr auch nicht.«
»Und Mrs. Warfield? Was ist Ihrer Meinung nach mit ihr geschehen?«
»Sie muß aus freien Stücken weggegangen sein. Alle Leute erklären, daß sie das Hotel nicht verlassen und ihr Gepäck mitgenommen haben kann, ohne aufgehalten worden zu sein. Das hört sich auch ganz vernünftig an. Da ist also irgendwo ein Punkt, den wir übersehen haben.«
»Sie ist nicht dageblieben, sie kann aber auch nicht weggegangen sein«, sagte Della Street. »Sie muß also . . .«
Mit einem Sprung war Mason vom Schreibtisch und rief: »Sie haben es erfaßt!«
»Was habe ich erfaßt?« fragte Della verwirrt.
»Holen Sie Drake!« befahl Mason aufgeregt. »Los, machen Sie schon, Della!«
Della lief hinaus, und Mason konnte ihre Absätze über den Korridor klappern hören. Er ging mit hastigen Schritten durch das Büro und schnalzte von Zeit zu Zeit mit den Fingern.
In Begleitung der völlig atemlosen Della Street betrat Drake das Büro und fragte: »Was ist denn so wichtig, Perry?«

»Della hat mir eben die Erklärung für Mrs. Warfields Verschwinden gegeben. Sie ist noch im Hotel! Begreifst du?«
»Nein«, antwortete Drake. »Der Teufel soll mich holen, wenn ich es begreife. Man hat doch ihr Zimmer durchsucht!«
»Aber verstehst du nicht? Sie ist in einem anderen Zimmer.«
Drake runzelte die Stirn und schüttelte den Kopf. »Nein, da hätte sie doch zum Empfang hinuntergehen müssen. Sie hat aber nicht . . .«
»Wach auf, Paul!« rief Mason. »Uns ist jemand nachgegangen! Jeder unserer Schritte ist beobachtet worden! Als wir ihr ein Zimmer besorgten, hat dieser Jemand ebenfalls eines genommen. Nachdem er es bezogen hatte, ist er zu Mrs. Warfield gegangen und hat ihr etwas erzählt, das ihr mehr bedeutete als die Stellung bei dir, etwas, das sie veranlaßte, dich reinzulegen und mitzugehen. Sie hat einfach ihr Gepäck in sein Zimmer gebracht.«
Drake ließ einen Pfiff hören. »Du hast recht! Die Sache liegt so auf der Hand, daß wir sie einfach übersehen mußten!«
»Und das Ganze hat funktioniert«, sagte Mason. »Das ist ja gerade der Trick – es war so verdammt einfach.«
»Hätten wir nur gestern abend dran gedacht! Der Vorwurf trifft mich. Ich hätte aufpassen müssen. Allein der Gedanke, daß man uns beschattet . . .«
»Die Straßen waren um diese Zeit sehr belebt. Es hätte uns ein Dutzend Leute nachgehen können«, sagte Mason. »Also: Entweder hat man sie in ein anderes Zimmer gelockt, oder sie ist freiwillig mitgekommen. Es gibt nur zwei Leute, die das getan haben können: ihr Mann oder Spinney. Ihr Mann geht ihr aus dem Wege. Er ist entweder im Gefängnis oder hat einen Haufen Schwierigkeiten, weswegen er ihr beibringen will, daß er im Gefängnis sitzt. Deswegen ist es Spinney.«
»Weiter!«
»Aber angenommen, sie hat ihr Gepäck nicht fortgeschafft? Angenommen, jemand klopfte bei ihr und erklärte, er hätte eine Mitteilung für sie, forderte sie auf, mitzukommen, und führte sie in ein anderes Zimmer. Dies verließ sie nicht mehr. Und später kehrte der Mann zurück, holte ihr Gepäck, schaffte es in das andere Zimmer, verschloß die Tür und verschwand.«
Drake machte ein gequältes Gesicht. »Je mehr ich darüber nachdenke, Perry, desto mehr hört sich diese Theorie so an, als

müßten wir sie akzeptieren. Die Tatsache, daß die Handtücher nicht benutzt waren, gefällt mir zum Beispiel gar nicht.«

»Wir müssen also herausfinden, wer uns bis zum Hotel nachschlich. Wir müssen alle Leute überprüfen, die im Hotel ein Zimmer nahmen, nachdem wir das für Mrs. Warfield genommen hatten. Vergiß nicht, daß wir selber ja nicht einmal wußten, welches Hotel wir wählen würden. Es muß also jemand sein, der unmittelbar nach uns gekommen ist.«

»Das mit dem ›unmittelbar‹ verstehe ich nicht!«

»Aber begreifst du nicht, Paul? Dazu ist alles zu schnell geschehen. Die Handtücher waren nicht benutzt. Sie war nicht zehn, wahrscheinlich nicht einmal fünf Minuten im Zimmer ... Sie wartete, bis wir gegangen waren, dann lief sie hinunter zum Zeitungsstand, um nach alten Nummern vom *Photoplay* zu fragen, danach ...«

»Jetzt begreife ich«, unterbrach Drake. »Okay, Perry, meine Leute sind immer noch im Hotel. Sie hatten ihr Zimmer bereits bezahlt, und als ich sie abrief, beschlossen sie, noch ein paar Stunden Schlaf rauszuschlagen. Ich kann sie anrufen und ihnen erneut den Auftrag geben ...«

»Ja, worauf wartest du noch?« rief Mason. »Los, an die Arbeit!«

Drake war innerhalb von zehn Minuten zurück. »Okay, Perry«, sagte er, »wir haben den Mann.«

»Saubere Arbeit, Paul! Wie hast du das so schnell geschafft?«

»Es stellte sich heraus, daß mein Mitarbeiter nicht zu Bett gegangen war. Er stand gerade in der Hotelhalle und unterhielt sich mit einem Angestellten, als ich anrief. Zwei Dinge haben dazu geführt, daß wir den Mann gefunden haben. Erstens hat er sich – nachdem Mrs. Warfield auf ihr Zimmer gegangen war – fünf Minuten später eingetragen. Und das haben nur zwei Leute innerhalb der ersten Stunde danach getan. Einer von ihnen war dieser Mann, der andere eine Frau. Dann kam eine Stunde lang niemand ...«

»Hast du mit Stephanes Beschreibung von dem Autofahrer etwas anfangen können?«

»Ja, in doppelter Hinsicht. Wir ...«

»Zum Teufel mit all dem Kram! Wo steckt er jetzt?«

Drake grinste triumphierend. »In seinem Zimmer, unter dem Namen Walter Lossten, aus Los Angeles. Er hatte kein Gepäck.

Er zahlte sein Zimmer im voraus.«
»Welche Nummer?«
»Einundzwanzig.«
»Wie kommst du auf den Gedanken, daß er noch da ist?«
»Weil an der Tür ein Schild hängt: Nicht stören.«
»Du hast nicht versucht, ihn anzurufen?«
»Nein, ich habe meinem Mitarbeiter gesagt, er sollte die Situation im Auge behalten.«
Die Hände tief in den Hosentaschen, blieb Mason einen Augenblick stehen. »Paul«, sagte er, »das gefällt mir nicht. Dieses Schild ist ein Gefahrenzeichen!«
»Da komme ich nicht mit.«
»Mrs. Warfield ist in dem Zimmer«, sagte Mason. »An der Tür hängt ein Schild: Nicht stören. Sie hat sich nicht mit uns in Verbindung gesetzt. Dieses Schild bedeutet etwas, Paul, vielleicht Mord.«
»Verdammt, die Sache sieht wirklich faul aus!«
»Paul, du gehst ins Hotel«, sagte Mason. »Ich werde sehen, daß ich Leutnant Tragg hinlocken kann. So wie die Dinge liegen, haben wir bereits zu viele Leichen gefunden.«

12

Leutnant Tragg blickte auf, erkannte seinen Besucher und begrüßte ihn mit einem Kopfnicken. »Hallo, Mason! Das ist ein unerwartetes Vergnügen!«
Die beiden Männer schüttelten einander die Hand. Tragg war ungefähr so alt wie Mason und etwas kleiner, wog auch ein oder zwei Pfund weniger, und doch bestand zwischen beiden Männern eine gewisse Ähnlichkeit. Tragg war das genaue Gegenteil des stiernackigen, untersetzten Sergeanten Holcomb, dessen Stelle er bei der Mordkommission übernommen hatte.
»Na, haben Sie schon wieder eine Leiche gefunden?« fragte Tragg.
Mason grinste. »Sie behaupten immer, ich würde selbständig handeln und die Polizei nicht ins Vertrauen ziehen. Diesmal will ich Sie gleich von Anfang an mit dabei haben.«
»Okay. Nehmen Sie Platz!«

Mason ließ sich auf einem Stuhl nieder und steckte sich eine Zigarette an. »Es handelt sich um die Totschlagsache Stephane Claire.«

»Was Sie nicht sagen! Soweit ich weiß, ist der Staatsanwalt bereits dabei, den Fall zur Verhandlung zu bringen.«

»Die Vorverhandlung ist am Freitag.«

»Na, damit ist die Sache nicht mehr in meiner Hand.«

»Das muß aber nicht sein. Sie sind doch daran interessiert, daß der Gerechtigkeit Genüge geschieht, nicht wahr?«

Tragg lächelte verschmitzt. »Einerseits ja, andererseits nein. Sie wissen, wie das ist!«

»Nehmen wir mal an, Sie könnten Beweise finden, die die Schuld jemand anderem aufhängen, wie wäre das?«

Tragg fuhr sich mit der Hand über die Stirn. »Schönes Wetter haben wir«, sagte er, »ich meine, angesichts der Jahreszeit.«

»Na schön, der Fall liegt folgendermaßen«, erklärte Mason. »Stephane Claire hat das Auto nicht gefahren. Es war ein Mann. Er ist zur Zeit unter dem Namen Walter Lossten im *Gateview* Hotel. Ich glaube, genug Material gegen ihn zu haben, daß er zugeben wird, den Wagen gefahren zu haben.«

»Dann könnten Sie ihm ja eine Vorladung überreichen, als Zeuge im Vorverfahren aufzutreten, unter Strafandrohung bei Nichterscheinen. Wenn Sie ihm ein Geständnis abringen können, ist das alles, was sich auf dem Gebiet tun läßt. Die Sache liegt jetzt in der Hand des Staatsanwalts.«

»Sie sind nicht interessiert?«

»Ach«, sagte Tragg müde, »Sie werden verstehen, daß ich eine Menge Eisen im Feuer habe. Dieser Fall untersteht mir wirklich nicht mehr.«

Mason schob seinen Stuhl zurück. »Gut. Aber Sie beschweren sich immer, daß ich der Polizei vorgreife und Ihnen keine Gelegenheit zur Mitarbeit gebe.«

Wieder fuhr sich Tragg mit der Hand über das Haar. »Diese Stephane Claire scheint ein nettes Kind zu sein«, sagte er.

»Ist sie auch.«

»Irgendwie kann ich mir nicht vorstellen, daß sie einen Wagen stiehlt und ... Also dieser bewußte Mann ist jetzt im *Gateview?*»

»Ja. Und darüber hinaus habe ich dort eine Zeugin, eine Mrs. Warfield. Ich glaube, sie wird diesen Lossten als einen Mann

mit Namen Spinney identifizieren, und an Spinney, meine ich, sei die Polizei in San Franzisko interessiert.«
»Schön, ich werde es riskieren. Sollten Sie daraus einen Fall machen können, so werde ich mich darum kümmern, aber an Ihnen ist es, den Fall zu schaffen.«
»Ich habe ein Taxi draußen«, sagte Mason.
»Zum Teufel mit dem Taxi«, antwortete Tragg. »Mein Wagen steht auch draußen!«
In weniger als vier Minuten waren sie beim *Gateview* Hotel.
»Vergessen Sie nicht«, sagte Tragg, als er ausstieg, »das ist jetzt Ihre Vorführung. Ich bin nur Zuschauer.«
»Okay«, sagte Mason.
Drake und einer von Drakes Detektiven warteten in der Hotelhalle.
»Ist er noch oben?« fragte Mason.
Drake sah erleichtert aus. »Ja. Ich dachte schon, du kämest überhaupt nicht mehr.«
»Hallo, Drake«, sagte Tragg. »Schneller konnte ich nicht kommen, ohne den ganzen Verkehr aufzuhalten.«
»Mir kam es sehr lange vor«, sagte Drake und stellte seinen Mitarbeiter vor.
»Na, dann gehen wir mal nach oben«, meinte Mason.
Sie fuhren mit dem Fahrstuhl hinauf. Die vier machten vor der Tür halt, von deren Klinke das übliche Schild »Nicht stören!« herunterhing.
Mason sagte: »Ich glaube, dies ist der Mann, der zur Zeit des Unfalls Homans Wagen fuhr, Tragg! Wenn Sie die Fragen stellten, könnten wir vielleicht mehr als . . .«
»Nichts zu machen«, unterbrach ihn Tragg. »Ich höre zu. Was mich angeht, so ist der Fall abgeschlossen.«
»Ganz wie Sie wollen«, sagte Mason.
Mason klopfte. Als sich nichts rührte, klopfte er noch einmal.
Drake schüttelte den Kopf. »Er ist hier – es sei denn, daß er . . .«
»Schön«, meinte Mason, »holen wir den Hoteldirektor und einen Nachschlüssel. Meiner Meinung nach will man uns hinhalten.«
Tragg zog ein Lederetui aus der Tasche. »Vielleicht können wir uns den Gang in die Hotelhalle sparen. Ich glaube, eines dieser Dinger wird es schaffen – natürlich außeramtlich.«

Er steckte einen Dietrich ins Schloß, und das Schloß schnappte leicht zurück. Mason stieß die Tür auf, schickte sich an, das Zimmer zu betreten, und blieb plötzlich stehen.
Drake, der ihm über die Schulter sah, sagte: »Oho!«
Tragg war im Hintergrund geblieben und fragte: »Was gibt's denn da drinnen?« Worauf Mason und Drake schnell beiseite traten und die Sicht auf den Körper eines Mannes freigaben, der mit dem Gesicht nach unten auf dem Bett lag.
Empört drehte sich Tragg zu Mason um. »Verdammt noch mal, Mason«, rief er, »wenn Sie das gewußt haben . . .«
»Seien Sie nicht töricht«, unterbrach ihn Mason. »Ich hatte keine Ahnung, daß dieser Mann tot ist. Ich wollte, daß Sie sich sein Geständnis anhören.«
»Ich neige dazu, Ihnen zu glauben«, erwiderte Tragg ingrimmig. »Aber ich bin vermutlich der einzige in meiner Abteilung, der das tun wird.« Er schritt auf das Bett zu. »Daß Sie mir nichts anfassen«, sagte er gereizt.
Die Bettdecke war nicht zurückgeschlagen worden, sondern bedeckte immer noch das Bett und eines der Kissen. Das andere lag auf dem Boden. Der Mann lag schräg über dem Bett. Sein rechter Arm hing über den Rand. Am vierten Finger funkelte ein Diamantring. Auf dem Schädel hatte er einen dunklen Fleck, und ein unheimliches dunkles Rinnsal, das über den Kragen seines Rockes getropft war, hatte das Bett rot gefärbt. Immerhin war nur wenig Blut geflossen.
Tragg beugte sich vor, um das Loch zu untersuchen. »Kleinkalibrige Kugel«, sagte er. »Hat die Pistole ganz nahe ran gehalten. Pulververbrennungen. Täter hat das Kissen am Boden verwandt, um den Schuß zu dämpfen. Auch das Kissen trägt Pulverspuren.«
»Wollen Sie ihn umdrehen?« fragte Mason.
»Nichts werde ich anrühren«, erwiderte Tragg gereizt, »ehe nicht der Coroner hier gewesen ist. Sie gehen hinunter in die Hotelhalle und warten da! Diese Geschichte wird noch gewaltig stinken.«
»Ich schwöre Ihnen, ich hatte keine Ahnung, daß der Mann tot ist«, sagte Mason. »Ja, ich dachte sogar . . .«
»Die Zeitungsleute werden nicht so denken, und auch mein Chef nicht. Es sieht aus, als hätten Sie die Polizei als Mittel zum Zweck benutzt, damit Sie nicht immer die Leichen finden.«

»Was hat es für einen Sinn, noch viel zu reden«, meinte Mason zu Drake. »Gehen wir!«
»Sie können, wenn Sie schon mal in der Hotelhalle sind«, sagte Tragg, »das Präsidium anrufen, daß ich hier bin und man den Wagen der Mordkommission herschicken soll. Laufen Sie ja nicht weg, Mason! Ich möchte Ihnen noch ein paar Fragen stellen.«
Mason und Drake traten auf den Korridor und gingen mit Drakes Detektiv zum Lift. Mason meinte vielsagend zu Drake: »Wäre es nicht eine gute Idee, Paul, wenn dein Mitarbeiter versucht, sich mit der Telefonistin anzufreunden, um herauszubekommen, was Lossten für Gespräche geführt hat?«
»Unsinn, Perry«, protestierte Drake. »Du weißt doch, daß er nicht telefoniert hat. Er hat das Zimmer gemietet, ist augenblicklich hinaufgegangen, um ...«
»Hör mal, Paul, er könnte es aber doch getan haben! Und seine Anrufe würden auf seiner Rechnung stehen! Wenn Tragg erst die Mordkommission hier hat, wird er alles unter Verschluß nehmen, und wir werden nicht eine einzige Information mehr rauskriegen.«
»Ich begreife«, erklärte Drake und sagte dann zu seinem Detektiv gewandt: »Haben Sie verstanden, worauf es ankommt?«
»Schon, schon, aber leicht wird es nicht sein, denn die Telefonistin, die jetzt Dienst hat, ist sicher nicht die von gestern abend.«
»Na, sehen Sie zu, was Sie rausbringen«, meinte Mason. »Es wäre auch besser, wenn Sie ein paar Minuten vor uns mit dem Fahrstuhl hinunterfahren würden. Dadurch haben Sie einen Vorsprung, bis wir unten auftauchen. Und geben Sie Traggs Auftrag an das Präsidium weiter. Außer der Polizei dürfen Sie niemand Auskunft geben.«
»Werde ich auch nicht.«
Als sich die Fahrstuhltür hinter dem Mann geschlossen hatte, sagte Mason mit leiser Stimme: »Mir fiel ein, daß es besser ist, ihn loszuwerden. Was er nicht weiß, macht ihm nicht heiß.«
»Verdammt, Perry«, meinte Drake. »Jetzt stehen wir großartig da!«
»Das zeigt nur, wie wenig du kapierst.«
»Was stimmt denn nicht?«
»Hast du das Gepäck in der Ecke bemerkt?«

»Nein.«
»Da standen ein Koffer und ein Hutkoffer: Mrs. Warfields Gepäck. Tragg hat natürlich geglaubt, es sei das des Toten. Der Coroner wird es aufmachen, und dann . . .«
»Verdammt!«
»Wir sollten Tragg erzählen, was wir hier vorhatten!«
»Warum hat sie es nicht mitgenommen?« fragte Drake gereizt.
»Reg dich bloß nicht auf! Wir müssen alles gründlich überlegen. Diese Warfield hat uns ganz schön an der Nase herumgeführt.«
»Was ist nach deiner Meinung geschehen?«
»Der Mann ist uns bis ins Hotel gefolgt, hat sie in ihrem Zimmer besucht und erklärt, er hätte eine Nachricht von ihrem Mann, oder er hat gesagt, er sei Spinney. Er hat behauptet, daß sie sich auf gefährliche Dinge einließe und mit den verkehrten Leuten zusammenarbeite, daß du Privatdetektiv wärst und ich Anwalt, und daß ihr Mann einen Schock bekommen würde, wenn er dahinterkäme. Er hat ihr geraten ihr Gepäck zu nehmen und ihm in sein Zimmer zu folgen.«
»Gut und schön«, sagte Drake, »aber was dann passiert ist, kann ich mir nicht recht vorstellen.«
»Sie hat erkannt, daß Spinney sie die ganze Zeit über hintergangen hat und auch ihr Mann. Die einzige Art und Weise, wie sie dahintergekommen sein kann, ist die, daß sie auf Homans Bild den Stempel vom *Photoplay* gesehen hat. Begreifst du noch immer nicht? Von dem Augenblick an wußte sie, daß er beim Film tätig ist. Siehst du jetzt, wie der Hase läuft?«
Drake verzog den Mund: »Verdammt noch mal, jawohl.«
»Und jetzt sieh dir die Sache von Traggs Standpunkt aus an«, fuhr Mason mit leiser Stimme fort. »Er wird glauben, daß ich Mrs. Warfield schütze, daß ich ihr geraten habe zu verduften und die Geschichte, die wir dem Hoteldirektor über ihr Verschwinden erzählt haben, nur dazu diente, einen Aufschub zu bekommen. Sei also vorsichtig«, warnte Mason. »Und jetzt gehen wir hinunter in die Halle.«
Sie fuhren mit dem Fahrstuhl hinunter. Drakes Mitarbeiter kam hastig auf sie zu. »Diese Mrs. Warfield war die ganze Zeit über im Hotel.«
»Was?«

»Der Empfangschef hat mir gerade erzählt«, sagte der Mann, »daß sie zehn Minuten, nachdem Mr. Mason die Rechnung bezahlt hatte, das Hotel verlassen hat. Der Empfangschef bemerkte sie in der Halle und bat sie, einen Augenblick zu warten. Der Hoteldirektor wollte sie sprechen, denn er hätte eine Nachricht für sie von ihrem Schwager.«

»Und was passierte dann?«

»Die natürlichste Sache von der Welt. Der Empfangschef ging, um den Hoteldirektor zu rufen. Mrs. Warfield machte ein hochmütiges Gesicht und sagte, sie sei gar nicht Mrs. Warfield, hätte auch keinen Schwager, und falls sie den Versuch machen würden, sie festzuhalten, würde sie das Hotel verklagen. Und damit rauschte sie aus der Halle.«

Mason und Drake wechselten einen Blick.

»Wissen Sie, die Sache war so«, fuhr Drakes Mitarbeiter fort, »daß der Hoteldirektor keine Lust hatte, ihr nachzulaufen und sie festzuhalten. Ihre Rechnung war bezahlt. Also ließ er sie einfach gehen.«

»O weh«, sagte Mason, »wenn du jetzt nicht der Meinung bist, Paul, daß wir hübsch in der Patsche sitzen, kennst du Leutnant Tragg nicht!«

»Nie wieder werde ich auf eine von diesen Weibern mit müden Augen hereinfallen«, rief Drake. »Erinnerst du dich an die Tasche, die sie mitschleppte, Perry? Wie vollgestopft sie war und wie schwer sie aussah? Darin hatte sie eine Pistole.«

»Wer den Kerl umgebracht hat, Paul, ist mir völlig gleichgültig«, meinte Mason. »Tragg ist es, der mir Kopfschmerzen macht! Ich habe die Aufgabe zu beweisen, daß dieser Mann das bewußte Auto gefahren hat. Sobald ich es geschafft habe, ist die Sache für mich erledigt.«

»Sag mal, kann nicht Miss Claire herkommen und ihn identifizieren?«

Masons Lachen klang verächtlich. »Sicher kann sie ihn identifizieren, aber ist das glaubwürdig? Er kann nicht mehr gestehen! Er ist tot! Stephane Claires Worte würden nichts nützen. Wenn es einer Frau möglich wäre, sich von der Anklage auf fahrlässige Tötung zu befreien, indem sie einfach auf eine Leiche zeigt und sagt: ›Das ist der Mann, der den Wagen gefahren hat‹, na, jeder gute Anwalt würde im Stande sein, eine halbwegs passende Leiche aufzutreiben.«

Drake blieb stehen und starrte nachdenklich zu Boden.
»Unsere einzige Hoffnung besteht jetzt darin, daß wir Mrs. Warfields Mann finden«, fuhr Mason fort, »und ihn dazu bringen, zu beweisen, daß Spinney den Wagen fuhr und daß dieser Mann Spinney ist.«
»Auch keine Kleinigkeit«, sagte Drake.
»Er muß doch . . .«
»Guten Morgen, Mr. Mason.« Mason wandte sich um.
Mit ausgestreckter Hand schritt Jacks Sterne auf ihn zu. »Nun, wie sehen die Dinge heute morgen aus?«
Mason schüttelte rein mechanisch kurz Sternes Hand, wandte sich besorgt nach dem Fahrstuhl um und fragte: »Was machen Sie denn hier?«
»Na, hören Sie! Sie sind es doch gewesen, der vorgeschlagen hat, daß ich hier absteigen soll? Erinnern Sie sich nicht? Ich erkundigte mich gestern abend bei Ihnen nach einem guten Hotel . . .«
»Ziehen Sie aus, ziehen Sie schleunigst aus!«
»Warum? Ich verstehe überhaupt nichts mehr.«
»Das brauchen Sie auch nicht«, sagte Mason. »Gehen Sie auf Ihr Zimmer, packen Sie und ziehen Sie aus!«
»Aber wohin soll ich denn gehen?«
»Ins *Adirondack* Hotel!«
»Aber Stephane würde nicht wollen . . .«
»Nun ziehen Sie schon ins *Adirondack!* Tun Sie so, als hätten Sie dort die ganze Zeit gewohnt.« Mason packte ihn am Arm und schob ihn auf den Fahrstuhl zu. »Der Grund, weswegen ich Ihnen keine Erklärungen gebe, ist der, daß ich keine Zeit dazu habe.« Ein Fahrstuhl hielt. Mason schob Sterne hinein. »Tummeln Sie sich! Wenn ich noch in der Hotelhalle bin, wenn Sie herunterkommen, sprechen Sie mich nicht an!«
»Aber was soll ich Stephane erzählen?«
Mason wandte ihm den Rücken. Einen Augenblick später knallte die Fahrstuhltür zu. Mason ging wieder zu Drake und seinem Detektiv.
»Wer war das?« fragte Drake.
»Stephane Claires Verehrer!« sagte Mason. »Er wollte ein ruhiges Hotel haben, und ich habe ihm dieses hier vorgeschlagen, nur weil es so nah beim *Adirondack* liegt und . . .«
»Wenn Tragg rausbekommt, daß er hier wohnte«, sagte Drake,

»dann wird er nicht zögern, Stephane Claire den Mord anzuhängen.«
»Wem sagst du das?« Mason sah besorgt auf seine Armbanduhr. Doch es dauerte noch eine gute halbe Stunde, ehe Tragg Mason rufen ließ.
Angehörige der Mordkommission waren immer noch an der Arbeit, nahmen Fingerabdrücke, machten Aufnahmen von der Leiche und entwarfen eine genaue Skizze des Zimmers.
»Ich hoffe«, sagte Tragg mit dem Anflug eines Lächelns, »daß Sie Ihren Roman fertig haben!«
»Habe ich auch.«
»Sollten Sie noch mehr Zeit brauchen, um sich einen wirklich guten auszudenken, werde ich erst mit Drake sprechen. Sie verstehen meine Lage. Der Chef wird glauben, daß Sie mich als Werkzeug benutzen.«
»Jetzt habe ich genug!« rief Mason. »Wenn ich mit Ihnen zusammenarbeite, heißt es, daß ich Sie als Werkzeug benutze. Handle ich selbständig, komme ich auf die Liste der Verdächtigen.«
»Der Haken ist, Mason, daß Sie zu viele Leichen finden.«
»Nein! Der Haken ist, daß ich nicht in meinem Büro sitzen und warten kann, daß mich Leute aufsuchen, so wie man glaubt, daß sie einen Mandanten aufsuchen sollten. Ich muß in die Feuerlinie. Wenn man das tut, kommt man ziemlich weit herum, und dann . . .«
»Trotzdem finden Sie immer noch zu viele Leichen«, meinte Tragg.
»Ich wollte gerade hinzufügen«, bemerkte Mason mit Würde, »daß, sobald ein Mann in den Ruf kommt, ein guter Anwalt in Mordfällen zu sein, Morde die Tendenz haben, sich in seiner Nähe abzuspielen.«
Tragg änderte das Thema. »Wer ist dieser Kerl?« fragte er und machte eine Kopfbewegung zum Bett hin.
»Er hat sich hier unter dem Namen Walter Lossten eingetragen. Das ist alles, was ich über ihn weiß.«
Tragg sah ihn argwöhnisch an. »Konnten Sie sein Gesicht nicht sehen, als Sie hereinkamen?«
»Nein.«
»Woher wissen Sie dann, daß Sie ihn nicht kennen?«
»Wenn er der Mann ist, der er meiner Meinung nach sein muß,

so bin ich ihm noch nie begegnet.«
»Und wer ist das?«
»Der Mann, der Homans Wagen fuhr.«
Tragg runzelte die Stirn. »Hören Sie, Mason! Sie versuchen dauernd, Homan in diese Geschichte hineinzuziehen. Hollywood hat ein paar Millionen Dollar in dieser Stadt investiert. Ein kleiner Haufen von höchstbezahlten Männern und Frauen der Welt ist hier auf ein paar Quadratkilometern versammelt.«
Mason nickte.
»Ich kann nicht Homan in der gleichen Weise anrempeln, wie ich einen gewöhnlichen Staatsbürger anrempeln würde. Das wissen Sie auch.«
»Sie haben mich um Tatsachen gebeten! Die habe ich Ihnen gegeben. Ich nehme doch an, daß Sie sie hören wollen, oder?«
»Reden Sie keinen Unsinn!«
»Vielleicht sollte ich mir lieber die Leiche ansehen«, sagte Mason.
»Vielleicht sollten Sie das.«
Mason ging zum Bett, wobei er über ein Maßband hinwegstieg, mit dem zwei von Traggs Mitarbeitern den Abstand vom Bett zum Fenster maßen.
Man hatte die Leiche auf den Rücken gedreht, und Mason blickte auf Gesichtszüge, die so ausgezeichnet mit der von Stephane Claire gegebenen Beschreibung übereinstimmten, daß Mason das Gefühl hatte, er müßte diesen Mann persönlich gekannt haben.
Er wandte sich ab. Tragg zog die Augenbrauen hoch. Mason nickte.
Tragg griff nach dem Telefon, rief das Präsidium an und sagte: »Hier spricht Leutnant Tragg von der Mordkommission. Ich bearbeite im *Gateview* Hotel auf Zimmer fünfeinundzwanzig einen Mordfall. Es kann sein, daß Stephane Claire, die wegen des Autounfalls auf der Ridge Route festgehalten wird, den Toten hier kennt. Lassen Sie sie mit einem Streifenwagen abholen und herbringen. Sie befindet sich im *Adirondack*.« Dann hängte er ein.
»Ach, Sie wissen also, wo sie wohnt?« rief Mason.
Tragg grinste. »Der Fall untersteht dem Bezirk. Als sie gegen

Kaution freigelassen wurde, hat man uns um unsere Mitarbeit gebeten. Schließlich handelt es sich um Mord.«

»Ich wußte nicht, daß Sie so harmonisch zusammenarbeiten.«

»Anordnung vom Chef«, sagte Tragg.

Mason lächelte. »Hollywood hat weiß Gott Einfluß!«

Tragg wechselte das Thema. »Sie haben nach diesem Mann gesucht?«

»Natürlich, er ist der Mann, der Homans Wagen gefahren hat.«

»Unter welchem Namen haben Sie ihn denn gekannt?«

»Ich sage Ihnen doch, daß ich ihn nicht gekannt habe.«

»Welchen Namen hat er denn Ihrer Mandantin angegeben?«

»Gar keinen. Der Unfall passierte, ehe sie genügend bekannt wurden.«

»Sie sind aber zurückhaltend, wie?«

»Nein, aufrichtig.«

»Als Sie mich baten, mit Ihnen herzukommen, erwähnten Sie einen Spinney oder Semley.

»Daran erinnere ich mich nicht.«

Tragg versuchte es mit einer anderen Methode. »Wie kam es denn, daß Sie gerade in diesem Hotel nach ihm suchten?«

»Paul Drakes Leute haben Nachforschungen angestellt. Sie haben sich beim Empfangschef erkundigt, ob ein Mann, auf den diese Beschreibung zutraf, gestern abend in diesem Hotel angekommen sei, und sie stellten fest, daß das der Fall war.«

Traggs leichtes Stirnrunzeln verriet, daß er wütend war. »Sehr, sehr hübsch«, sagte er und fügte nach einer vielsagenden Pause hinzu, »für Sie. Das heißt, hübsch wäre es, falls ich es glaube.«

»Sie können sich ja den Beweis dafür holen«, sagte Mason.

»Und wie?«

»Indem Sie beim Empfangschef nachfragen.«

»Daran zweifle ich nicht. Aber was ich wissen will, ist, wieso Drakes Leute gerade auf dieses Hotel verfielen.«

»Sie suchten nach dem Mann, der den Wagen gefahren hat.«

»Sie meinen den Toten dort drüben?«

»Ja.«

»Und warum haben Sie zufällig hier nach ihm gesucht?«

»Sie haben in allen Hotels gesucht.«

»In wie vielen Hotels?«

Da Mason stumm blieb, grinste Tragg. »Mit Ihnen hat man's nicht leicht, Mason. Sie kennen Ihre Rechte und bewegen sich in deren Rahmen, aber wenn ich muß, hole ich mir die Tatsachen von Drake. Vergessen Sie nicht, daß Drake eine Privatdetektei hat. Ihm würde es sehr gegen den Strich gehen, seine Lizenz zu verlieren.«
»Drake und ich«, sagte Mason, »hatten eine Zeugin, die wir in diesem Hotel untergebracht haben. Wir waren der Meinung, der Tote dort drüben würde versuchen, mit ihr in Verbindung zu treten.«
»Das hört sich schon besser an. Wer war denn die Zeugin?«
»Darüber möchte ich lieber nicht sprechen.«
»Daran zweifle ich nicht. Wer war sie?«
»Ich glaube, daß ich diese Frage nicht beantworten werde, Tragg.«
Zu einem seiner Leute gewandt, sagte Tragg: »Holen Sie Drake!«
»Hören Sie, Tragg«, rief Mason. »Sie haben kein Recht, sich nach den internen Angelegenheiten eines Anwalts zu erkundigen.«
Tragg machte sich nicht einmal die Mühe zu antworten.
Im Kielwasser eines Beamten kreuzte Paul Drake auf.
»Na, Drake«, sagte Tragg, »reden wir offen miteinander. Ihre Leute haben den Toten dort ausfindig gemacht. Nein, sehen Sie nicht Mason an. Beantworten Sie nur meine Frage!«
Drake nickte.
»Wieso fanden sie ihn gerade hier?«
»Sie haben sich beim Empfangschef erkundigt.«
»Drake, ich bin geduldig, aber treiben Sie die Sache nicht zu weit. Wie kam es, daß Sie gerade bei diesem Empfangschef Erkundigungen anstellten?«
»Mason war der Meinung, der Mann könnte hier wohnen.«
»Und wann ist Mason auf diese glänzende Idee verfallen?«
»Heute morgen um neun Uhr fünfzehn oder neun Uhr dreißig.«
»Wer war die Zeugin, die hier im Hotel wohnte?«
»Daß hier eine Zeugin wohnte, wußte ich nicht.«
Traggs Gesicht rötete sich leicht. »Wie oft sind Sie innerhalb der letzten vierundzwanzig Stunden in diesem Hotel gewesen, Drake?«

»Los, Paul, sag es ihm nur«, rief Mason. »Er wird es ohnehin vom Hoteldirektor erfahren.«
»Mason und ich«, erklärte Drake, »brachten gestern abend eine Frau im Hotel unter. Ich wußte nicht, daß sie eine Zeugin war. Ich meinte, sie sollte Mason nur ein paar . . .«
»Wie heißt sie?«
»Lois Warfield.«
»Woher kommt sie?«
»Aus New Orleans.«
»Welches Zimmer?«
»Zimmer sechsachtundzwanzig –«
»Sieh mal an«, rief Tragg, »um diese schlichte Auskunft zu bekommen, haben wir viel Zeit gebraucht, wie? Und wo steckt die Person jetzt?«
»Das weiß ich nicht«, sagte Mason.
»Sind Sie in ihrem Zimmer gewesen?«
»Ja. Wir haben uns einen Nachschlüssel besorgt und im Zimmer umgesehen.«
»Was Sie nicht sagen! Und was haben Sie gefunden?«
»Gar nichts. Sie war nicht da.«
»Und das Zimmer ist jetzt im gleichen Zustand, wie zuvor?«
»Nur daß ich die Rechnung bezahlt habe«, sagte Mason, »und sie allem Anschein nach nicht die Absicht hatte, das Zimmer zu benutzen, worauf ich sie abgemeldet habe.«
Traggs Stimme wurde streng beruflich. »Na, sehen wir uns einmal das Zimmer an, das Mrs. Warfield bewohnte.« Sie traten auf den Korridor.
»Da kann jetzt jemand anders wohnen«, erklärte Mason. »Wir haben das Zimmer aufgegeben.«
»Holen Sie den Hoteldirektor«, sagte Tragg zu einem seiner Leute.
Während der Mann den Hoteldirektor holte, führte ein Beamter Stephane Claire aus dem Fahrstuhl. Sie sah blaß und erschreckt aus. Ihre Augen blickten flehend Mason an.
»Das ist Leutnant Tragg von der Mordkommission, Miss Claire«, sagte Mason. »Sie werden bald merken, wie tüchtig, aber auch wie voreingenommen er ist. Wir möchten, daß Sie sich eine Leiche ansehen.«
»Eine Leiche!«
Mason nickte.

»Hier im Hotel?«
»Ja.«
»Wieso? Was ist los?«
»Der Mann wurde ermor . . .«, begann Mason.
»Schluß damit«, unterbrach ihn Tragg. »Von jetzt ab rede ich! Miss Claire, wir waren der Meinung, daß es sich vielleicht um die Leiche eines Mannes handelt, den Sie kennen. Bitte, wenn Sie nichts dagegen haben, kommen Sie . . .« Er nahm sie beim Arm und führte sie ins Zimmer.
Die auf dem Bett ausgestreckte Leiche verlieh dem Raum die stille Würde des Todes. Ganz im Gegensatz dazu schienen die Leute, die die Spuren sicherten, bar jeder Feierlichkeit zu sein. Was sie betraf, so konnte der Leichnam ebensogut ein Sack Kartoffeln sein. Für sie handelte es sich nur um einen entseelten Gegenstand, der fotografiert, gemessen und in Verbindung mit den übrigen Gegenständen im Zimmer untersucht werden mußte.
»Kennen Sie diesen Mann?« fragte Tragg.
Stephane Claire sah mit starren Augen auf das graue Gesicht hinunter. »Ja, ich kenne ihn. Seinen Namen weiß ich nicht.«
»Wer ist er?«
»Er hat den Wagen in der Unglücksnacht gefahren, ich meine, es ist der Mann, der mich mitnahm.«
Tragg machte eine leichte Verbeugung zu Mason. »Großartige Arbeit, Mason! Ich glaube, darauf werden Sie Ihre Verteidigung aufbauen.«
»Selbstverständlich.«
»Wieso? Es ist die Wahrheit!« rief Stephane Claire. »Mr. Mason hat kein Wort zu mir gesagt. Ich habe ihn, seit ich das Krankenhaus verließ, weder gesehen noch gesprochen.«
Tragg blickte von Stephane Claire zu Mason. »Verdammt«, sagte er zu Mason, »ich glaube Ihnen. Aber ich kann Ihnen vom Fleck weg dreitausend Namen von Leuten nennen, die direkt oder indirekt mit der Polizei zusammenarbeiten und die Ihnen nicht glauben werden.«

Der Hoteldirektor sparte nicht mit Protesten, wobei er dauernd betonte, daß er mit der Polizei zusammenzuarbeiten wünsche, und auf den guten Ruf hinwies, dessen sich das Hotel erfreute.
»Wir wollen uns Mrs. Warfields Zimmer ansehen«, sagte Tragg.

»Kommen Sie, Mason! Und Sie auch, Drake! Miss Claire kann solange bei dem Beamten bleiben.« Es war bedeutungsvoll, daß Tragg von dem Gepäck, das er im Zimmer des Toten gefunden hatte, auch nicht andeutungsweise sprach.
Die kleine Gruppe ging den Gang entlang zum Fahrstuhl und fuhr in den sechsten Stock. Der Hoteldirektor sagte: »Soweit ich unterrichtet bin, befindet sich das Zimmer im gleichen Zustand, in dem es war, als ...«
»Als der Gast auszog?« fragte Tragg.
»Als die Rechnung bezahlt wurde.«
»Wer bezahlte sie?«
»Dieser Gentleman hier, ihr Schwager.«
»Ihr Schwager!« rief Tragg spöttisch.
»Ja, das hat er gesagt.«
Tragg sah Mason an. »Sieh da, Sie haben mir gar nicht erzählt, daß sie mit Ihnen verwandt ist, Mason! Und das, obwohl Sie nicht einmal einen Bruder haben.« Er wandte sich an den Hoteldirektor. »Ich nehme an, Sie wissen, wann dieser Gast ausgezogen ist?«
»Aber ganz genau! Mr. Mason und dieser andere Gentleman hier sorgten dafür, daß die Rechnung bezahlt wurde. Bei ihnen war eine sehr anziehende junge Frau. Mr. Mason sagte, der Hotelgast sei seine Schwägerin, die ein schwaches Herz hätte, und er befürchte, daß ihr etwas zugestoßen sei. Ich schickte einen Pagen hinauf, um nachzusehen. Wir stellten fest, daß das Zimmer nicht bewohnt war. Es war kein Gepäck da.«
»Kein Gepäck?« fragte Tragg.
»Nein.«
»Dann hatte sie also Gepäck, als sie das Zimmer mietete?«
»Einen Reise- und einen Hutkoffer!«
Tragg verdaute diese Mitteilung. Zum zweitenmal sagte er nichts über das Gepäck, das Mason im Zimmer gesehen hatte, in dem der Mord begangen worden war.
»Weiter«, bohrte Tragg. »Was passierte noch?«
Darauf berichtete der Hoteldirektor die Einzelheiten, die Drakes Mitarbeiter bereits über Mrs. Warfields Verschwinden erfahren hatte.
»Sie hatte also kein Gepäck bei sich, als sie fortging?«
»Nein.«
»Sehen wir uns das Zimmer an«, erklärte Tragg.

Der Hoteldirektor öffnete, und Tragg trat ein, wobei er seine Begleiter aufforderte, auf dem Korridor zu warten. Er sah sich schnell um und rief dem Hoteldirektor zu: »Hören Sie, das Zimmer ist doch frisch gemacht worden! Sie haben behauptet, es sei im gleichen Zustand, wie es der Gast verlassen hat.«
Der Hoteldirektor schüttelte den Kopf. »Soweit ich unterrichtet bin, sah es genauso aus, als es der Page mit seinem Nachschlüssel öffnete.«
»Um welche Zeit war das?«
»Gegen acht Uhr dreißig.«
Tragg zog vorsichtig die Bettdecke zurück. »Hat sie das Bett nicht selbst gemacht?« fragte er.
»Nein, Sir, die Laken sind absolut frisch. Das Bett ist nicht benutzt worden.«
»Hat das Zimmermädchen die Laken nicht ausgewechselt?«
»Sie hat es überhaupt nicht betreten.«
»Wissen Sie das genau?«
»Ja.«
Mason, der in der Tür stand, sagte: »Auch keins der Handtücher im Badezimmer ist benutzt worden, Leutnant!«
Tragg sah Mason nachdenklich an. »Was hat sie eigentlich hier in der Stadt gewollt?« fuhr er auf ihn los.
»Sie hat nach Arbeit gesucht.«
»Hat sie welche gefunden?«
»Sie hatte einen Job in Aussicht.«
»Was für einen?«
»Ich glaube, man hat ihr gesagt, daß die Stelle noch nicht frei sei, in den nächsten Tagen aber frei werden würde und sie für die Wartezeit schon Gehalt bekäme.«
»Glauben Sie das wirklich?«
»Ja.«
Traggs Lächeln wurde zu einem Grinsen. »Na gut, wer?«
Mason grinste ebenfalls. »Paul Drake.«
»Auf wessen Anregung?«
»Auf meine.«
»Da habe ich aber reichlich lange fragen müssen, um eine intelligente Antwort zu bekommen«, sagte Tragg. »Sie haben Mrs. Warfield diesen Vorschlag doch gemacht, weil Sie sie aus irgendeinem Grund benötigen. Was war das?«
»Wir wollten ihren Ehemann für sie ausfindig machen.«

»Reden Sie keinen Unsinn!« knurrte Tragg und ging ins Badezimmer. Dann kam er zurück und beäugte sich die heruntergelassenen Rolläden und das elektrische Licht. »Was müßte ich tun, Mason, damit Sie mir den gesamten Sachverhalt – den wahren – erzählen?«
»Sie müssen den Spuren nachgehen, an denen ich arbeite.«
»Damit meinen Sie Hollywood?«
Mason nickte.
Tragg zögerte einen Augenblick, dann schüttelte er den Kopf. »Das ist – jedenfalls für den Augenblick – noch zuviel verlangt.«
»Dann fragen Sie nur ruhig weiter.«
»Danke, das werde ich auch«, versprach Tragg grimmig. »Und zwar werde ich damit anfangen, daß ich Sie nach dem Namen frage, den Sie erwähnten, als Sie mich heute früh besuchten.«
Mason runzelte die Stirn, als wäre er verblüfft. »Homan?« fragte er.
»Nicht doch, nicht doch«, wehrte Tragg ab. »Lautet der Name Greeley, Adler Greeley?«
»Nein!«
»Na, wie lautet er dann?«
»Ach so, der Name des Toten ist Greeley, nicht wahr?«
»Ich beantworte keine Fragen! Ich stelle nur welche! Ich will den Namen des Mannes wissen, den Sie erwähnt haben mit der Bemerkung, daß er von der Polizei in San Franzisko gesucht werde.«
»Sie müssen Spinney meinen!«
»So ist es. Was ist mit ihm?«
»Das ist alles, was ich über ihn weiß«, sagte Mason. »Nur den Namen Spinney.«
»Und wie sind Sie auf ihn gekommen?«
»Einer von Drakes Leuten entdeckte eine Spur, die ihn auf den Gedanken brachte, daß Spinney mit Homan zu tun hätte.«
»Warum fangen Sie immer wieder mit Homan an?«
»Weil er für mich der Angelpunkt ist.«
»Und wie sind Sie auf den Gedanken gekommen, daß er sich hier unter dem Namen Lossten eingetragen hat?«
»Weil«, erklärte Mason geduldig, »ich der Meinung war, daß er der Mann war, der den Wagen gefahren hat. Ich war der Meinung, der Mann, der den Wagen gefahren hat, stünde mit

Homan in Verbindung, und glaubte daher, es sei möglich, daß der hier eingetragene Hotelgast Mr. Spinney sei.«
»Sie kamen also nicht her, weil Miss Claire Sie darum bat?«
»Nein!«
Tragg machte eine Verbeugung. »Mr. Mason, lassen Sie sich durch mich nicht länger aufhalten. Sie sind ein vielbeschäftigter Mann!«
»Heißt das, daß wir gehen können?«
»Ja, nur die Claire nicht.«
»Und warum nicht?«
»Weil ich sie festhalte.«
»Ich sehe keinen Grund dazu.«
»Sie ist, soweit wir unterrichtet sind, die einzige Person, die diesen Mann kannte. Sie hatte allen Anlaß, ihn nicht zu mögen. Der Mann ist tot. Unter diesen Umständen werden wir sie für eine Weile festhalten müssen.«
»Darf ich vorher mit ihr sprechen?«
»Mir ist es lieber, wenn Sie es nicht tun.«
»Sie ist meine Mandantin.«
Tragg lächelte. »Ich möchte Sie nicht Ihres Rechtes berauben, mit einer Mandantin zu sprechen«, sagte er. »Aber leider ist sie nicht mehr hier. Ein Detektiv fährt sie gerade ins Büro des Staatsanwalts.«
In gereiztem Tone erwiderte Mason: »Wir scheinen selbst dann, wenn wir zusammenarbeiten, einander nicht viel zu nützen, nicht wahr?«
»Wem sagen Sie das?« rief Tragg. »Aber, Mr. Mason, machen Sie sich keine Sorgen! Ich werde Nachforschungen nach Mr. Spinney einleiten, der in San Franzisko gewohnt haben soll – oder in Bakersfield?«
»Ich weiß nicht, wo«, sagte Mason.
»Na schön, diese eine Kastanie will ich für Sie aus dem Feuer holen. Wie sieht Mrs. Warfield denn aus?«
»Sie ist ungefähr dreißig Jahre alt, müder Blick, blaue Augen, kastanienfarbenes Haar, hängende Schultern, Durchschnittsgröße und dünn. Sie trug einen Rock und eine Jacke aus blauem Stoff.«
Als sie auf der Straße standen, fragte Drake: »Warum hat er eigentlich das Gepäck der Warfield in Greeleys Zimmer nicht erwähnt?«

»Er versucht, uns eine Falle zu stellen«, sagte Mason. »Sei vorsichtig, Paul! Jetzt werden wir mal nachsehen, ob ein Adler Greeley im Telefonbuch steht.«

13

Das Haus war zweistöckig und lag in einer teuren Gegend. Grüne Palmen hoben sich von dem weißen Hintergrund der Hauswand ab. Das Wohnzimmer war mit dunklen, massiven Möbeln, dicken Teppichen und einigen wenigen, sorgfältig ausgesuchten Ölgemälden ausgestattet. Die Fotografie auf dem Kaminsims zeigte unverkennbar den Mann, dessen Leiche Mason im *Gateview* Hotel gesehen hatte.

Mrs. Greeley war Anfang Dreißig, bezaubernd liebenswürdig, eine Frau, die ganz offenbar gesellschaftliche Routine besaß und, gleichviel unter welchen Umständen, selten außer Fassung geriet.

Sie musterte Mason mit offener Neugier und sagte: »Ich habe schon von Ihnen gehört, Mr. Mason. Wollen Sie nicht Platz nehmen?«

»Mein Anliegen ist kein sehr angenehmes, Mrs. Greeley. Es hat mit Ihrem Gatten zu tun.«

»Ich bedauere, Mr. Mason, Sie können ihn nicht sprechen. Er ist in San Franzisko.«

»Wann ist er abgereist?«

»Er wurde ziemlich unerwartet gestern abend abberufen.«

»Fährt er häufig hin?«

»Ja. Können Sie mir den Grund für diese Fragen nennen, Mr. Mason?«

»Um offen zu sein, Mrs. Greeley, ich untersuche einen Autounfall, in den ihr Gatte verwickelt ist.«

»Adler in einen Autounfall verwickelt?«

Der Anwalt nickte.

»Sie meinen doch nicht, gestern abend? Er ist doch nicht verletzt?«

»Nein, nicht gestern abend. Vor einigen Tagen.«

»Ja, aber ich habe von ihm gar nichts . . . Er hatte eine Beule . . . Worauf wollen Sie hinaus?«

»War Ihr Gatte letzten Mittwoch in San Franzisko?«
»Er fährt häufig hin.«
»Und fährt er dann mit dem Wagen?«
»Um Gottes willen! Doch nicht eine solche Strecke! Er nimmt ein Flugzeug oder den Nachtzug. Manchmal fliegt er morgens hin und kommt mit dem Nachtzug zurück.«
»Noch eine Frage: Können Sie mir sagen, ob Mr. Greeley einen Filmproduzenten namens Homan kennt?«
»Aber, ja. Nun ... ob er Mr. Homan persönlich oder nur telefonisch kennt, das weiß ich nicht. Aber ich weiß, daß er für Mr. Homan geschäftlich tätig gewesen ist. Ich erinnere mich, daß wir vor ein paar Abenden im Kino waren, wo Mr. Homans Name auf der Leinwand erschien. Adler erwähnte, daß Homan einer seiner Kunden sei.«
»Mrs. Greeley, hat Ihr Gatte erzählt, daß er vor kurzem einen Autounfall hatte?«
»Warum stellen Sie diese Fragen? Der richtige Mann, sie zu beantworten, wäre doch Adler!«
»Er ist leider nicht erreichbar.«
»Sein Büro wird wissen, wo er steckt. Sie könnten ihn anrufen.«
»In seinem Büro hat man mir erklärt, man wüßte nicht, wann er zu erreichen wäre.«
Sie lächelte. »Vielleicht hat man das *Ihnen* gesagt, aber *mir* würde man sicherlich Auskunft geben.«
»War er letzte Nacht hier?«
»Nein. Er hatte aber vor, entweder mit dem Früh- oder Nachtzug zurückzukommen.«
»Sind Sie je auf den Gedanken gekommen, daß Ihr Gatte seine Pläne geändert haben könnte – oder daß er Ihnen sagen würde, daß er sich an einem bestimmten Ort aufhält, während er in Wirklichkeit woanders ist?«
Sie lachte. »Sie meinen, ob mein Mann mich betrügt?«
»Ja!«
»Jeder Ehemann, der etwas wert ist, kommt nicht von der Vorstellung los, daß er auf Frauen verführerisch wirkt. Falls eine Frau raffiniert genug ist, das auszunützen, kann sie jedem Mann den Kopf verdrehen ... aber sein Herz kann sie nicht erobern, Mr. Mason, und damit ist meiner Meinung nach Ihre Frage beantwortet. Und nachdem ich sie beantwortet habe,

darf *ich* Sie vielleicht nach dem Grund Ihres Besuches fragen und erfahren, was Ihre Andeutungen bezwecken und worauf Sie eigentlich hinaus wollen?«
Ihre Augen, die Mason offen ansahen, zeigten eine Spur von Argwohn.
»Im wesentlichen darauf, Mrs. Greeley, daß meiner Meinung nach Ihr Gatte am Mittwoch abend der letzten Woche gegen zehn Uhr die Ridge Route entlangfuhr. Bei ihm war eine junge Frau. Es kam zu einem Unfall. Mehrere Personen wurden schwer verletzt.«
»Sie meinen, daß er nach San Franzisko fuhr?«
»Nein. Er war auf der Fahrt hierher.«
»Um welche Zeit?«
»Etwas nach elf Uhr.«
Sie überlegte einen Augenblick. »Mittwoch letzter Woche?«
»Ja.«
»Warum haben Sie meinen Mann nicht danach gefragt?«
»Ich fürchte«, sagte Mason, »Ihr Gatte wird weder heute, noch morgen, noch . . .«
Da läutete das Telefon auf dem Couchtisch.
Mrs. Greeley hob ab. »Ja«, sagte sie in den Apparat, dann runzelte sie die Stirn. »Oh, wer ist da? Was ist los? Ich verstehe nicht. Sie verlangen, daß ich ins *Gateview* Hotel komme . . .? Leutnant Tragg? Sie meinen . . . Nein! Doch nicht Adler! Das muß ein Irrtum . . . Er ist in San Franzisko . . . ja, ich komme sofort!«
Sie ließ den Hörer auf die Gabel fallen. Ihr Gesicht spiegelte Überraschung und Entsetzen.
»Sie . . . Sie müssen es die ganze Zeit gewußt haben, Mr. Mason . . .«

14

Im Gerichtssaal summte es vor Aktivität. Anwälte kamen und gingen. Die ganze Atmosphäre schien vor Hast und Ungeduld nur so zu knistern. Schließlich kam die Vorverhandlung: Staat gegen Stephane Claire an die Reihe.
Harold Hanley, der Vertreter der Anklage, betrachtete den Fall

als juristische Formalität. »Euer Ehren!« rief er Richter Cortright zu. »Die Beklagte wird vertreten durch Perry Mason. Sie ist auf Kaution in Freiheit, auf Antrag ihres Anwalts; das Verhör kann ohne weitere Formalitäten vor sich gehen.«
»Sehr gut«, sagte der Richter. »Sind Ihre Zeugen anwesend?«
»Ja, Euer Ehren.«
Dann folgten die üblichen Formalitäten. Hanley rief nacheinander seine Zeugen in den Zeugenstand. Da war Frank Corvis, der Verkehrspolizist. Er sagte aus, in welcher Stellung er die Beklagte vorgefunden hatte. Sie saß auf dem Sitz des Fahrers. Beide Wagentüren waren geschlossen gewesen. Im Handschuhfach hatte er eine Flasche gefunden. Er habe sie versiegelt und dem Büro der Verkehrspolizei übergeben. Ja, das sei die Flasche, die man ihm hier zeige, zu einem Drittel voll Whisky. Ja, die Beklagte habe nach Alkohol gerochen. »Kreuzverhör«, sagte Hanley zu Perry Mason.
Der Verkehrspolizist wandte sich Mason zu, wobei er sich in die Brust warf, als wolle er jeden Angriff sofort zurückweisen.
»Haben Sie gesehen, ob die Hände der Beklagten auf dem Steuerrad ruhten?« fragte Mason.
»Beide Hände habe ich nicht gesehen. Ich habe sie an der rechten Hand gepackt, um sie hochzuziehen.«
»Wo war ihre rechte Hand?«
»Auf dem Steuerrad.«
»Das wissen Sie genau?«
»Ganz genau.«
»Dann waren natürlich ihre Finger nicht um das Steuerrad gekrampft?«
»Was meinen Sie damit?«
»Falls ihr Handgelenk auf dem Steuerrad lag«, sagte Mason zur Erklärung, »hätte sie unmöglich ihre Finger um das Steuerrad gekrampft haben können.«
Corvis runzelte die Stirn. Er warf dem Staatsanwalt einen Blick zu, dann sah er weg.
»Ich glaube, das habe ich falsch verstanden.«
»Also ihr Handgelenk lag nicht auf dem Steuerrad?«
»Doch, ihre Hand lag auf dem Steuerrad.«
»Hören Sie, meinen Sie damit, daß ihre Finger um das Steuerrad geklammert waren?«
»Ja, ich glaube, so war es.«

»Und als Sie sie durch das Wagenfenster heraushoben, da packten Sie sie am rechten Handgelenk?«
»Ja.«
»Sie umklammerten also mit Ihren Fingern ihr Handgelenk?«
»Ja.«
»Sahen Sie dabei irgend etwas Besonderes an ihrer rechten Hand?«
»Im ersten Augenblick nicht.«
»Später schon?«
»Ja.«
»Wann war das?«
»Nachdem sie aus dem Wagen herausgehoben worden war und auf dem Boden lag und auf den Rettungswagen wartete. Ein Autofahrer hatte uns einen Monteuranzug gegeben, den wir auf dem Boden ausgebreitet hatten, und der Autofahrer und ich legten die junge Frau auf diesen Monteurkittel.«
»Mit der jungen Frau meinen Sie die Beklagte?«
»Ja.«
»Und zu diesem Zeitpunkt fiel Ihnen etwas an ihrer rechten Hand auf?«
»Ja.«
»Was war das?«
»Da war etwas an ihrem kleinen Finger. Zuerst dachte ich, es sei Blut, doch es ließ sich abwaschen und machte einen roten Strich auf meinem Handrücken.«
»War es Lippenstift?«
»Ja, ich glaube.«
»Haben Sie dann ihre linke Hand angesehen?«
»Ja.«
»Und die hatte einen Handschuh an, nicht?«
»Ja.«
»Aber an der rechten Hand war keiner?«
»Nein.«
»Haben Sie das Auto durchsucht?«
»Ja.«
»Haben Sie einen Lippenstift gefunden?«
»Nein. Ich fand ihre Handtasche und schickte sie mit dem Rettungswagen mit.«
»Haben Sie irgendwelches Gepäck gefunden?«
»Nein.«

»Wenn die rechte Hand der Beklagten auf dem Steuerrad lag und es besonders fest gepackt hielt, so wie das jemand tut, der einem Unfall entgehen will, dann würde doch auf dem Steuerrad dieses Wagens auch Lippenstift zu finden sein, oder?«
»Tja ...«
»Einspruch! Das ist eine Suggestivfrage!« rief Hanley.
»Dem Einspruch wird stattgegeben!« sagte der Richter.
»Haben Sie das Steuerrad auf Lippenstift genau untersucht?«
»Zu dem Zeitpunkt nicht.«
»Später?«
»Ja.«
»Haben Sie Spuren gefunden?«
»Nur an einer Stelle ... Sehen Sie, falls sie im Augenblick des Unfalls versucht hätte, sich die Lippen zu schminken und dabei mit einer Hand den Wagen lenkte ...«
»Das genügt«, unterbrach der Richter streng. »Das Gericht wird selber seine Schlußfolgerungen ziehen. Sie haben nur über die Tatsachen auszusagen.«
»Haben Sie in den Kofferraum gesehen?«
»Natürlich!«
»War da Gepäck?«
»Nein, keines.«
»Der Zündschlüssel war abgezogen?«
Der Verkehrspolizist senkte die Augen. »Das weiß ich nicht. Als der Wagen in die Garage kam, fehlte er. Sehen Sie, der Wagen wurde mit dem Abschleppdienst fortgeschafft. Es lag kein Grund vor, den Motor anzulassen. Ich durchsuchte den Wagen nach Alkohol und Gepäck, aber die Zündung habe ich mir erst gestern angesehen, als ich darauf aufmerksam gemacht wurde.«
»War die Zündung abgeschaltet?«
»Ja, das war sie.«
»Haben Sie das Steuerrad nach Fingerabdrücken untersucht?«
»Nein. Wenn wir einen Wagen sehen, der von der Straße in den Graben geraten ist und am Steuer einen bewußtlosen Menschen vorfinden, der seine Finger um das Steuerrad gekrampft hat, und sonst niemand im Wagen vorfinden, suchen wir nicht nach Fingerabdrücken, um festzustellen, wer den Wagen gefahren hat.«
Durch den Gerichtssaal ging ein Kichern. Der Richter blickte

Mason forschend an. »Wünschen Sie, daß diese letzte Äußerung aus dem Protokoll gestrichen wird, Mr. Mason?«
»Ach, lassen Sie«, sagte Mason und wandte sich augenblicklich wieder dem Zeugen zu. »Also, die Türen des Wagens waren geschlossen?«
»Ja.«
»Beide Türen?«
»Ja.«
»Es war doch ziemlich kalt an dem Abend, nicht wahr?«
»Was hat das damit zu tun?«
»Ich frage nur.«
»Ja, kalt war es.«
»Es wehte ordentlich?«
»Ja.«
»Wissen Sie, ob in dem Wagen eine Heizung war?«
»Ich glaube, ja.«
»Die Heizung war eingeschaltet?«
»Ja, sie war eingeschaltet.«
»Sie haben gesagt, daß Sie die Beklagte durch das Fenster heraushoben.«
»Ganz recht.«
»Auf welcher Seite?«
»Auf der rechten Seite. Der Wagen lag auf der linken Seite.«
»Ich verstehe. Das Fenster von außen runterzulassen war Ihnen nicht möglich, nicht wahr?«
»Natürlich nicht.«
»Und Sie haben auch die Tür nicht geöffnet?«
»Zu dem Zeitpunkt nicht. Sie war verklemmt. Das Fenster war ja offen.«
»War es ganz heruntergekurbelt?«
»Ich . . . ja.«
»Der Wagen war eine viersitzige Limousine, nicht wahr?«
»Ja.«
»Er hatte nur zwei Türen?«
»So ist es.«
»Und die Fenster waren ziemlich groß – groß genug, um die Beklagte hinauszuheben?«
»Wir hätten sie nicht herausheben können, wenn es dazu nicht groß genug gewesen wäre«, sagte Corvis.
Der Stellvertreter des Staatsanwalts ließ die Zuschauer sein

breites Grinsen sehen.
»Dann hätte also auch eine weitere Person es fertigbringen können, durch eben dieses Fenster aus diesem Wagen zu entweichen?«
Corvis dachte einen Augenblick nach. »Das weiß ich nicht.«
»Aber wenn die Beklagte hindurchpaßte, hätte auch ein Mann hinauskriechen können, nicht wahr?«
»Das weiß ich nicht.«
»Mit dieser Frage versuchte er, Schlußfolgerungen zu ziehen!« rief Hanley.
Mason lächelte. »Die Tatsachen sprechen für sich! Mr. Corvis, wie lange sind Sie schon Verkehrspolizist?«
»Fünf Jahre.«
»Sie hatten also reichlich Gelegenheit zu beobachten, wie sich Autofahrer verhalten, nicht wahr?«
»Natürlich.«
»Haben Sie je gesehen, daß bei einem Wagen, der nachts eine Bergstraße entlang fährt, wenn ein kalter Wind weht und man die Heizung einschalten muß – daß dann das rechte Fenster völlig heruntergekurbelt ist?«
Hanley sprang auf. »Euer Ehren, das ist kein ordentliches Kreuzverhör. Wir haben diesen Mann nicht als Sachverständigen bezeichnet. Die Frage verlangt vom Zeugen eine Schlußfolgerung, eine Meinungsäußerung. Die Frage ist . . .«
»Dem Einspruch wird stattgegeben«, sagte Richter Cortright, »Sie haben ihn nicht als Sachverständigen gerufen. Das gehört nicht zum Kreuzverhör.«
Mason, der seinen Standpunkt zum Ausdruck gebracht hatte, beschränkte sich darauf zu lächeln. »Das ist alles«, sagte er.
Corvis verließ den Zeugenstand. Weitere Zeugen äußerten sich zu dem Zusammenstoß. Mit einer Ausnahme hatte keiner gesehen, wer den Wagen fuhr. Es sei, so führten sie alle aus, zu schnell gegangen.
Edith Lions indessen, die in dem Wagen gesessen hatte, den die Limousine zu überholen versuchte, machte andere Äußerungen. Sie war eine ungefähr zweiundzwanzig Jahre alte, rothaarige junge Frau mit Stupsnase und Sommersprossen und sprach wie ein Schnellfeuergewehr. »Ich fuhr mit meiner Mutter und meinem Vater zusammen«, sagte sie. »Wir saßen auf dem Vordersitz. Der Unglückswagen brauste mit entsetzlicher Ge-

schwindigkeit heran. Plötzlich schwenkte er nach der Seite aus, um uns zu überholen, doch zu diesem Zeitpunkt überholte gerade ein Wagen, der aus entgegengesetzter Richtung kam, einen anderen Wagen, der ebenfalls auf uns zufuhr.«

»Was geschah dann?« fragte Hanley.

»Genau das, was die anderen Zeugen gesagt haben.«

»Erzählen Sie es uns mit Ihren eigenen Worten, Miss Lions!«

»Tja, derjenige, der den Wagen fuhr, versuchte an uns vorbeizukommen, und schrammte unseren Kotflügel. Dadurch wurde der Wagen quer über die Straße direkt vor einen anderen Wagen geschleudert, der uns entgegenkam.«

»Was geschah dann?«

»Da versuchte dieser andere Wagen auszuweichen und rammte einen Wagen hinter uns.«

»Und was passierte mit der viersitzigen Limousine? Konnten Sie das sehen?«

»Sie raste über die Straße und schoß die Böschung hinunter. Wahrscheinlich hat sie sich überschlagen. Es hörte sich so an.«

»Und was taten Sie selber?«

»Kaum hatte mein Vater den Wagen zum Stehen gebracht, da sprang ich hinaus.«

»Liefen Sie zu den Wagen zurück, die aufeinandergeprallt waren?«

»Nein. Ich hatte einige Minuten lang Mühe und Not, anderen Wagen auszuweichen. Dann rannte ich zur Böschung, die diese viersitzige Limousine hinuntergestürzt war.«

»Was sahen Sie?«

»Ich brauchte eine Zeitlang, um sie ausfindig zu machen. Der Wagen lag unten am Ende der steilen Böschung auf der Seite.«

»Sahen Sie jemanden . . . irgendeinen Menschen?«

»In diesem Augenblick nicht.«

»Aber später . . .?«

»Ja.«

»Wen?«

»Die Frau, die dort drüben sitzt«, sagte sie und wies auf Stephane Claire.

»Wo befand sie sich, und wieso waren Sie imstande, sie zu sehen?«

»Man hatte einen Scheinwerfer in das Innere des Wagens ge-

richtet. Sie saß auf dem Führersitz.«
»Haben Sie zu irgendeinem Zeitpunkt noch eine andere Person in der Limousine gesehen?«
»Nein.«
»Konnten Sie sehen, wer den Wagen fuhr, als er an Ihnen vorbeiraste?«
»Ja.«
»Und wer war das?«
»Nun, es war eine Frau! Das konnte ich sehen, und sie trug den gleichen Hut, wie ihn die Beklagte damals trug.«
»Sie können Ihr Kreuzverhör beginnen«, sagte Hanley triumphierend.
»Also, Ihr Vater fuhr den Wagen?« fragte Mason die Zeugin.
»Ja.«
»Ihre Mutter saß in der Mitte?«
»So ist es.«
»Dann saßen Sie ganz außen rechts?«
»Ja.«
»Und diese Limousine überholte Sie links?«
»Ja.«
»Und sie schwenkte dann nach rechts ein?«
»Ja.«
»War es dunkel?«
»Natürlich!«
»Und auf Sie zu kamen Scheinwerfer?«
»Ja.«
»Befand sich die Limousine zu irgendeinem Zeitpunkt unmittelbar zwischen Ihnen und den Scheinwerfern eines entgegenkommenden Wagens?«
»Wie meinen Sie das?«
»Der Protokollführer des Gerichts wird Ihnen die Frage noch einmal vorlesen. Bitte, hören Sie aufmerksam zu«, sagte Mason.
Der Protokollführer las die Frage vor.
»Verstehen Sie jetzt?« fragte Mason.
»Ja.«
»Können Sie darauf antworten?«
»Nein«, sagte sie, »ich glaube nicht, obwohl eine Menge Scheinwerfer da waren. Sie schienen plötzlich von allen Seiten herzukommen.«

»Wie schnell fuhr Ihr Vater?«
»Fünfundsechzig.«
»Und wie schnell fuhr die Limousine?«
»Mindestens hundertdreißig.«
»Und wann ist Ihnen der Gedanke gekommen, daß es ein Unglück geben würde?«
»Als dieser Wagen unseren Kotflügel streifte.«
»Und ist er, gleich nachdem das geschehen war, nach links geschleudert worden?«
»Ja.«
»Und schoß quer über die Fahrbahn?«
»Ja.«
»Aber konnten Sie denn, da von mehreren Richtungen Scheinwerfer auf Sie zukamen, in das Innere der vorbeirasenden Limousine sehen?«
»Doch.«
»Ihr Wagen kam nach dem Zusammenstoß ins Rutschen, nicht wahr?«
»Ja, er schleuderte hin und her.«
»Und geriet dadurch ganz nach rechts außen?«
»Ja.«
»Und die Limousine kam ebenfalls ins Schleudern, aber nach links?«
»Ja.«
»Und sie fuhr bald doppelt so schnell als Sie?«
»Also ich . . . ja, doch.«
»Sie mußten also, um die Limousine sehen zu können, quer über den Vordersitz Ihres eigenen Wagens hinwegsehen?«
»Das mußte ich wohl.«
»Und weil die Limousine so viel schneller fuhr, sahen Sie sie nur einen ganz kurzen Moment?«
»Ja.«
»Nun saßen doch Ihr Vater und Ihre Mutter beide auf dem Vordersitz und befanden sich also unmittelbar in Ihrer Blickrichtung, oder nicht?«
»Nun, es war nämlich so – daß ich den Kopf weit vorgestreckt habe.«
»Ach, Sie meinen, daß Sie an Ihren Eltern vorbeisehen konnten?«
»Ja.«

»Nach welcher Seite haben Sie Ihren Kopf gestreckt? Haben Sie ihn nach vorn gestreckt oder nach hinten, um an Ihren Eltern vorbeisehen zu können?«

»Tja, also. Dad hatte alle Hände voll zu tun, den Wagen zu meistern, und Mutter warf die Hände hoch und schrie, ich habe also sozusagen zwischen ihnen hindurchgesehen.«

»Und das geschah ungefähr zu dem Zeitpunkt, als ein weiterer Wagen mit dieser Limousine zusammenstieß?«

»Ja.«

»Und Sie halten es nicht für möglich, daß Ihre Eindrücke von diesem kurzen Augenblick etwas verwirrt sind?«

»Nein. Sie fuhr diesen Wagen. Ich habe sie gesehen.«

»Wer fuhr den Wagen?«

»Eine Frau, die einen Hut trug, genau wie die Beklagte, als sie aus dem Wagen gehoben wurde.«

»War sie allein in dem Wagen?«

»Ich ... also gefahren ist sie.«

»Sagen Sie, Miss Lions, können Sie sich nicht genauer ausdrücken«, sagte Mason. »Wenn Sie so deutlich sehen konnten, daß eine Frau am Steuer saß, und den Hut erkannten, den sie aufhatte ...«

»Ich glaube, es war ein Mann mit ihr im Wagen.«

»Wo saß dieser Mann?«

»Rechts neben ihr.«

»Auf ihrer linken oder auf ihrer rechten Seite?«

»Auf ihrer rechten natürlich. Wenn sie am Steuerrad saß, dann *konnte* er ja gar nicht zu ihrer linken gesessen haben!«

»Und was hatte der Mann an?«

»Er trug keinen Hut.«

»Und wie war das mit dem Fenster auf der rechten Wagenseite ... ich meine dem Türfenster? War es zu oder auf?«

»Es war auf. Das Fenster war heruntergekurbelt.«

»Das haben Sie bemerkt?«

»Ja.«

»Sie sind fest überzeugt, daß dieser Mann, der neben der Beklagten saß, keinen Hut trug?«

»Ich glaube nicht, daß er einen Hut trug.«

»Konnten Sie es nicht deutlich sehen oder können Sie sich nicht klar erinnern?«

»Ganz genau kann ich mich nicht erinnern!«

»Wie kommt es dann, daß Sie sich an die Form und Art des Hutes der Beklagten so klar erinnern?«
»Tja, das kann ich nun mal.«
»Und dennoch gab es nichts an ihr, weswegen Ihnen ihr Kopf mehr als der des Mannes hätte auffallen sollen, oder?«
»Seinen Kopf konnte ich gar nicht so gut sehen.«
»War Ihnen da etwas im Wege – oder lag es an der Beleuchtung?«
»Es lag an der Beleuchtung.«
»War er im Schatten?«
»Ja.«
»Woher kam der Schatten?«
»Das weiß ich nicht.«
»Aber haben Sie nicht auf die Frage des Staatsanwalts gesagt, daß außer der Beklagten niemand im Wagen war?«
»Wieso . . . nein, ich doch nicht!«
»Ich bitte den Protokollführer, die entsprechenden Fragen und Antworten noch einmal vorzulesen. Die Stelle muß sich bei den an die Zeugin gerichteten Fragen des Staatsanwalts befinden.«
Der Protokollführer blätterte die Seiten durch. »Hier ist die Stelle: Frage:
›Haben Sie zu irgendeinem Zeitpunkt noch eine andere Person in der viersitzigen Limousine gesehen?‹ Antwort: ›Nein.‹«
Mason lächelte sie an. »Haben Sie das gesagt?«
»Tja . . . ich muß es wohl gesagt haben. An diesen Mann habe ich erst gedacht, als Sie mich danach fragten. Da konnte ich mich an ihn erinnern. Ich kann ihn jetzt deutlich ohne Hut sitzen sehen. Es war ein Mann in mittleren Jahren . . . so vielleicht um die Dreißig herum.«
»Wie war das nun mit den Wagen, die Ihnen entgegenkamen? Wer steuerte sie?«
»Ja, also einer wurde von einem Mann gesteuert und einen anderen fuhr eine Frau.«
»Alles spielte sich in sehr kurzer Zeit ab, in Sekunden, nicht wahr?«
»Das möchte ich auch sagen.«
»Und trotzdem haben Sie alles genau gesehen?«
»So ist es.«
»Weiter habe ich nichts zu fragen!« sagte Mason. »Darf ich

um fünf Minuten Pause bitten?«
Richter Cortright nickte.
Mason beugte sich vor, um Stephane Claire zuzuflüstern: »Es ist mir unangenehm, aber ich muß Sie in den Zeugenstand bitten.«
»Ja, warum nicht?«
»Erstens einmal«, sagte Mason, »handelt es sich um eine reine Formalität. Ich glaube, daß diese Lions eine lebhafte Phantasie hat und schwindelt, aber ihre Aussage wird den Prozeß bestimmen. Wahrscheinlich hat sie sich damals so aufgeregt, daß sie nicht einmal wußte, was sie tat. Später hat sie alles rekonstruiert. Aber sie sagt bestimmt und deutlich aus. Der Richter wird Sie vereidigen. Unter diesen Umständen ist es für einen Anwalt klug, den Staatsanwalt dazu zu bringen, seine Karten aufzudecken – und sich zurückzuziehen.«
»Nun, wenn er mich ohnehin vereidigen wird, warum sollte er es nicht jetzt tun?«
»Weil ich die Leute zwingen möchte, Homan in den Zeugenstand zu rufen. Wenn Sie Ihre Aussage machen, wird man nicht wagen, darüber ohne einen Widerspruch hinwegzugehen. Man wird Homan als Zeugen vorladen.«
»Okay, Sie sind der Fachmann, Ihre Vorschriften gelten.«
»Erzählen Sie einfach Ihre Geschichte in einem ungezwungenen Ton, wie dieser Mann Sie mitgenommen hat, daß er trank, und erzählen Sie von dem Unfall, und daß Sie diesen Mann im *Gateview* Hotel wiedergesehen haben.«
»Wird uns das helfen?«
»Das hoffe ich. Ich muß einen Mordfall klären, um herauszubekommen, was hinter der Beziehung von Homan und Greeley steckt. Ich muß herausbekommen, was Greeley in San Franzisko tat und ob er überhaupt bis San Franzisko gefahren ist, wohin er gefahren ist, und was er tat.«
»Warum?«
»Weil Greeley niemals diesen Wagen gestohlen hat. Greeley ist nicht der Typ, der einen Wagen stehlen würde. Falls er den Wagen benutzte, so benutzte er ihn mit Homans Erlaubnis – und das bedeutet, daß Homan lügt, wenn er erzählt, der Wagen wäre gestohlen worden. Homan hat Greeley mit einem Auftrag fortgeschickt, und mit Homans Wissen und Zustimmung benutzte Greeley Homans Wagen. Der einzige Grund,

weswegen Homan jetzt lügt, ist der, daß er einfach nicht wagt, die Art dieses Auftrags bekannt werden zu lassen.«

»Und er ist bereit, mich zu opfern, damit die Sache nicht bekannt wird?«

»So ist es ... und außerdem spart er noch ein paar tausend Dollar.«

»Und Sie wollen, daß ich den Schlüssel in meiner Handtasche finde, genauso, wie wir das ...«

»Nein«, sagte Mason. »Erzählen Sie die Sache genauso, wie sie passiert ist, daß Sie den Schlüssel in Ihrer Handtasche fanden, als ich Sie im Krankenhaus danach fragte.«

»Und daß Sie ihn mir zurückgegeben haben?«

»Ja.«

»Horace Homan, der jüngere Bruder des Filmproduzenten, hat mich gestern besucht. Er meinte, er wüßte, daß ich den Wagen nicht gestohlen habe. Er scheint, wie soll ich sagen – also sehr interessiert zu sein. Er wollte mit mir eine Mondscheinpartie unternehmen, aber dann hat er angerufen und gesagt, sein Bruder wollte ihm die Jacht nicht überlassen.«

»Gefiel er Ihnen?«

»Er erzählte mir eine Menge von den Dingen, die hinter den Kulissen Hollywoods vor sich gehen. Er meinte, sein Bruder wünschte nicht, daß ich in Schwierigkeiten käme. Sollte ich verurteilt werden, würden sie versuchen, Bewährungsfrist für mich zu erreichen.«

»Das ist bedeutsam. Hatte er darüber mit seinem Bruder gesprochen?«

»Er sagte, sein Bruder hätte ihm gegenüber davon angefangen. Er ist ein sehr temperamentvoller, junger Mann, nicht wahr? Ich kann nicht umhin, den Unterschied zwischen ihm und Jacks Sterne zu bemerken. Nun ...«

Richter Cortright hatte gerade ein Dokument unterzeichnet und blickte nun fragend zu Mason. Mason nickte, worauf der Richter sagte: »Fahren Sie fort, Mr. Mason.«

»Ich rufe die Beklagte Stephane Claire in den Zeugenstand«, sagte Mason.

Stephane wurde vereidigt und machte ihre Aussage. Hanley stellte mit ihr nur ein rein formelles Kreuzverhör an, das sich zum größten Teil auf die Identifizierung der Leiche im *Gateview* beschränkte.

»Damit wären wir an der Reihe«, sagte Mason.
Richter Cortright blickte Hanley an. »Erheben Sie Einspruch?«
»Ja, Euer Ehren! Ich habe noch eine Zeugin im Gerichtssaal und noch einen Zeugen, den ich telefonisch herbeirufen muß – nämlich einen Mann, der in einem Filmatelier in Hollywood eine bedeutende Stellung innehat. Er braucht nur wenige Minuten, um herzukommen, aber in der Zwischenzeit können wir, glaube ich, die andere Zeugin vernehmen . . .«
»Sehr gut, dann rufen Sie diese Zeugin auf.«
»Mrs. A. P. Greeley«, sagte Hanley.
Ganz in Schwarz schritt Mrs. Greeley langsam durch den Mittelgang, hob eine schwarzbehandschuhte Hand zum Eid und nahm auf der Zeugenbank Platz.
»Ich werde es so kurz wie möglich machen«, sagte Hanley. »Sie heißen Daphne Greeley und sind die Witwe von Adler Pace Greeley, einem Geschäftsmann, nicht wahr?«
»Das bin ich.«
»Sie wurden am Freitag letzter Woche von Leutnant Tragg von der Mordkommission angerufen, um eine Leiche in einem Zimmer des *Gateview* Hotels zu identifizieren, nicht wahr?
Einen Augenblick herrschte Schweigen, dann sagte Mrs. Greeley leise, so daß das Wort kaum noch hörbar war: »Ja.«
»Es handelte sich um die Leiche Ihres Gatten?«
»Ja.«
»Und zwar um dieselbe Leiche, die Stephane Claire zuvor als die Leiche des Mannes bezeichnet hatte, der den fraglichen Wagen gefahren hatte?«
»Ja.«
»Nun, Mrs. Greeley, ich möchte so weit wie möglich auf Ihre Gefühle Rücksicht nehmen, aber es ist notwendig, daß Sie Ihre Aufmerksamkeit auf Mittwoch, den Neunzehnten dieses Monats lenken. Erinnern Sie sich an das, was an diesem Tag passierte?«
Sie nickte.
»Mrs. Greeley, Sie müssen laut sprechen, damit der Protokollführer Ihre Antwort niederschreiben kann. Erinnern Sie sich an das Datum?«
»Ja.«
»Besteht irgendein besonderer Grund, warum es sich Ihrem

Gedächtnis eingeprägt hat?«
»Ja. Es war . . . es ist . . . unser Hochzeitstag.«
»Und können Sie erzählen, was Ihr Mann an diesem Tag tat?«
»Ja. Wir hatten beschlossen, den Tag zu Hause zu verbringen. Adler sagte, er würde überhaupt nicht ins Büro gehen. Mehrere Tage vorher hatte er Irma Watkins, seiner Sekretärin, gesagt, sie solle ihn nicht mit geschäftlichen Dingen behelligen, nicht versuchen, ihn zu erreichen, es sei sein Hochzeitstag.«
»Und was passierte dann?«
»Was immer passiert ist, wenn wir versuchten, uns etwas vorzunehmen. Etwas Geschäftliches kam dazwischen. Adler mußte am Achtzehnten nach San Franzisko fahren. Er versprach, am Vormittag des Neunzehnten zurück zu sein. Dann rief er an und sagte, er könne es nicht schaffen. Gegen Mittag telefonierte er noch einmal: Er wollte versuchen, das Vier-Uhr-Flugzeug zu erwischen.«
»Was nahm Mr. Greeley auf die Reise mit?«
»Er warf ein paar Kleider in einen Koffer, sprang in seinen Wagen und fuhr weg.«
»In was für einen Wagen?«
»In seinen eigenen. Er läßt ihn immer am Flughafen stehen. Ich habe mein eigenes Auto.«
»Wie war er angezogen?«
»Er trug einen grauen doppelreihigen Anzug, den Mantel hatte er über dem Arm.«
»Hat er einen Smoking mitgenommen?«
»Er hat seinen Koffer selbst gepackt, aber ich glaube nicht, daß er . . .«
»Die Zeugin wird gebeten, keine Aussagen zu machen, die Vermutungen enthalten«, unterbrach Richter Cortright.
»Hatten Sie irgendeine Verbindung mit ihm nach seiner Abfahrt?« fragte der Staatsanwalt.
»Ja, mehrmals. Er rief an und bat mich, einige Papiere in seinem Schreibtisch zu suchen.«
»Wann haben Sie Mr. Greeley wiedergesehen?«
»Er kam am Donnerstag morgen in aller Frühe nach Hause. Wieviel Uhr es war, weiß ich nicht.«
»Sie sagten, er hätte Sie gebeten, Papiere herauszusuchen?«
»Ja.«

»Wie ging das vor sich?«
»Er rief mich an.«
»Wann?«
»Gegen vier Uhr.«
»Von wo aus?«
»Von San Franzisko aus.«
»Woher wissen Sie, daß es San Franzisko war?«
»Ich hörte, wie das Fräulein vom Amt sagte, ich werde aus San Franzisko verlangt. Dann meldete sich Adler und sagte, er sei in San Franzisko. Ich sollte die Papiere, die er brauchte, heraussuchen und ihn unter einer in diesen Akten notierten Nummer anrufen.«
»Und das taten Sie?«
»Ja.«
»Wie haben Sie ihn angerufen?«
»Ich meldete ein Gespräch für die notierte Nummer an.«
»Erinnern Sie sich noch an sie?«
»Leider nicht. Ich habe sie damals auf einen kleinen Block neben dem Telefon geschrieben.«
»Sie haben doch ein Ferngespräch angemeldet«, sagte Hanley hartnäckig, »und dem Fräulein vom Amt gesagt, Sie wollten mit San Franzisko sprechen und ihr die Nummer gegeben?«
»Das stimmt.«
»Haben Sie Mr. Greeley erreicht?«
»Beinahe sofort. Es war siebzehn Minuten nach fünf, als er sich meldete. Wir sprachen zweieinhalb Minuten. Bei Ferngesprächen sehe ich immer auf die Uhr!«
»Haben Sie seit der Unterredung mit mir Ihre Rechnung über Ferngespräche angefordert?«
»Ja.«
»Und ist dieses Gespräch mit dem Datum des Neunzehnten aufgeführt?«
»Ja, das ist es.«
»Und haben Sie an Hand dieser Rechnung die Nummer finden können?«
»Ja.«
»Haben Sie danach versucht festzustellen, wem sie gehört?«
»Das haben *Sie* doch getan!«
Zu Mason gewandt, sagte Hanley: »Es ist eine öffentliche Fernsprechstelle auf dem Southern Pacific-Bahnhof an der Kreuzung

der Third und der Townsend Street.« Er wandte sich an Mrs. Greeley. »Besteht eine Möglichkeit, daß es nicht Ihr Gatte war, mit dem Sie sprachen?«
»Keinesfalls.«
»Und wann kam Ihr Gatte nach Hause?«
»Etwas nach Mitternacht. Er sagte am Telefon, er würde versuchen, das Nachtflugzeug zu erreichen. Es gäbe um zehn Uhr ein Flugzeug, mit dem er kurz nach Mitternacht da sein werde. Sehen Sie, er hatte seinen Wagen am Flughafen geparkt ... Ach, das habe ich Ihnen ja schon gesagt.«
»Aber Sie wissen nicht aus eigener Kenntnis, daß sich der Wagen tatsächlich dort befand?«
»Nein, ich bin nicht hingefahren, um nachzusehen, aber ich weiß genau, daß er gegen vier Uhr nachmittags in San Franzisko war und auch noch um Viertel nach fünf, weil ich da mit ihm telefoniert habe.«
»Hörten Sie Ihren Gatten nach Hause kommen?«
»O ja. Er weckte mich, aber ich sah nicht auf die Uhr ... Also, zu Bett gegangen bin ich um elf, ich war noch nicht sehr lange eingeschlafen. Ich würde sagen, daß es zwischen ein und zwei Uhr war.«
»War an seinem Benehmen irgend etwas ungewöhnlich?«
»Nein.«
»Haben Sie Alkoholgeruch bemerkt?«
»Nein.«
»Hat er einen Smoking getragen?«
»Nein.«
»War er verletzt?«
»Nein, natürlich nicht!«
»Sie können mit dem Kreuzverhör beginnen«, sagte Hanley zu Perry Mason.
»Sie wissen nicht, ob das Geschäft, das Ihren Mann nach San Franzisko führte, im Interesse von Mr. Jules Homan lag?«
»Nein. Ich weiß nur, daß es etwas Unerwartetes und Wichtiges war.«
»Hatten die Papiere, die Sie heraussuchten, irgend etwas mit Mr. Jules Homan zu tun?«
»Ja. Er wollte, daß ich ihm die Aufstellung über Mr. Homans Aktienbesitz heraussuchte.«
»Hat er gesagt, warum?«

»Nein!«
»Keine weiteren Fragen«, sagte Mason.
Hanley sah auf seine Uhr. »Euer Ehren, mein nächster Zeuge ist ein Mann, der sehr . . .« Er wandte sich der Tür des Gerichtssaals zu, gerade als ein aufgeregter Mann hereinkam. »Mr. Homan, wollen Sie sich bitte in den Zeugenstand begeben?«
In seiner rechten Hand trug Homan eine Mappe aus Krokodilleder. Mit schnellen, nervösen Schritten trat er näher. Er schien ganz außer Atem zu sein.
»Mr. Homan«, sagte Hanley, »Sie sind der Besitzer einer Buick-Limousine mit der Nummer 8 V 7243. Dieser Wagen gehörte Ihnen doch auch am Neunzehnten dieses Monats, nicht wahr?«
»Ja.«
»Wissen Sie, wo er sich am Abend des Neunzehnten befand?«
»Er war in einen Verkehrsunfall auf der Ridge Route verwickelt.«
»Fuhren Sie das Auto?«
»Nein.«
»Wissen Sie, wer?«
»Nein.«
»Fuhr es jemand mit Ihrer ausdrücklichen oder stillschweigenden Erlaubnis?«
»Nein.«
»Wann haben Sie das Auto vor dem Zusammenstoß zum letztenmal gesehen?«
»Ich weiß nicht – jedenfalls nicht aus eigener Kenntnis –, zu welchem Zeitpunkt der Zusammenstoß stattgefunden hat.«
»Nun, dann drücken wir die Sache einmal folgendermaßen aus: Wann haben Sie am Neunzehnten das Auto zum letztenmal zu Gesicht bekommen?«
»Vor meinem Haus in der Maple Grove Street in Beverly Hills. Es war kurz vor zwölf Uhr mittags.«
»Und wann haben Sie es wiedergesehen?«
»Am Morgen des Zwanzigsten, als ich gebeten wurde, es zu identifizieren.«
»Kennen Sie – oder kannten Sie – einen Makler namens Adler Greeley?«
»Ja. Adler Pace Greeley kannte ich.«
»Hatten Sie geschäftlich mit ihm zu tun?«
»Er hat für mich ein paar Transaktionen durchgeführt, es han-

delte sich um Wertpapiere und Pfandbriefe.«
»Haben Sie am Neunzehnten mit Mr. Greeley gesprochen?«
»Nein.«
»Haben Sie ihm erlaubt, Ihren Wagen zu benutzen?«
»Nein, ganz bestimmt nicht.«
»Wo liegt Ihr Wohnsitz in Maple Grove, Mr. Homan?«
»Mein Haus hat die Nummer fünfundzwanzig.«
»Können Sie uns eine Beschreibung geben?«
»Spanischer Stil mit Patio und Swimming-pool. Ich bin Junggeselle und erledige einen großen Teil meiner Arbeit zu Hause. Ich gebe auch ziemlich viele Partys.«
»Gerade darauf wollte ich hinaus. Ist es ein großes Haus?«
»Ja und nein. Die Zimmer sind ziemlich groß. Das Ganze ist baulich gut angelegt. Es ist nicht gerade das – ja wie soll ich sagen? – das Haus eines armen Menschen.«
»Das ist der springende Punkt, Mr. Homan. Es ist also ein Haus, das einen großen Stab von Dienstboten verlangt?«
»Nein, das gerade nicht. Ich habe einen Chauffeur und Hausmeister in einer Person, der meine Besorgungen erledigt. Außerdem einen Filipino als Diener, der die Cocktails mixt und das Haus in Ordnung hält. Die Putzfrau kommt zweimal die Woche. Wenn ich Partys gebe, so übertrage ich die Bewirtung einem Restaurant.«
»Soweit ich unterrichtet bin, Mr. Homan, waren Sie am Neunzehnten allein zu Hause?«
»Das stimmt. Ich arbeitete und wollte nicht gestört werden, weswegen ich mich in meinem Arbeitszimmer eingeschlossen hatte. Wenn ich arbeite, dann tue ich das ganz. Ich konzentriere mich darauf und will nicht gestört werden.«
»Mr. Homan, ich würde gern genau wissen, wie es am Neunzehnten war. Sehen Sie, man hat behauptet, daß Mr. Greeley den Wagen steuerte, als der Unfall stattfand.«
»Lächerlich!«
»Erregen Sie sich nicht darüber, Mr. Homan. Ich habe mir ein genaues Bild über alle Schritte gemacht, die Mr. Greeley an dem Tage gemacht hat, und festgestellt, daß er um fünf Uhr fünfzehn nachmittags in San Franzisko war. Jetzt möchte ich nachweisen, daß Ihr Wagen gar nicht . . .«
»Dieses Privatgespräch zwischen dem Staatsanwalt und einem Zeugen ist reichlich ungewöhnlich, Euer Ehren«, sagte Mason.

»Ich bemühe mich nur, Zeit zu sparen«, sagte Hanley.
»Dagegen habe ich nichts«, äußerte Mason. »Ich möchte nur anregen, daß Sie das in der hier üblichen Weise tun.«
»Mr. Homan«, sagte Hanley, »wollen Sie uns bitte genau sagen, was Sie am Neunzehnten taten und wo sich an diesem Tage Ihr Wagen befand?«
»Ich arbeitete an einem sehr wichtigen Film. Ich wollte nicht gestört werden. Ich hatte an dem Treatment nahezu achtundvierzig Stunden ununterbrochen gearbeitet.«
»In Ihrem Atelier oder in Ihrer Wohnung?«
»An beiden Orten. Das Atelier habe ich am Nachmittag des Achtzehnten verlassen. Als ich nach Hause kam, habe ich dem Filipino und dem Chauffeur gesagt, sie könnten sich den Tag freinehmen, denn ich wünschte völlig und absolut ungestört zu sein. Dann schloß ich mich ein und machte mich an die Arbeit.«
»Und Sie blieben zu Hause?«
»Nein, ich bin um Mitternacht zum Abendessen ausgegangen und habe dann bis vier Uhr morgens durchgearbeitet, bis sieben Uhr geschlafen, bin anschließend aufgestanden, habe mich geduscht, mich rasiert, Kaffee getrunken und mich wieder an die Arbeit gesetzt. Ungefähr gegen elf bin ich in ein Restaurant gefahren, wo ich etwas gegessen habe. Danach habe ich weitergearbeitet.«
»Haben Sie Gelegenheit gehabt, nach Ihrem Auto zu sehen?«
»Ich erhebe Einspruch gegen die Frage, da sie unzulässig, irreführend und unsachlich ist«, sagte Mason. »Hinsichtlich der in diesem Verfahren behandelten Gesichtspunkte ändert sich dadurch nichts, aber darüber hinaus könnte diese Frage einen Versuch darstellen, zum Nachteil der Beklagten ein neues Vergehen nachzuweisen.«
»Ich gehe von der Voraussetzung aus, daß der Zweck dieser Zeugenaussage sich einzig und allein darauf beschränkt, nachzuweisen, wo sich der Wagen befunden hat«, sagte Hanley.
»Unter dieser Voraussetzung werde ich die Beantwortung der Frage zulassen«, entschied Richter Cortright.
»Also, antworten Sie auf die Frage, Mr. Homan!«
»Ich wollte gegen vier Uhr nachmittags etwas frische Luft schnappen und eine Spazierfahrt machen. Mein Wagen war fort.«
»Und was taten Sie da?«

»Ich erhebe Einspruch gegen die Frage, da sie unzulässig und unwesentlich ist und nicht zur Sache gehört«, sagte Mason.
»Dem Einspruch wird stattgegeben.«
»Ich glaube, jetzt könnten Sie Ihre Fragen stellen«, sagte Hanley mit leichtem Nicken zu Mason.
Homan stand auf und schickte sich an, den Zeugenstand zu verlassen.
»Noch einen Augenblick«, sagte Richter Cortright.
»Sind Sie noch nicht fertig mit mir?«
»Mr. Mason hat das Recht, ein Kreuzverhör anzustellen.«
»Oh«, sagte Homan und sah Mason ungeduldig an.
»Es handelt sich nur um ein paar Fragen«, sagte Mason, »die mit der Art Ihrer Arbeit zu tun haben, Mr. Homan. Soweit ich verstanden habe, sind Sie sehr ungehalten, wenn Sie bei Ihrer konzentrierten Arbeit unterbrochen werden.«
»Und wie! Ich schalte das Telefon aus.«
»Wie machen Sie das?«
»Am Apparat ist ein kleiner Schalter, der eigens angebracht wurde.«
»Immerhin telefonieren Sie doch gelegentlich?«
»Sehr, sehr selten. Das Wesen meiner Arbeit ist so, daß sie ein gewöhnlicher Mensch kaum beurteilen kann. Sie stellt das Höchstmaß an Konzentration dar.« Bei diesen Worten blickte Homan zum Richter hinauf.
»Können Sie sich an keinen noch so geringen Anlaß erinnern, warum Mr. Greeley Ihren Wagen benutzt hat?«
»Nein.«
»Und Sie haben während der Zeit, in der Sie sich so angestrengt konzentrierten, keine Telefongespräche geführt?«
»Nein. Ich habe nicht telefoniert.«
»Welcher Art waren Ihre Geschäfte mit L. C. Spinney in San Franzisko?« fragte Mason beiläufig.
Homan blickte ihn starr an.
»Können Sie auf diese Frage nicht antworten?« fragte Mason.
»Ich verstehe die Frage nicht. Ich habe keine Geschäfte mit Mr. – wie war der Name?«
»L. C. Spinney.«
»Ich habe mit Mr. Spinney in San Franzisko keine Geschäftsverbindung. Ich habe von dem Mann nie gehört, und ich erinnere mich jetzt, daß Sie diesen Namen mir gegenüber schon

einmal erwähnt haben.«
»Sie haben ihn also nicht am Dienstag und dann noch mal am Mittwoch angerufen?«
»Ganz gewiß nicht.«
»Und auch er hat Sie nicht angerufen?«
»Nein.«
»Mr. Homan, dieser Punkt kann eventuell sehr wichtig werden«, sagte Mason. »Seien Sie sich immer darüber im klaren, daß man die Rechnung der Telefongesellschaft überprüfen kann und . . .«
Homan schnippte mit dem Finger, als sei ihm plötzlich etwas eingefallen.
»Mr. Mason, ich weiß nicht, worauf Sie hinauswollen, aber eines kann ich Ihnen sagen. Wenn Sie nachweisen können, daß entweder am Dienstag oder am Mittwoch von meinem Apparat aus Ferngespräche geführt worden sind, werden Sie mir einen großen Gefallen tun, einen sehr großen.«
»Inwiefern, darf ich fragen?«
Homan räusperte sich. »Das, Mr. Mason, möchte ich Ihnen lieber privat sagen.«
»Aber ich«, sagte Mason mit einem Lächeln, »hätte es lieber, wenn Sie es mir in aller Öffentlichkeit erzählen.«
Homan preßte die Lippen zusammen und runzelte die Stirn. Dann sagte er: »Ich habe bereits seit einiger Zeit den Verdacht, daß mein Chauffeur in Verbindung mit Privatgeschäften verschiedentlich Ferngespräche über meinen Apparat führt. Ich würde großen Wert darauf legen, festzustellen, ob sich eine solche Beschuldigung als berechtigt erweist. Ich habe ihm gekündigt, aber . . . feststellen möchte ich das doch.«
»Wie heißt Ihr Chauffeur?« fragte Mason.
»Ernest A. Tanner.«
»Ist er im Gerichtssaal?«
Unter den Zuschauern machte sich eine leichte Unruhe bemerkbar. Ein Mann erhob sich. »Hier bin ich«, sagte er lässig. »Aber ich habe nicht . . .«
»Setzen Sie sich!« fuhr ihn Richter Cortright an. »Es ist nicht statthaft, daß Zuschauer die Verhandlung unterbrechen.«
Er war ein junger, breitschultriger Mann, der einen entschlossenen Eindruck machte. Unter dem durchdringenden Blick des Richters schmolz er zusammen und setzte sich.

»Sie kennen keinen L. C. Spinney?« fragte Mason.
»Nein. Und sollten irgendwelche Ferngespräche am Achtzehnten oder Neunzehnten über meinen Apparat geführt worden sein, so wurden sie ohne meine Erlaubnis geführt.«
»Überprüfen Sie Ihre Rechnungen nicht?«
Homan schüttelte ungeduldig den Kopf. »Nein, ich habe für derartige Trivialitäten keine Zeit. Ich gebe meiner Sekretärin nur die Anweisung, Schecks auszuschreiben, mit denen die gesamten laufenden Unkosten bezahlt werden. Zufällig ist mir aufgefallen, daß auf meinen Telefonrechnungen während der letzten Monate Nummern stehen, die mir völlig unbekannt sind. Ich habe es als selbstverständlich angenommen, daß es sich um Freunde handelt, die mein jüngerer Bruder angerufen hat. Dann habe ich aber zufällig eine Bemerkung ihm gegenüber gemacht, aber ich nehme an, über dieses Gespräch soll ich Ihnen jetzt nichts erzählen . . .«
»Der Zeitpunkt für eine Vertagung rückt näher«, sagte Richter Cortright. »Falls sich das Verhör in wenigen Minuten beenden läßt, wird das Gericht warten. Andernfalls kann das Verhör morgen fortgesetzt werden.«
»Euer Ehren«, sagte Homan. »Ich kann morgen auf keinen Fall kommen. Ich bin heute nur hier, weil man mich gezwungen hat. Ich habe dringende Geschäfte . . .«
Mason unterbrach ihn. »Ich habe nur noch ein oder zwei Fragen. Es handelt sich um das Telefon. Sie haben gesagt, daß Sie sowohl dem Filipino wie dem Chauffeur freigegeben haben . . .«
»Die beiden wohnen in meinem Hause. Sie kommen und gehen, wie ihnen beliebt. Ich wollte nur sagen, daß ich sie an diesem Tag von aller Arbeit befreit hatte.«
»Wo schläft der Chauffeur?«
»Über der Garage.«
»Und der Filipino?«
»Im Erdgeschoß.«
»Kommen und gehen die beiden durch den Haupteingang?«
»Nein. Der Chauffeur benutzt eine Treppe, die auf eine Nebenstraße hinausführt, der Filipino eine Tür im Erdgeschoß, die ebenfalls auf eine Seitenstraße geht. Mein Haus ist ein Eckhaus.«
»Müssen die beiden zum Telefonieren Ihre Wohnräume betreten?«

»Nein. Sie haben Anschlüsse in ihren Zimmern, genau wie in anderen Zimmern des Hauses.«
»Könnte man mithören?«
Homan runzelte die Stirn. »Das glaube ich nicht, Mr. Mason, aber Ihre Frage betrifft ein Gebiet, von dem ich nichts verstehe. Ich weiß sehr wenig über das, was in meinem Haus vorgeht, ebensowenig wie ich etwas von der Technik des Telefons verstehe.« Er lächelte. »Wie Sie sich denken können, Mr. Mason, braucht man in Hollywood eine Kulisse, um auftreten zu können. Ein Filmproduzent muß . . . na, ich glaube, Sie verstehen schon.«
»Doch, ich glaube schon!«
Richter Cortright bemerkte ungeduldig: »Also, Mr. Mason, ich nehme an, daß sich das Kreuzverhör noch länger hinziehen wird und sich Gegenfragen ergeben. Das Gericht wird sich bis morgen um zehn Uhr vertagen, dann werden Sie, Mr. Homan, wieder hier erscheinen.«
Homan sprang auf. »Das kann ich nicht! Ich kann es wirklich nicht. Falls meine Arbeit morgen unterbrochen wird, kostet mich das Tausende. Ich muß morgen . . .«
»Also, um zehn Uhr morgen vormittag«, sagte Richter Cortright und kniff die Lippen zusammen, um anzudeuten, daß dies sein letztes Wort sei. Damit verließ er den Gerichtssaal.
Der schlaksige, breitschultrige Chauffeur schob sich durch die Schwingtür, die den Zuhörerraum vom Gerichtssaal abgrenzte, und trat auf Homan zu. »Was haben Sie eigentlich vor?« fragte er. »Wollen Sie mich etwa zum Sündenbock für die Schweinerei machen, in die Sie sich gebracht haben?«
»Ihr Benehmen gefällt mir ganz und gar nicht«, sagte Homan in drohendem Ton.
»Es wird Ihnen bald noch weniger gefallen! Wenn ich erzähle, wo Sie sich . . .«
Einen Augenblick sah es so aus, als wollte Tanner seinen Gefühlen dadurch Ausdruck verleihen, daß er Homan das Nasenbein einschlüge. Doch dann zuckte er die Achseln, machte auf dem Absatz kehrt und ging.
Aus dem Zuschauerteil kam Hortense Zitkousky nach vorn und legte ihre Hand auf Stephane Claires Schulter. »Kopf hoch und so weitermachen«, sagte sie.
Stephane dankte ihr mit einem Lächeln.

Zu Mason gewandt sagte Hortense leise: »Dieser Chauffeur hat ein Auge auf mich geworfen. Meinen Sie nicht, daß es ein guter Plan wäre, wenn ich . . . ?«
»Ja«, sagte Mason, »und lassen Sie sich nicht mit uns zusammen sehen!«
Hortense entfernte sich unauffällig, während Mason seine Akten zusammenpackte und sie in eine Mappe schob.
Aus der kleinen Schar von Zuschauern, die sich noch miteinander unterhielten, tauchte Max Olger auf. Das Funkeln seiner listigen grauen Augen wurde noch durch die Brillengläser verstärkt, während er die Hand des Anwalts ergriff. »Prachtvoll«, sagte er, »wunderbar! Diese Lions haben Sie großartig reingelegt. Eine glänzende Leistung, dieses Kreuzverhör! Ich bin Ihnen sehr dankbar.«
»Auch ich meine, daß Sie es einfach wunderbar gemacht haben, Mr. Mason«, sagte Stephane Claire.
»Wir haben vielleicht eine Chance«, erklärte Mason. »Die Aussage von Mrs. Greeley zeigt, daß ihr Mann sehr wohl in Homans Auftrag nach San Franzisko gefahren sein könnte. Es ist gerade noch möglich, daß jemand, der um fünf Uhr fünfzehn nachmittags in San Franzisko ist, um zehn Uhr in Bakersfield ankommt. Wahrscheinlich müßte der Betreffende dann ein Flugzeug genommen haben. Die Strecke ist ungefähr dreihundert Kilometer lang. Wir werden uns die Sache etwas näher ansehen, vielleicht können wir etwas herausbringen.«
»Könnten Sie das nicht heute abend tun und morgen früh mit einem neuen Beweis als Überraschung aufwarten?« fragte Max Olger.
Mason grinste. »Darum verschwinde ich jetzt.«

15

Mason durchmaß mit großen Schritten sein Büro, die Daumen in den Armlöchern seiner Weste, den Kopf gesenkt. Paul Drake saß bequem im großen Ledersessel und rauchte.
»Verdammt, Paul, die Sache liegt so deutlich auf der Hand, daß sie sich fast von selber beweist, und dann, mit einemmal, sitzt man in der Tinte.«

Drake knurrte etwas Undeutliches. In diesem Moment kam Della Street herein. »Mein Gott, Della«, sagte Drake, »sind Sie noch nicht nach Hause gegangen?«
Sie schüttelte den Kopf. »Ich hoffte, daß mich jemand zum Abendessen einladen würde.«
»Eine großartige Idee«, rief Drake. »Derjenige könnte mich ebenfalls einladen.«
»Letzte Meldung«, sagte Della zu Perry Mason. »Gerade habe ich sie telefonisch durchgegeben bekommen.«
»Und?«
»Von Hortense Zitkousky. Sie muß ein beachtliches Mädchen sein.«
»Kommt mir auch so vor«, sagte Mason. »Worum handelt es sich?«
»Es hörte sich an, als hätte sie einen sitzen. Sie ist mit diesem Chauffeur aus.«
»Was hat sie rausgebracht?«
»Geldsorgen quälen den Chauffeur nicht, obwohl Homan ihn rausgeschmissen hat. Er wirft mit dem Geld herum wie ein besoffener Matrose. Das Unglücksauto ist zwischen dem Vormittag des Achtzehnten und dem Zeitpunkt des Unglücks insgesamt tausendachtundneunzig Kilometer gefahren.«
»Woher weiß er das?« fragte Mason.
»Er schreibt sich die Zahlen immer auf. Er muß den Wagen versorgen.«
Drake stieß einen leisen Pfiff aus.
»War das alles, was sie zu sagen hatte?« fragte Mason.
»Bis jetzt, ja. Ich soll Ihnen ausrichten, daß sie auch noch aus dem Chauffeur herausbringen will, warum ihn keine Geldsorgen plagen. Und sie meint, er könnte auch noch etwas über Homan wissen.«
»Hoffentlich«, sagte Mason, »ist sie gerissen genug, auch über Spinney etwas herauszukriegen. Homan könnte recht haben, daß es der Chauffeur war, der Spinney angerufen und den Spinney angerufen hat. Kennen Sie irgend jemand draußen in Hollywood, Della?«
»Leute vom Film?«
»Ja.«
»Ein paar Schriftsteller und eine Agentin.«
»Sie sollten es mit der Agentin versuchen«, sagte Mason. »Ich

möchte etwas über Homans Vorleben und seinen meteorhaften Aufstieg erfahren. Auch über sein Liebesleben wäre ich gern orientiert. So etwas bringt einen immer weiter.«
»Ich kann da ein paar Leute ansetzen«, warf Drake ein.
Mason schüttelte den Kopf. »Dort fällt ein Privatdetektiv zu sehr auf. Mir geht es um den Klatsch, den die Leute vom Bau sich untereinander erzählen und den sonst niemand weiß.«
»Diese Agentin«, sagte Della, »ist eine Chance. Sie war früher Sekretärin, dann hat sie selber geschrieben und schließlich Filmstoffe vertrieben.«
»Na also, dann gehen Sie und stellen Sie fest, ob Sie sie telefonisch erreichen können, Della. Können Sie sich auf sie verlassen?«
»Meinen Sie, ob sie eine gute Freundin von mir ist?«
»Ja.«
»Unbedingt.«
»Nun, dann fahren Sie gleich zu ihr hinaus, und sagen Sie ihr, Sie wollten allen Klatsch über Homan wissen. Der Fall hat schließlich in den Zeitungen gestanden. Sie können dem Mädchen nicht mit einem Roman kommen, sie würde das Manöver sofort durchschauen.«
»Okay, ich will sehen, ob ich sie erreiche.«
Della Street verschwand in ihr Büro, wo man sie telefonieren hören konnte.
Zu Mason gewandt sagte Drake: »Kann sein, daß Richter Cortright Stephane Claire morgen freispricht. Die Lions hat keinen guten Eindruck auf ihn gemacht ... Und ich möchte wetten, daß Tragg an allem interessiert ist, was wir zu Tage fördern. Würde mich nicht wundern, wenn er noch mal vorbei käme.«
»Er soll seine Mordfälle allein klären. Wenn ich ihm das nächste Mal einen Wink gebe, dann wird er sich danach richten.«
»Welchen Wink hat er denn diesmal nicht begriffen?«
»Die Sache mit Homan.«
»Nun sei doch vernünftig! Homan hätte einfach seine Beziehungen spielen lassen und so weiter ... Du weißt doch, wie das geht.«
Mason lächelte. »Homan muß mit seinem Bericht über den Wagen gelogen haben.«
»Na hör mal! Tragg kann schließlich nicht in deiner schmutzi-

gen Wäsche herumkramen und sehen, was sich da findet ...«
Della Street kam herein. »Chef, ich habe das Mädchen erreicht. Sie ist in ihrem Büro, soll ich tatsächlich hinfahren?«
»Aber ja! Nehmen Sie meinen Wagen! Ich warte hier.«
»Hier?«
»Ja. Essen können wir, wenn Sie zurückkommen.«
»Okay!«
»Und du, Paul?« fragte Mason.
»Ich sage euch später Bescheid. Eine Chance, mit Della tanzen zu können, möchte ich mir ungern entgehen lassen.«
Sie lachte. »Sie wollen sich nur durch eine Reihe von teuren Gerichten hindurchessen, das ist es. Also bis nachher.«
Sie zog ihre Handschuhe an. »Ich werde etwa zwei Stunden brauchen. Wenn ich nichts erreiche, dürfen Sie nicht enttäuscht sein, Mr. Mason.« Della lief zur Tür.
»Werde ich schon nicht«, sagte Mason.
Mason und Drake lauschten auf ihre Schritte, die sich durch den Korridor des leeren Bürohauses entfernten.
»So eine findest du unter einer Million nicht so bald wieder«, sagte Drake.
»Du kannst ruhig zehn Millionen sagen, Paul!«
Einige Sekunden lang rauchten sie schweigend. Der Tür näherten sich Schritte. Mason runzelte die Stirn. Dann wurde gebieterisch geklopft.
»Hört sich an wie ein Bulle«, sagte Drake.
»Um das zu merken, brauchst du kein Detektiv zu sein«, sagte Mason und öffnete.
»Hallo!« rief Leutnant Tragg. »Na, halten Sie Kriegsrat?«
Mason blickte auf seine Uhr. »Möchte wetten, daß jetzt schlechte Nachrichten kommen.«
Tragg setzte sich. »Ganz so gut sind die Dinge im Gerichtshof heute nicht für Sie gelaufen, was Mason?«
»Ach, ich weiß nicht. Ich bin zufrieden.«
»Ich muß einen Mordfall klären«, sagte Tragg. »Sie haben nur einen Prozeß wegen Trunkenheit am Steuer und fahrlässiger Tötung. Der Fall interessiert mich nicht sehr, weil er nicht in mein Ressort gehört. Aber der Mord sehr wohl. Wenn ich den kläre, klopft man mir auf die Schulter. Wenn nicht, kriege ich einen Tritt in den Hintern.«
»Ich nehme an, daß Sie auf etwas Bestimmtes hinauswollen!«

»So ist es.«
»Na, schießen sie los!«
»Wie würde es Ihnen gefallen, wenn Sie zur Abwechslung mal *mit* uns zusammenarbeiten, statt gegen uns?«
»Das weiß ich nicht«, sagte Mason. »So weit ich *Sie* kenne, könnte es gut dazu kommen, daß Sie meiner Mandantin den Mord anhängen, ehe Sie mit Ihrem Fall zu Ende sind.«
»Also, darauf kann ich im Augenblick nicht eingehen.«
»Was soll das heißen?«
»Es gibt ein paar Spuren, die in diese Richtung weisen.«
Mason saß gerade und steif in seinem Sessel. »Mein Gott, Tragg! Es braucht nur jemand ein Mandant von mir zu sein, und schon kommt die Polizei daher . . .«
»Regen Sie sich nicht auf«, sagte Tragg, »ich gebe Ihnen eine Chance.«
»Nur los!«
»Reden wir ein wenig über Ihre Mandantin.«
»Na schön, was ist mit ihr?«
»Ihr reicher Onkel ist aufgekreuzt, hat einen Scheck für die Kaution auf den Tisch geknallt, sie aus dem Krankenhaus geholt, wo sie polizeilich festgehalten wurde, und ins *Adirondack* Hotel geschleift. Und wo liegt das *Adirondack* im Verhältnis zum *Gateview?*«
»Moment«, sagte Mason. »Von der 7. Straße bis dahin – ungefähr vier Straßenblocks.«
»Stimmt. Für diese vier Blocks braucht man zu Fuß nicht ganz fünf Minuten.«
»Nur weiter! Wie ich annehme, hatte meine Mandantin die Mordwaffe in der Handtasche, als sie diese durchsuchten, wie?«
»Nein, aber etwas anderes.«
»Was?«
»Tja, sehen Sie, ich habe mir ihre Geschichte angehört. Sie sagte, sie hätte den Zündschlüssel abgezogen. In der Garage, in die man den Wagen gebracht hatte, habe ich mich danach erkundigt. Die Zündung war ausgeschaltet. Natürlich habe ich die Handtasche des Mädchens untersucht.«
»Ohne ihr Wissen . . .?«
»Darin befand sich ein Schlüsselring mit drei Schlüsseln. Also, Mason, ehe ich weiterrede, möchte ich wissen, ob die Schlüssel später hineingekommen sind.«

»Ich verstehe Sie nicht.«

»Natürlich wollte ich über die Schlüssel Genaueres wissen«, sagte Tragg. »Einer sah aus wie ein Zündschlüssel. Ich dachte mir, es sei besser, das erst genau festzustellen und dann zu fragen. Während also Ihre Mandantin im Krankenhaus war, ließ ich einen Schlosser kommen, der Duplikate machte. Diese probierte ich am Wagen aus. Der Autoschlüssel paßte in die Zündung. Nun blieben noch die anderen beiden Schlüssel. Ich wußte nicht, wofür sie waren. Irgendwie mißtraute ich dieser Schlüsselgeschichte. Das Ganze sah zu gestellt aus.«

»Weiter.«

»Dann fingen Sie an, über Homan zu reden, daher fuhr ich still und leise zu Homans Villa hinaus und probierte die beiden anderen Schlüssel aus.«

»Warum diese Geheimniskrämerei?«

»Ach, ich wollte sehen, was Sie sich für Überraschungseffekte ausgedacht hatten.«

»Ja, paßten denn die Schlüssel?«

»Nein, nicht in das Haustürschloß ... aber einer paßte zu Homans Jacht.«

»Ist doch nicht möglich!«

»Überrascht Sie das?«

»Ja.«

»Na, ich habe weiter nichts gesagt. Ich wollte abwarten, bis Sie Ihre Bombe platzen ließen.«

»Ich bin ganz Ohr.«

»Nun, dieser Augenblick kam heute nachmittag«, sagte Tragg. »Ich erwartete natürlich, daß Sie Ihr Plädoyer auf diesen Schlüssel aufbauen würden, die das Mädchen übrigens als Beweismittel ansah und als solches vorlegte. Ich dachte mir, Sie würden zu Homan sagen: ›Mr. Homan, ist dies der Zündschlüssel zu Ihrem Auto?‹ Homan würde natürlich sagen, daß er so ähnlich wie sein Wagenschlüssel aussähe. Dann würden Sie ihn beiläufig fragen, ob er etwas über die anderen Schlüssel wüßte, ob sie ihm bekannt vorkämen. Er würde darauf antworten – und zwar einigermaßen überrascht –, daß der eine der Schlüssel zu seiner Jacht sei, oder erklären, sie kämen ihm gar nicht bekannt vor, woraufhin Sie ihn bitten würden, doch seine Schlüssel vorzulegen, damit Sie sie vergleichen könnten ...«

Mason schob seinen Sessel zurück und stand auf. »Verdammt!«

sagte er angewidert. »Und so was habe ich mir entgehen lassen! Ich werde meine Mandantin aufsuchen, ihr das Honorar zurückzahlen und sie um Entschuldigung bitten.«
Tragg betrachtete Mason genau. »Warum haben Sie sich Homan nicht vorgeknöpft, Mason?«
»Ich weiß es nicht, Leutnant. Mir schwebte ein ganz anderer Gesichtspunkt vor. Natürlich wußte ich, daß es der Zündschlüssel für diesen Wagen war, aber ich . . .«
Als Mason abbrach, meinte Tragg: »Sie hatten also etwas anderes im Sinn, das Sie noch weiter ausbauen wollen, etwas, von dem Sie mir noch nichts erzählt haben, nicht wahr?«
»Na und?«
»Nachdem Sie diese Schlüsselgeschichte nicht aufs Tapet gebracht haben, fing ich an zu glauben, daß die Schlüssel doch nicht von Ihnen in die Tasche praktiziert worden sind.«
»Sind sie auch nicht. Wofür ist der dritte Schlüssel?«
»Das habe ich noch nicht herausgebracht.«
»Er gehört nicht Homan?«
»Nein.«
»Wie wäre es denn mit . . .?«
»Womit?« fragte Tragg, als Mason zögerte.
Der Anwalt nahm einen Bleistift vom Schreibtisch und strich mit den Fingern über das glatte Holz. »Es ist eine lange Geschichte, bis Homans Erzählung, daß der Wagen gestohlen wurde, als Lüge abgewiesen werden kann.«
»Es sei denn, er hat die Schlüssel im Wagen stecken lassen«, sagte Tragg.
»Dann würden es kaum seine Schlüssel sein«, äußerte Mason. »An dem Ring sind nur drei Schlüssel. Homan würde mehr Schlüssel haben. Schlüssel für sein Haus und für sein Büro im Atelier.« Einige Sekunden lang herrschte Schweigen, dann machte Mason eine leichte Verbeugung zu dem Kriminalbeamten. »Okay, Tragg, Sie haben gewonnen.« Er wandte sich an Drake. »Erzähl ihm von dieser Warfield, Paul!«
»Wieviel?«
»Alles.«
»Und auch von Spinney«, warf Tragg ein. »Spinney interessiert mich.«
Drake zog ein Notizbuch hervor, mit dessen Unterstützung er Tragg die ganze Geschichte erzählte. Als er geendet hatte,

machte Tragg ein finsteres Gesicht. »Und das alles haben Sie für sich behalten?« fragte er.
»Sie hätten eben mehr fragen müssen! Ihre *Fragen* haben wir alle beantwortet.«
»Eines Tages werden Sie sich bei dieser Methode in die Finger schneiden«, sagte Tragg zu Drake.
Drake blickte Mason an.
»Sooft Drake in meinem Auftrag einen Fall bearbeitet, folgt er meinen Anweisungen. Er selbst ist nicht dafür verantwortlich. Ich bin es!« erklärte Mason.
Tragg grinste. »Na schön, kommen wir wieder zur Sache. Ich will diesen Mord aufklären! Sie wollen für Stephane Claire einen Freispruch erzielen. Ihr Fall ist noch nicht abgeschlossen. Homan sagte mir, er sei immer so vorsichtig, den Wagen abzuschließen und die Schlüssel mitzunehmen. Damit will er beweisen, daß jeder andere, der den Wagen gefahren hat, dies ohne seine Erlaubnis tat. Na schön, Homan hat also seine Schlüssel. Der Chauffeur muß Schlüssel gehabt haben. Wie will nun Homan den Umstand erklären, daß der Mann, der den Wagen fuhr, einen Schlüssel zu seiner Jacht hatte?«
Die Daumen in die Armlöcher seiner Weste vergraben, den Kopf leicht vorgeneigt, schritt Mason im Zimmer auf und ab. »Er wird es eben nicht erklären können! Das kann er nicht. Er wird seine Aussage ändern müssen.«
»Also, was mich betrifft, Mason«, sagte Tragg, »so bin ich jetzt davon überzeugt, daß Ihre Mandantin den Wagen nicht stahl und ihn auch nicht steuerte. Sagen wir einstweilen, Greeley hätte ihn gefahren. Sie hat ihn noch nicht gekannt. Auch Homan kannte sie nicht. Aber ohne Zweifel hat sie an dem bewußten Vormittag San Franzisko verlassen.«
»Na gut, Tragg«, sagte Mason, »dann werden wir mal alle unsere Karten offen auf den Tisch legen. Dieser Unglückswagen ist nämlich, angefangen von dem Augenblick, in dem ihn der Chauffeur das letzte Mal sah – nämlich am Dienstag vormittag – bis zum Mittwoch insgesamt tausendachtundneunzig Kilometer gefahren. Wenn also Homan die Wahrheit gesagt hat, muß der Wagen in der Zeit von Mittwoch mittag bis zum Zeitpunkt des Unglücks ebenfalls diese Strecke zurückgelegt haben. Jetzt nehmen Sie mal an, er wäre ständig einen Durchschnitt von neunzig Kilometern in der Stunde gefahren. So etwas ist

einfach unmöglich.«
»Machen ließe sich das schon«, sagte Tragg. »Der Wagen gibt annähernd seine hundertfünfzig pro Stunde her.«
»Der Wagen vielleicht, aber nicht die Straßen«, sagte Mason.
»Was meinen Sie damit?«
»Mir ist gleich, wie schnell Sie fahren, Sie können sich dafür die schnellste Straße aussuchen, doch wenn Sie einmal elf Stunden lang gefahren sind, werden Sie feststellen, daß Sie nicht mehr als neunhundert Kilometer hinter sich gebracht haben. Auf einer Fahrtstrecke von vierhundertfünfzig oder sechshundert Kilometern passieren Sie gerade Straßen, Kurven, Umleitungen, Ortschaften und so weiter. Daß der Wagen eintausendachtundneunzig Kilometer gefahren wurde, bedeutet, daß jemand damit ungefähr sechshundert Kilometer weit von der Stadt fortgefahren ist und dann wieder zur Stadt zurück. Der Unfall hat sich ungefähr neunzig Kilometer vor Los Angeles ereignet.«
»Interessant«, sagte Tragg.
»Nehmen wir einmal an«, sagte Mason, »daß der bewußte Mann gegen zehn Uhr abends entweder von oder durch Bakersfield kam. Er trug einen Smoking. Wenn ein Mann einen Smoking anzieht, geht er im allgemeinen zu einer Gesellschaft, die nicht vor sieben Uhr dreißig oder frühestens acht Uhr beginnt. Es ist ziemlich ungewöhnlich, daß so jemand schon vor zehn eine solche Gesellschaft wieder verläßt. Wenn dieser Mann nicht von Bakersfield kam, können wir diese Zeitspanne wahrscheinlich noch um mindestens eine weitere Stunde verlängern. Er muß dort um Viertel vor oder schon um halb neun fortgegangen sein.«
»Von wo?«
»Nun, von der Veranstaltung, dem Abendessen, dem Tanzvergnügen oder was es sonst war.«
»Aber Greeley war am Abend des Unfalls in San Franzisko.«
»Darauf komme ich noch«, sagte Mason. »Greeley war um Viertel nach fünf in San Franzisko. Nach San Franzisko hatte er keinen Smoking mitgenommen, sondern nur einen zweireihigen grauen Anzug. In Bakersfield aber trug er um zehn Uhr abends einen Smoking. Jetzt überlegen Sie, was das bedeutet.«
»Was?«

»Er hat nicht in annähernd vier Stunden und fünfundvierzig Minuten von San Franzisko nach Bakersfield fahren können.«
»Nur weiter. Sie sind auf der richtigen Spur.«
»Hätte er zu dem Zeitpunkt einen grauen Anzug getragen, so hätte er kaum ein Flugzeug genommen, mit irgend jemand eine Verabredung gehabt, sich den Wagen geschnappt, sich einen Smoking angezogen, um dann noch um zehn Uhr in Bakersfield zu sein.«
»Lassen wir das für einen Augenblick! Er könnte es vielleicht getan haben, aber hören wir erst den Schluß der Geschichte.«
»Das bringt uns zu der Frage, ob er den Smoking um fünf Uhr nachmittags getragen hat. Da er keinen Smoking mitgenommen hatte, muß dieser jemand anderem gehört haben. Es muß ein Smoking gewesen sein, den sich Greeley auslieh oder in San Franzisko aufbewahrte. Warum aber sollte er um fünf Uhr fünfzehn in einem Smoking auf dem Southern Pacific-Bahnhof gewesen sein. Das ist ziemlich frühzeitig für einen Smoking.«
»Und?«
»Der Smoking muß schon vierundzwanzig Stunden alt gewesen sein«, äußerte Mason. »Mit anderen Worten, Greeley muß ihn für einen Anlaß am Abend vorher angezogen haben. Er wurde so plötzlich abgerufen, daß er nicht mehr die Zeit hatte, sich umzuziehen. Greeley hatte keine Gelegenheit mehr, einen Smoking anzuziehen, nachdem er von San Franzisko abgefahren war; er muß ihn bereits angehabt haben.«
Tragg runzelte nachdenklich die Stirn. »Lassen Sie mich überlegen!« Plötzlich rief er: »Mason, Sie hätten Detektiv werden sollen! Sie haben recht!«
»Es ist natürlich schwierig, unter ganz gewöhnlichen Umständen die Spur eines Mannes zurückzuverfolgen, aber«, sagte Mason, »ein Mann, der am hellen Tag einen Smoking trägt, fällt auf.«
»Geben Sie mir ein Blatt Papier, Mason«, sagte Tragg. Aus seiner Tasche zog er einen Bleistift hervor, breitete das Blatt auf seinem Knie auf einer Unterlage aus und fing an, sich Notizen zu machen. »Wir werden uns diesen Spinney in San Franzisko näher ansehen. Danach werden wir alle Tankstellen an der Strecke überprüfen, ob dort ein Mann in einem Smoking getankt hat. Bei den Fluggesellschaften werden wir uns auch erkundigen.«

»Wenn Sie das ohnehin tun, fragen Sie doch auch wegen Dienstag abend und Mittwoch früh«, sagte Mason.
Tragg blickte vom Schreiben auf: »Wieso?«
»Nur so ein Einfall. Probieren wir's doch! Er kann seinen Smoking den ganzen Dienstag abend und am Mittwoch den ganzen Tag über getragen haben, weil sein grauer Anzug in Homans Haus war.«
»Wie kommen Sie darauf?«
»Als er abreiste, trug er einen grauen Anzug. Während der Fahrt auf der Ridge Route trug er einen Smoking. Mrs. Greeley sagt, er hätte beim Nachhausekommen keinen Smoking angehabt. Und doch hat er kein Gepäck mitgenommen, als er auf der Ridge Route sich aus Homans Wagen davonmachte.«
»Darauf gebe ich nicht viel, aber es ist ein Gesichtspunkt. Okay, lassen Sie mich das Präsidium anrufen.«
»Sie können den Apparat in Della Streets Büro benutzen«, sagte Mason.
Mason und Drake blieben sitzen und rauchten, während sie Tragg telefonieren hörten.
Als Tragg zurückkam, fragte er: »Wie wär's mit einem Happen zu essen?«
»Wir warten auf Della Street. Sie ist nach Hollywood gefahren, um etwas über Homan in Erfahrung zu bringen.«
»Können Sie ihr nicht eine Nachricht hinterlassen?«
»Könnte ich schon«, sagte Mason, »aber ich warte auf einen eventuellen Anruf von ihr.«
»Es wird eine Stunde dauern«, meinte Tragg, »ehe für mich die ersten Meldungen einlaufen, daher dachte ich, daß man in der Zeit gut etwas essen könnte. Kann sein, daß wir später alle Hände voll zu tun bekommen.«
»Na, dann geht ihr beiden nur los, ich warte so lange«, schlug Mason vor.
Auf Masons Schreibtisch läutete das Telefon.
Mason nahm den Hörer ab und vernahm eine weibliche Stimme, die erleichtert sagte: »Ach, was bin ich froh, Mr. Mason, daß ich Sie erreiche! Ich muß Sie sofort sprechen!«
»Wer ist denn da?«
»Mrs. Greeley.«
»Worum handelt es sich?« fragte Mason. »Nein, warten Sie einen Moment! Bitte, bleiben Sie in der Leitung!« Mit der Hand

über der Sprechmuschel sagte er zu Tragg: »Mrs. Greeley will mir irgend etwas erzählen. Es klingt ziemlich aufregend. Sie sollten auf dem Nebenapparat mithören ...«

»Wo?«

»Gehen Sie in Dellas Büro und drücken Sie auf den linken Knopf ...«

»Ich werde es ihm zeigen«, sagte Drake.

Mason wartete, bis sich Tragg in die Leitung eingeschaltet hatte, dann sagte er: »Ja, Mrs. Greeley ...?«

»Was knackte denn da? Hat sich jemand ...«

»Ich hielt es für besser, an einen anderen Apparat zu gehen«, sagte Mason. »In meinem Büro sind Leute. Worum handelt es sich?«

»Mr. Mason, ich fürchte, ich habe ... ich wollte Sie um Rat fragen.«

»Und?«

»Ich komme mir so schuldig vor.«

»Warum?«

»Es kann sein, daß ich jenem Mädchen Unrecht getan habe.«

»In welcher Beziehung?«

»Ich ... nun, vielleicht verstehen Sie, wie mir zumute ist. Mein Mann und ich – wir haben uns so nahe gestanden. Ich ... fühlte mich so verloren, daher habe ich angefangen, die Sachen meines Mannes zusammenzupacken. Ich konnte es nicht mehr ertragen, seine Kleider in seinem Schrank hängen zu sehen und all das andere ...«

»Worauf wollen Sie hinaus?« fragte Mason.

»Ich ... also, Mr. Mason, eines der Smokinghemden hat vorne einen langen roten Streifen, Lippenstiftspuren. Ich ...«

»Wo sind Sie jetzt?«

»Zu Hause.«

»Wie lange ist es her, daß Sie das Hemd gefunden haben?«

»Erst vor ein paar Minuten ... im Wäscheschrank. Meiner Meinung nach hat mein Mann unmöglich diesen Wagen fahren können, aber ... ich möchte dieses junge Mädchen nicht in eine schiefe Lage bringen. Ich war der Meinung, daß Sie Bescheid wissen sollten.«

»Dieses Hemd möchte ich gern sofort sehen, Mrs. Greeley. Wie wäre es, wenn ich zu Ihnen käme?«

»Hätte es nicht Zeit bis morgen?«

»Nein.«
»Also, ich ... Falls Sie noch eine Zeitlang in Ihrem Büro bleiben, werde ich, wenn ich zum Essen in die Stadt fahre, bei Ihnen vorbeikommen und es Ihnen bringen.«
»Na gut«, sagte Mason. »Suchen Sie den Smoking und bringen Sie den auch mit.«
»Gerade wollte ich Sie deswegen fragen, Mr. Mason ... Ich werde eine halbe Stunde brauchen. Sind Sie dann noch da?«
»Doch, doch, ich werde noch hier sein.«
Am anderen Ende der Leitung knackte es.
Mason legte ebenfalls den Hörer auf und schritt in Della Streets Büro, wo Tragg noch an Dellas Schreibtisch saß und auf das Telefon blickte.
»Na?« fragte Mason.
»Jetzt sind Sie dran«, sagte Tragg. »Rufen Sie sie morgen in den Zeugenstand, dann kann Ihre Mandantin ungehindert den Gerichtssaal verlassen.«
»Damit ist eine Last von meinen Schultern. Wie ist Ihnen zumute?«
»Verdammt eklig.«
»Und warum?«
»Weil ich nicht glaube, daß Greeley Homans Wagen gestohlen hat. Falls Greeley Homans Wagen fuhr, fuhr er ihn mit Homans Zustimmung. Das heißt, daß ich mir Homan vornehmen muß. Und was das bedeutet, wissen Sie.«
»Sie haben genug in der Hand, um dazu berechtigt zu sein ...«
»Darum handelt es sich nicht. Wie wäre es, wenn Sie den Sündenbock dafür abgäben?«
»Sobald die Polizei jemand als Werkzeug benötigt, ist sie mit einem Mal für Zusammenarbeit, schon komisch!« sagte Mason.
»Unsinn! Sie vergessen, daß ich Ihnen die Sache mit den Schlüsseln erzählt habe!«
»Haben Sie allerdings. Also, was wollen Sie jetzt?«
»Rufen Sie morgen Homan in den Zeugenstand. Sagen Sie zuerst nichts von dem Hemd! Nehmen Sie die Schlüssel als Ausgangspunkt für Ihr Kreuzverhör. Machen Sie ihn fertig!«
»Trotzdem, Tragg, ich möchte es mir noch ein wenig überlegen«, sagte Mason.

»Also, ich werde jetzt an die Luft gehen und mir ein Sandwich holen, Mason. Sie können die Sache inzwischen überdenken. Wie steht's mit Ihnen, Drake? Wollen Sie mitkommen?«
Drake grinste. »Sie sind ein großartiger Bursche, Tragg ... manchmal wenigstens. Aber tanzen kann ich mit Ihnen nicht.«
»Wovon reden Sie eigentlich, zum Teufel noch mal?«
»Wenn Della zurückkommt«, sagte Drake, »will Mason uns zum Abendessen einladen.«
»Verlaß dich nicht hundertprozentig«, sagte Mason. »So wie die Dinge sich entwickeln, sieht es sehr nach einer Nacht voll Arbeit aus. Wahrscheinlich werden wir uns nur heiße Würstchen holen und noch Glück haben, wenn es dazu langt.«
»Immerhin, Perry, ich warte vorläufig mal.«
»Na, gut!« Tragg griff nach seinem Hut. »Ich werde in ungefähr zwanzig Minuten wieder hier sein.« Er ging hinaus.
Als die automatische Sicherung die Tür ins Schloß gedrückt hatte, wandte sich Drake an Mason. »Warum greifst du nicht zu, Perry?«
»Ich habe ja nichts dagegen. Nur wollte ich nicht übereifrig wirken. Ich möchte nicht, daß sich Tragg einbildet, er könnte mich immer dann, wenn es ihm paßt, als Zugpferd benützen.«
»Na, diesmal hast du dadurch deiner Mandantin aus der Patsche helfen können.«
»Offen gesagt, Paul, ich hätte es sowieso getan. Mir geht es einfach gegen den Strich, daß ein Mann, der vor Geld stinkt, einem Mädchen, das per Anhalter reist, die Daumenschrauben anlegt, nur damit er selber unbeschadet davonkommt.«
»Aber warum tut Homan das? Um ein paar tausend Dollar Haftpflichtkosten zu sparen? Glaubst du, ein Mann in seiner Stellung und mit seinen Möglichkeiten würde ...?«
»Sein Geld für leichte Mädchen und Sekt draufgehen lassen«, unterbrach ihn Mason. »Das tut er, wenn er ein ganzes Rudel davon auf eine Party nach Tiajuana oder Palm Springs mitnimmt, aber sobald es sich um Dinge dieser Art handelt, ist er verschlossen wie ein Panzerschrank. Er würde ...«
Das Telefon läutete.
»Da ruft sicher wieder Horty an«, sagte Mason. »Hallo!«
Hortense Zitkouskys Stimme klang rauh und schrill. »Spricht da Mr. Mason?«

»Ja.«
»Hier ist Horty, Mr. Mason! Haben Sie eine Minute Zeit?«
»Aber sicher.«
»Könnten Sie sofort herkommen? Hier ist ... also am Telefon kann ich Ihnen nicht sagen, was passiert ist.«
»Ich fürchte, nein«, antwortete Mason nach kurzem Überlegen.
»Es ist aber schrecklich wichtig!«
»Wohin denn?«
»Ins *Adirondack*, Zimmer fünfachtundzwanzig. Wenn Sie schnell kommen, wäre mir das eine große Hilfe.«
»Es kann eine Menge auf dem Spiel stehen, wenn ich jetzt weggehe«, sagte Mason. »Können Sie nicht ungefähr andeuten, was los ist?«
»Ich ... Nein. Sie *müssen sofort* kommen.«
»Dann warten Sie auf mich in der Halle«, sagte Mason.
»Ich glaube, ich warte lieber im Zimmer.«
»Also gut.«
Mason knallte den Hörer auf die Gabel.
»Wer war das?« fragte Drake.
»Hortense. Es ist irgend etwas passiert! Wegen niemand anderem würde ich weggehen, aber diese junge Person besitzt eine äußerst ungewöhnliche und unschätzbare Gabe, nämlich Verstand.«
Mit vier schnellen Schritten war Mason beim Garderobenschrank, riß seinen Mantel vom Bügel, fuhr hinein und setzte sich den Hut auf. »Hör, Paul, du mußt die Stellung halten! Bis Mrs. Greeley erscheint, werde ich zurücksein. Vielleicht kommt Tragg vor ihr. Sag ihm, ich hätte mit Stephane Claire sprechen müssen, um ihr Einverständnis zu bekommen, ehe ich ihm eine Zusammenarbeit zusagte. Es sei eine reine Formsache, aber das wäre eben nun meine Vorstellung von Berufsethik.«
»In Ordnung!«

Mason lief zum Taxistand vor seinem Bürohaus und schwang sich in ein Taxi. Noch ehe es einen Straßenblock weit gefahren war, fing es an zu nieseln, und als der Taxichauffeur gegenüber dem Hotel hielt, regnete es in Strömen. Mason riß die Tür auf.
»Wollen Sie, daß ich warte?« fragte der Fahrer.

»Ja. Ich steige hier aus, das geht schneller.«
Mason rannte ins Hotel und durch die Halle, stieg in den Fahrstuhl und sagte: »Fünfter Stock, bitte«, und schon schoß der Fahrstuhl los. Der Fahrstuhlführer betrachtete ihn neugierig, weil er offensichtlich feststellen wollte, ob Mason Hotelgast oder nur Besucher war. Der Anwalt ging, ohne im geringsten zu zögern, nach links und schritt selbstsicher den Korridor hinunter. Dann entdeckte er, daß er in die verkehrte Richtung gelaufen war. Er kehrte um, ging an der dunklen Fahrstuhltür vorbei, fand Zimmer fünfachtundzwanzig und klopfte.
»Wer ist da?« rief eine weibliche Stimme leise.
»Mason.«
Die Tür öffnete sich. »Kommen Sie herein«, sagte Hortense Zitkousky. Sie sah unter ihrem Make-up kreidebleich aus.
»Was ist los?« fragte Mason.
Sie schritt durch das Schlafzimmer, legte die Hand auf eine Türklinke, zog sie wieder zurück und sagte: »Nein, machen Sie auf!«
Mason riß ungeduldig die Tür auf und prallte zurück.
Auf dem Fußboden lag ein zerknülltes Kissen, aus dessen Innern sich weiße Flaumfedern über das Badezimmer und die Leiche verteilt hatten, die mit dem Kopf nach unten und ausgestreckten Armen über der Badewanne hing. Vom Hinterkopf flossen unheimlich aussehende rote Rinnsale über das Genick und die Backenknochen entlang in die Wanne. Ein schwacher, scharfer Brandgeruch lag im Raum; die ausgeworfene Geschoßhülse einer kleinkalibrigen Pistole blitzte im Licht.
»Es tut mir leid«, sagte Horty. »Jetzt sehen Sie, was los ist! Das konnte ich Ihnen am Telefon nicht sagen. Verflixt, Mr. Mason, das hat mich fertiggemacht. Wenn ich noch länger bleibe, wird mir übel.«
»Reißen Sie sich zusammen!« sagte Mason gebieterisch. Er trat einen Schritt vor, beugte sich nieder und sah sich den Einschuß an. Rund herum waren kleine Pulverspuren auf der Haut zu sehen. Das Loch im Kissen zeigte an den Rändern Verbrennungsspuren.
»Der ist tot«, sagte Hortense.
Mason drehte den Kopf des Mannes zur Seite. Es war Ernest Tanner, der Chauffeur. Mason trat zurück. »Wie ist das passiert?«

»Gehen wir erst raus ... So ... okay ... also, wir kamen langsam in Stimmung. Er war ein guter Kerl. Er wußte etwas. Auf Homan hatte er eine große Wut. Ich habe ihm etwas vorgespielt, wie man so was macht, wissen Sie ja. Nach einer Weile fing er an, vertraulich zu werden.«

»Und dann?«

»Was hätte ich nach Ihrer Meinung tun sollen? Meinen Sie, ich sollte ihn ausnehmen, ihn an der Nase herumführen und ihn dann, als er zudringlich wurde, ins Gesicht schlagen? Nein, so was gibt's bei mir nicht. Das habe ich in Kauf genommen und ihm weiter etwas vorgemacht.«

»Kommen Sie doch endlich zur Sache! Wie ist das passiert?«

»Also, ich habe ihn so richtig in Fahrt gebracht und mir alle Mühe gegeben, ihn aufzuheitern, aber ich glaube, ich habe des Guten zuviel getan. Immer wieder hab' ich ihm erzählt, wie er mit Homan abrechnen könnte, indem er etwas für Stephane täte. Ich merkte, daß er langsam in Stimmung kam, um das zu erzählen, was er wußte, und beschloß, ihn dorthin zu bringen, wo man am schnellsten etwas mit seiner Äußerung anfangen konnte.«

»Sie meinen, Sie wollten ihn mit Stephane konfrontieren?«

»Nein, mit dem Onkel. Ich hab' mir gedacht, ein Mann ...«

»Ich verstehe. Und was passierte dann?«

»Na, ich habe ihn langsam in diese Gegend gelotst, von Lokal zu Lokal, bis wir schließlich in der Bar vom *Adirondack* landeten. Aber dann ... dann stellte ich fest, daß ich mich verrechnet hatte. Er hatte ein wenig zuviel geladen, dabei war er gerade im Begriff, mit einer wirklich handfesten Enthüllung an Land zu kommen. Mr. Mason, ich wußte wirklich nicht, was ich tun sollte! In solchen Situationen muß ein Mädchen schnell denken. Also bat ich ihn, mich für einen Moment zu entschuldigen, und rief in Stephanes Zimmer an. Sie war nicht da. Ich rief ihren Onkel an. Nichts. Aus den Fingern lassen wollte ich ihn auch nicht mehr, daher beschloß ich, ihn mit hinauf in das Zimmer des Onkels zu nehmen und dort zu warten, bis ihm besser würde und Mr. Olger käme.«

»Wie haben Sie das fertiggebracht?«

»Ach, das war kinderleicht. Ich bin kaltschnäuzig zum Empfang gegangen und habe um den Schlüssel für fünfachtundzwanzig gebeten. Ich kannte die Zimmernummer. Der Mann am Empfang sprach gerade mit jemand, griff nur ans Schlüsselbrett und schob mir den Schlüssel zu. Natürlich wurde Tanner oben sofort übel, und er stürzte ins Badezimmer. Ich wußte nicht genau, wo ich Stephane erreichen konnte, daher dachte ich, ich sollte Sie anrufen, Ihnen die ganze Geschichte erzählen und feststellen, ob Sie wüßten, wo Mr. Olger war, oder ob Sie herkommen wollten, um mit dem Jungen zu reden, aber . . .«

»Nur weiter.«

»Sie wissen ja, wenn man im Badezimmer ist, kann man genau hören, was jemand im Schlafzimmer sagt. Diese Türen sind hier dünn. Ich hatte das Gefühl, daß Ernest für eine Weile reichlich mit sich selber zu tun haben würde. Ich glaube, daß auch mein eigener Denkapparat nicht so ganz klar funktionierte. Immerhin hatten wir ziemlich getankt. Mir fiel ein, daß in der Hotelhalle Telefonzellen waren. Von dort aus rief ich Ihr Büro an. Da war aber dauernd besetzt. Dann kam ich wieder herauf, um mich zu vergewissern, daß Ernest nicht fortlief. Schon vom Korridor aus sah ich, daß die Tür einen Spalt offen stand . . .«

»Hatten Sie abgeschlossen, als Sie gingen?«

»Nein, das nicht, nur zugemacht . . .«

»Sprechen Sie weiter.«

»Das ist alles. Aus dem Badezimmer hörte ich keinen Laut und dachte, er sei vielleicht ohnmächtig geworden. Ich rief ein paarmal. Als er nicht reagierte . . . tja, so war es.«

»Von wo aus haben Sie mich angerufen?«

»Direkt von diesem Zimmer aus. Seitdem habe ich hier gewartet, weil ich vor Furcht wie gelähmt war.«

»Einen Augenblick«, sagte Mason. »Stephane wird nicht allein ausgegangen sein?«

»Das glaube ich auch.«

»Vermutlich mit ihrem Onkel und ihrem Verehrer!«

»Der Verehrer sitzt unten in der Bar, ganz allein in einer Ecke, und trinkt sich einen Rausch an. Inzwischen wird er wohl das heulende Elend haben . . .«

»Woher wissen Sie das?«

»Ich sah ihn, als Tanner und ich hinausgingen.«

»Hat er Sie gesehen?«

»Das glaube ich nicht.«

»Wo liegt sein Zimmer?«

»Gleich nebenan. Dies hier sind die Zimmer des Onkels, und . . .«

»Was haben Sie hier alles angefaßt?«

»Gar nichts. Ich habe die ganze Zeit über die Handschuhe angelassen.«

»Gut, dann nichts wie weg!«

»Sie meinen . . .«

»Ich meine, verschwinden Sie! Stephane und ihr Onkel werden ein Alibi haben. Der Portier hat vergessen, daß er Ihnen den Zimmerschlüssel gegeben hat. Wenn Sie den Versuch machen, Ihre Geschichte der Polizei zu erzählen, kommen Sie dadurch in ein gräßliches Schlamassel. Sie sind Stephanes Freundin. Dieser Mann war ein Zeuge. Er wußte etwas. Sie führten ihn aus, machten ihn richtig betrunken. Er wird in Stephanes Badezimmer ermordet . . . Ich habe eine verdammt gute Chance, den Mörder festzunageln . . . falls ich freie Hand habe. Wenn wir die Polizei rufen, wird niemand freie Hand haben. Die Polizei wird Sie, Stephane und mich vernehmen. Bis das vorbei ist, wird der Mörder Stunden, ja vielleicht Tage Vorsprung gewonnen haben . . . Da ist nur noch eines, was ich wissen will.«

»Was?«

»Sehen Sie mich an.«

Sie blickte ihm in die Augen.

»Sie haben ihn nicht getötet?«

»Heiliger Himmel, nein!«

»Ich glaube Ihnen«, sagte Mason. »Sie haben begriffen, was mein Rat bedeutet. Es ist die einzige Möglichkeit, einige Spuren festzunageln. Jetzt habe ich die noch. Aber wenn es je herauskommt, daß ich Ihnen diesen Rat gegeben habe, sitze ich in einer solchen Patsche, daß . . .«

»Sie können sich auf mich verlassen, Mr. Mason!«

»Ich glaube, ich kann es«, sagte Mason. »Kommen Sie, gehen wir.«

»Was machen wir mit dem Schlüssel?«

»Wir lassen ihn beim Empfang wie beiläufig liegen. Sie tragen Handschuhe, nehmen Sie den Schlüssel. Jetzt verschließen Sie die Tür. Gut so. Wir gehen über die Treppe zum dritten Stock und nehmen von dort den Fahrstuhl. Sind Sie soweit?«

Sie schritten den Korridor entlang, ohne jemand zu begegnen, gingen dann in den vierten und schließlich in den dritten Stock.

Mason drückte auf den Knopf für den Fahrstuhl, und fast augenblicklich schoß eine Kabine nach oben und hielt.
Der Fahrstuhlführer war der gleiche, der Mason zum fünften Stock hinaufgefahren hatte. Er blickte die beiden oberflächlich an, schloß die Tür und ließ die Kabine bis zur Halle hinuntersinken.
»Nehmen Sie meinen Arm«, sagte Mason. »Sehen Sie den Mann nicht an. Wir gehen den Empfangstisch entlang, Sie schieben vorsichtig den Schlüssel auf die Platte, so daß er kein Geräusch macht! Sind Sie soweit? Also dann los!«
»Und was jetzt?« fragte sie hinterher.
»Ich habe ein Taxi draußen warten«, sagte Mason. »Der Fahrer hält nach mir Ausschau. Ich möchte nicht, daß er Sie mit mir zusammen sieht. Gehen Sie ein paar Minuten nach mir hinaus und bis zur Ecke. Sie fahren mit der Straßenbahn ein paar Blocks, steigen dann aus, nehmen sich ein Taxi und fahren nach Hause!«
»Warum soll ich nicht mit der Straßenbahn nach Hause fahren?«
»Ich möchte, daß Sie schneller hinkommen als mit einer Straßenbahn. Begreifen Sie? Der Mann wurde frech und plump vertraulich. Da haben Sie Schluß gemacht und sind mit einem Taxi nach Hause gefahren.«
»Warum nicht mit der Straßenbahn?«
»In einer Straßenbahn wäre er Ihnen gefolgt. Sie sind fortgelaufen und haben sich schnell ein Taxi genommen. Sie müssen tun, als wären Sie in Eile.«
»Jetzt verstehe ich.«
»Haben Sie Geld?«
»Wenig.«
Mason drückte ihr einen Schein in die Hand. »Und Kopf hoch! Sowie Sie zu Hause sind, machen Sie sich einen starken Kaffee. Und trinken Sie keinen Schnaps mehr!«
Er spürte, wie ihre Hand seinen Arm drückte. »Sie sind ein großartiger Kerl«, flüsterte sie begeistert.
»Es ist unsere einzige Möglichkeit, Stephane herauszuhalten«, sagte Mason. »Die Greeley-Geschichte war eine Sache für sich, aber dieser Mord, genau in ihrem Hotelzimmer – nein, da würde uns die Polizei solange verhören, bis alle Spuren verloren sind ... jedenfalls diejenigen, die ich bearbeite. Kopf

hoch und machen Sie mir keinen Strich durch die Rechnung!«
»Das werde ich nicht.«
Ruhig schritt Mason zur Hotelhalle hinaus.

16

Paul Drake hatte seine Füße auf Masons Schreibtisch gelegt und las den Sportteil der Abendzeitung, als der Anwalt hereinkam.
»Na, du bist aber schnell gefahren«, sagte Drake und sah auf.
»Wo ist Tragg?«
»Der ist noch nicht eingetrudelt.«
Mason blickte auf seine Uhr. »Es hat eine halbe Stunde gedauert.«
»Er dürfte jeden Augenblick fällig sein.«
Mason ging zum Kleiderschrank und hängte Hut und Mantel auf. »Daß diese Zitkousky so nervös werden könnte, hätte ich nicht gedacht.«
»Was war los?«
»Ach, dieser Chauffeur hat sich besoffen und angefangen, zudringlich zu werden. Sie hat ihn sitzengelassen und ist mit dem Taxi nach Hause gefahren. Jetzt hat sie Angst, sie könnte ihn sich zum Feind gemacht haben und er würde uns nicht als Zeuge zur Verfügung stehen wollen.«
»Und dann?«
»Dann kriegte sie Kaffee, um wieder nüchtern zu werden, und dann habe ich ihr gesagt, sie soll sich keine Sorgen machen, wir würden den Chauffeur schon zum Sprechen bringen. Außerdem habe ich ihr gesagt, sie dürfte mich niemals, unter keinen Umständen, nachts anrufen. Ich glaube, daß sie das auch eingesehen hat. Hast du von Mrs. Greeley nichts gehört?«
»Nein.«
Mason blickte auf seine Uhr. »Also, eigentlich müßte sie längst hier sein. Sie . . .«
»Hör, Perry«, unterbrach ihn Drake. »Die Sache stinkt!«
Mason grinste. »Dann werde ich die Geschichte ändern. Wieso stinkt sie?«
»Daß sie hysterisch wurde und gekränkt war, weil ein Kerl zu-

dringlich war. Sie ist viel zu anziehend und gutmütig, als daß sie nicht . . .«
»Ich werde eine andere Version erfinden. Danke für den Tip!«
Drake sah ihn mit zusammengekniffenen Augen an. »Was war los?«
»Die Geschichte muß für Tragg glaubhaft klingen!«
»Was wird eigentlich gespielt? Halt, Perry! Da kommt jemand. Hört sich wie eine Frau an.«
Mason schritt auf die Tür zu, die zum Korridor führte. »Was dich betrifft, Paul«, sagte er, »so habe ich das Büro nie verlassen! Das ist vielleicht besser, als Tragg zu erzählen, daß Horty sich über ihren Verehrer geärgert hat.« Er riß die Tür auf. Auf dem Korridor stand, ganz in Schwarz, Mrs. Greeley, einen kleinen Koffer in der Hand.
»Kommen Sie herein«, forderte Mason sie auf, nahm ihr den Koffer ab und fuhr fort, als sie das Büro betreten und er die Tür geschlossen hatte: »Nehmen Sie Platz, Mrs. Greeley! Es tut mir leid, daß wir Sie bei Ihrem Abendessen gestört haben.«
»Ach, das ist schon in Ordnung. Um offen zu sein, Mr. Mason, ich sollte eigentlich noch nicht so bald ausgehen, aber es ist besser, als zu Hause herumzusitzen und nichts zu tun. Der Tod hat etwas so erschreckend Endgültiges, Mr. Mason! Irgendwie erschüttert er meinen Glauben an . . . gewisse Dinge . . .«
»Er ist nicht schrecklicher als die Geburt«, sagte Mason. »Wir können ihn nicht besser begreifen als das Leben . . . oder den Nachthimmel. Wenn wir imstande wären, das Leben in seinem ganzen Ablauf zu begreifen, würden wir den Tod als etwas Tröstliches ansehen.«
»Ich . . . Ach, Mr. Mason, ich werde schon wieder zu mir selbst finden. Der Tod ist nur ein Schlaf. Er muß es sein. Ich schäme mich, Mr. Mason. Ich habe an der Weltordnung gezweifelt. Ich war im Begriff . . . Kommt da jemand?«
»Das muß Leutnant Tragg sein«, sagte Mason. »Sie kennen ihn.«
»Aber ja.«
Man hörte schnelle Schritte auf dem Gang, und dann ein Klopfen. Mason nickte Drake zu, der ging und öffnete.
Tragg kam herein. »Entschuldigen Sie, daß ich aufgehalten wurde«, sagte er. »Guten Abend, Mrs. Greeley. Ich hoffe, Sie denken nicht, daß wir völlig ohne Mitgefühl sind.«

»Nein, ich verstehe schon.« Sie nahm den Koffer, den Mason ihr reichte, stellte ihn zu ihren Füßen auf den Boden, öffnete den Deckel und nahm ein zerknülltes Hemd heraus. Über die gestärkte Hemdbrust zog sich ein leuchtend roter, ungefähr zwölf Zentimeter langer Streifen. Darüber war der verwischte Abdruck roter, leicht geöffneter Lippen.

Die Männer beugten sich über den Farbstreifen.

»Sehen Sie her«, sagte Tragg, »Sie können sogar erkennen, an welcher Stelle der Finger sich zuerst gegen das Hemd drückte. Dann kommt die Stelle, wo er verschwindet. Sie hat versucht, ihn fortzustoßen.«

Mason nickte.

Tragg blickte auf den Koffer. »Haben Sie noch etwas mitgebracht, Mrs. Greeley?«

»Da Mr. Mason mich nach dem Smoking fragte, habe ich ihn mir angesehen«, sagte sie. »Es sind keine Flecken da.«

Tragg nahm das Kleidungsstück hoch, um es unter das Licht zu halten. Nach einigen Augenblicken sah er Mason an. »Ich kann nichts sehen«, sagte er.

»Müßten nicht auf dem Jackett Flecken sein?« fragte Mrs. Greeley, »falls ... das junge Mädchen die Wahrheit spricht?«

»Vielleicht«, sagte Tragg.

»Sie hatte doch an verschiedenen Stellen Schnitte, nicht wahr?«

»Ja, sie hatte einige Verletzungen.«

»Und falls mein Mann den Wagen fuhr, hätte er auf der linken Seite gesessen. Das wäre also die untere Seite gewesen. Sie hätte über ihm gelegen. Wenn er nun unter dem Steuerrad hervorkriechen, an der bewußtlosen Frau vorbei und durch das Fenster hinausklettern mußte ... ja also, mir will scheinen, daß dann auch Flecken auf seinem Jackett sein müßten.«

»Ja«, sagte Tragg, »das sollte man annehmen. Worauf wollen Sie hinaus?«

»Ich habe Ihnen das Hemd gebracht, weil ich es fand und es ein Beweismittel ist. Ich nehme an, es war meine Pflicht, aber ... ach, Sie verstehen schon. Mein Mann und ich haben uns sehr nahegestanden. Ich möchte Ihnen meinen Kummer nicht aufdrängen, aber ich möchte, daß ich fair behandelt werde.«

»Das werden Sie auch«, sagte Mason.

Sie lächelte ihn dankbar an.

»Etwas verstehe ich nicht, Mrs. Greeley«, sagte Tragg, »glauben Sie trotz dieses Beweismittels, daß Ihr Mann den Wagen nicht gefahren hat?«

»Ja.«

»Ich fürchte, Mrs. Greeley«, sagte Tragg, »ich verstehe Sie nicht.«

»Adler würde sich nicht so verhalten haben wie der Fahrer des Wagens.«

Tragg deutete auf das Hemd. »Sie meinen, er hätte nicht versucht, sie zu küssen . . .«

»Ach, das schon«, unterbrach sie ihn. »Das bedeutet nichts. Er hatte getrunken. Er war angeheitert. Dieses Mädchen hat jetzt, wo sie davon spricht, so ein Benehmen an sich, als würde sie das alles kalt lassen. Aber im Wagen war das nicht so. Da hat sie ihn wahrscheinlich hingehalten. Das machen sie alle. Adler war kein Heiliger. Aber was ich meine, ist dies: Er wäre nicht aus dem Wagen geklettert und hätte das Mädchen hinter dem Steuerrad liegen lassen. So etwas tat Adler nicht. Das war nicht seine Art.«

»Aber er muß es getan haben«, sagte Mason.

Sie schüttelte eigensinnig den Kopf. »Falls Adler am Steuer des Wagens saß, ausstieg und die Verantwortung dem Mädchen überließ, war da jemand, der ihn dazu zwang, jemand, der im Wagen, im Kofferraum oder so versteckt war. Vielleicht aber auch jemand, der hinter ihm herfuhr.«

»Augenblick mal«, sagte Tragg. »Das ist eine mögliche Version. Es ist bewiesen, daß eine große Anzahl von Wagen fast augenblicklich hielt. Es war ein ziemliches Durcheinander.«

»Irgend jemand«, sagte Mrs. Greeley ruhig und ernsthaft, »zwang Adler, aus dem Wagen herauszukommen, irgend jemand führte ihn vom Unfallort fort, und eben dieser Jemand zwang ihn, sich still zu verhalten. Sobald Sie herausgefunden haben, wer dieser Jemand ist, werden Sie auch festgestellt haben, wer meinen Mann umbrachte, und . . . und . . .« Sie fing an zu schluchzen, gewann nach einigen Augenblicken ihre Fassung wieder und sagte: »Entschuldigen Sie. Ich bin ziemlich mit den Nerven fertig.«

Mason warf Tragg einen Blick zu. »Ich glaube nicht, daß wir Sie noch brauchen, nicht wahr, Leutnant?«

Tragg schüttelte den Kopf.

Mrs. Greeley gab Mason die Hand. »Als ich Sie kennenlernte, da ... also, da mochte ich Sie ganz gern, und trotzdem haben Sie mich sehr wütend gemacht. Ich ... ich hoffe, daß wir einander jetzt besser verstehen.«
Sie gab ihm kurz die Hand, lächelte Tragg zu, nickte zu Drake hinüber und verließ das Büro, um mit schnellen Schritten den Korridor hinunterzugehen.
Drake lauschte dem schwächer werdenden Klappern ihrer Absätze und sagte: »Wäre ich Greeley gewesen, dann hätte ich nicht herumgeflirtet!«
»Ich habe ein paar Neuigkeiten«, sagte Tragg. »Ich konnte nicht eher kommen, weil ich unten im Restaurant in einer Telefonzelle festsaß. Ich habe das Präsidium fast zum Wahnsinn gebracht. Ein Mann in einem Smoking hat am Mittwoch, dem Neunzehnten, ein Flugzeug genommen, um von San Franzisko nach Fresno zu fliegen, und zwar schon um zwei Uhr morgens. Haben Sie begriffen, Mason? Um zwei Uhr morgens!«
»Um welche Zeit müßte er in Fresno angekommen sein?« fragte Mason.
»Nach einer Stunde etwa.«
»Und was ist dann passiert?«
»Wir verfolgen seine Spur weiter.«
»Haben Sie den Namen, unter dem die Flugkarte gekauft wurde?« fragte Mason.
Tragg grinste. »L. C. Spinney.«
»Wie bald können Sie von Fresno hören?«
»Eigentlich jeden Augenblick.«
»Weiß man im Büro, daß Sie hier sind?«
»Aber sicher.«
»Na, allmählich fangen wir an, Licht in die Sache zu bringen«, sagte Mason.
»Die Warfield ist wie vom Erdboden verschwunden«, meinte Tragg. »Mir gefällt das nicht. Eine schlichte, arglose, berufstätige Frau hätte nicht einfach so aus einem Hotel fortgehen können, in einer Großstadt, wo sie keinen Menschen kennt ...«
»Ihre Freundin in der Cafeteria haben Sie wohl vergessen, wie?« sagte Drake.
»Nein, durchaus nicht«, sagte Tragg. »Wir haben sie vernommen. Sie sagt, sie hätte keine Ahnung. Wir lassen sie beobachten. Aber so viel haben wir herausgebracht: Nachdem Mrs.

Warfield die Stelle in der Cafeteria zugesagt worden war, ist dort ein Mann aufgetaucht, hat eine Polizeimarke vorgezeigt und erklärt, Warfield sei ein entsprungener Sträfling und Mrs. Warfield schickte ihm Geld. Dann hat er eine Menge Fragen gestellt. Damit war natürlich Mrs. Warfields Aussicht, dort zu arbeiten, zum Teufel. Die Cafeteria wollte keine Ehefrauen von entsprungenen Kriminellen beschäftigen ...«

»Dann muß doch aber dieser Mann gewußt haben«, unterbrach Mason, »daß man Mrs. Warfield die Stelle versprochen hatte. Das wußte nur Spinney.«

Tragg lächelte. »Die Beschreibung des Mannes«, sagte er, »paßt auf Greeley.«

Drake stieß einen Pfiff aus.

Zu Mason gewandt sagte Tragg: »Es fängt weiß Gott an, so auszusehen, als wenn Sie mit Ihren Hinweisen auf Homan recht hätten ...«

Er brach ab, als sich hastige Schritte der Tür des Büros näherten.

»Heute nacht haben wir mächtigen Zulauf«, sagte Drake.

»Wahrscheinlich ist es Della«, beruhigte ihn Mason.

Er öffnete die Tür. Mit schnellen Schritten stürmte Della Street in das Büro und sagte: »Hallo, allerseits! Hoffentlich habe ich Sie nicht zu lange warten lassen ... Ah, guten Abend, Leutnant!«

Mason lächelte. »Zur Zeit, Della, gehört Tragg zu uns. Es haben sich plötzlich wichtige Dinge ergeben. Bei der Polizei gibt man zu, daß Stephane Claire an der fahrlässigen Tötung unschuldig ist. Sie ist von dem Verdacht, den Wagen gefahren zu haben, entlastet, und – das können Sie glauben oder nicht – *ich* arbeite mit der Polizei Hand in Hand.«

Della Street blickte auf den Koffer am Boden und dann auf das Hemd auf Masons Schreibtisch. »Wie geht denn das zu?« fragte sie.

»Mrs. Greeley war hier«, sagte Mason. »Es gehörte ihrem Gatten. Sie fand es nach seinem Tode unter der schmutzigen Wäsche.«

»Hoppla«, sagte Della Street und fügte hinzu: »Dann nehme ich an, daß das, was *ich* herausgebracht habe, keine Rolle mehr spielt, wie?«

»Im Gegenteil«, sagte Mason, »es ist wichtiger denn je.« Er

wandte sich an Tragg: »Sie war unterwegs, um Klatsch über Homan zu erfahren.«
»Den würde ich gern hören«, sagte Tragg, wobei er Della Street mit unverhohlener Bewunderung betrachtete.
»Schießen Sie los, Della«, sagte Mason.
»Gehen wir nicht essen?«
Mason blickte unbehaglich zum Telefon hinüber. »Tragg hat schon zu Abend gegessen«, sagte er, »und wartet auf einen Bericht . . .«
»Also, ein Abendessen war das nicht«, mischte sich Tragg ein. »Es war nur ein Happen. Ich bin reif für ein Steak. Ich kann das Präsidium anrufen und hinterlassen, wo man mich erreicht. Schließlich bin ich eigentlich nicht mehr im Dienst. Nur gibt es bei einem solchen Geschäft keine Dienststunden.«
»Ich persönlich bin am Verhungern«, meinte Della Street.
»Kommt schon«, verkündete Drake und erhob sich. »Ich habe lange genug auf eine Gelegenheit gewartet, auf Perrys Kosten zu essen und mit seiner Sekretärin zu tanzen.«
»In meiner Eigenschaft als Vertreter des Gesetzes«, mischte sich Tragg streng ein, »fürchte ich, daß ich den Vorrang vor Ihnen habe.«
»Alter geht vor Schönheit, mein Guter«, sagte Drake.
»Ja und *ich* bin nicht mit von der Partie?« fragte Mason.
»Du bist sogar der Gastgeber. Von dir erwartet man, daß du dafür sorgst, daß deine Gäste anständig bewirtet werden.«
Mason erhob sich.
»Es regnet leicht«, sagte Della Street.
»Na wenn schon«, sagte Mason und legte Hut und Mantel an.
Tragg stand da und sah ihn nachdenklich an. »Wissen Sie, Mason«, sagte er übergangslos und schüttelte eine Zigarette aus seiner Packung, »Sie sind verdammt unergründlich.«
»Sie wissen nicht mal die Hälfte«, sagte Drake.
Mason schaltete die Lampen aus, geleitete alle aus dem Zimmer und sorgte dafür, daß die Tür verschlossen wurde. Dann setzten sie sich alle in Richtung auf den Fahrstuhl in Bewegung.
»Da gibt es ein gutes Restaurant im *Adirondack*«, sagte Della Street.
»Ach, versuchen wir es doch mit einem anderen, wo mehr Leben ist«, sagte Mason. »Dort ist es so nüchtern und fade.«
»Mir soll's recht sein«, äußerte Tragg. »Bekomme ich den ersten

Tanz, Miss Street?«
»Das wird davon abhängen«, sagte sie, »wie mir zumute ist, wenn ich das erste Steak hinter mir habe. Im Augenblick bin ich einfach nicht zu sprechen.«
»Ich habe mich zuerst angemeldet«, warnte Drake.
»Denken Sie daran, Della«, sagte Mason, »daß ich mir zwar schmerzhaft meiner Pflichten als Gastgeber bewußt bin, aber den letzten Tanz bekomme ich. Um den ersten sollen sich die beiden streiten.«
Sie wandte sich um und blitzte ihn mit einem schnellen, verstehenden Lächeln an.
Drake seufzte. »Da haben wir's, Leutnant. Unser Schiff ist schon leck, ehe wir es überhaupt vom Stapel gelassen haben. Wie Sie schon bemerkten, ist Mason ein hintergründiger Mensch.«
»Also, wohin gehen wir?« fragte Della.
»Ach, versuchen wir es doch mit dem *Tangerine*«, sagte Mason. »Ein gutes Restaurant, wo es lebhaft zugeht. Außerdem hat es den Vorteil, daß es nur drei Blocks entfernt ist.«
»Aber nicht bei diesem Regen«, erklärte Della Street. »Jetzt fängt es nämlich wirklich an zu schütten.«
Mason wollte sie am Arm packen, aber sie entwand sich ihm lachend, schlüpfte um die Ecke und rannte den Korridor entlang. Als Mason hinter ihr herlief, sah er flüchtig, wie Tragg sinnlos in die Luft griff. Mason erreichte Della am Fahrstuhl, und sie fragte leise: »Was fehlt denn Ihrem Hut, Chef?«
»Wieso?«
»Tragg betrachtete ihn genau, als Sie ihn aus dem Schrank nahmen.«
»Aha«, sagte Mason und drückte auf den Rufknopf für den Fahrstuhl. »Heute abend kommt die Sache zum Platzen. Bleiben Sie nüchtern!«
Die anderen kamen näher, und als der Fahrstuhl hielt, traten die vier laut lachend in die Kabine.
Es regnete heftig, und sie standen fast fünf Minuten lang in der Vorhalle, ehe es Mason gelang, ein Taxi zu erwischen. Das *Tangerine* hatte infolge des Regens eine Menge freie Tische, und ein überhöflicher Kellner geleitete sie zu Plätzen in der Nähe der Tanzfläche.
»Als Gastgeber werde ich mich mit dem Rücken zur Tanzfläche

setzen. Sie setzen sich zwischen Tragg und ... wo zum Teufel ist sie denn?« rief Mason.
Tragg wandte sich um. »Eben war sie noch hier ... aha!« Er blickte zur Tanzfläche, auf der Drake Della Street bereits herumwirbelte. »Da haben wir es«, sagte er und setzte sich. »Die Privatdetektive schlagen die amtlichen Detektive immer wieder.«
»Also nehmen wir Steaks?« fragte Mason.
»Nur zu. Ich gehe telefonieren, ob es was Neues gibt.«
»Trinken Sie einen Cocktail?« fragte Mason.
Tragg zögerte.
»Sie sind nicht im Dienst!«
»Gut, einen Martini.«
»Wahrscheinlich werden wir dafür vier Interessenten haben«, sagte Mason, während Tragg sich seinen Weg durch die Tanzpaare zur Telefonzelle bahnte.
Ein Kellner nahm die Bestellung auf. »Vier Martini Dry, vier Steaks de luxe. Die Steaks bitte halb englisch für alle, mit Ausnahme des Herrn, der dort drüben sitzt, der seines gut durchgebraten haben will. Außerdem möchte ich, daß das Essen schnell hintereinander serviert wird.«
»Sehr wohl!«
Mason lehnte sich in seinem Stuhl zurück und beobachtete die Tanzpaare. Tragg kehrte zurück, und Mason warf einen schnellen Blick auf sein Gesicht. Traggs Lächeln deutete darauf hin, daß er bis jetzt noch keine Meldung über den Toten im *Adirondack* bekommen hatte.
»Gibt's was Neues?« fragte Mason.
»Und ob. Der Mann im Smoking hat sich nach einem Mietwagen erkundigt, den er selber fahren wollte. Er hat bis acht Uhr dreißig keinen Wagen bekommen, bis eine der Autovermietungen aufmachte. Er mietete einen Wagen unter dem Namen L. C. Spinney, fuhr zweihundertfünfzig Kilometer und brachte ihn gegen zwei Uhr zurück. Von da an ist er verschwunden. Die Beschreibung paßt auf Greeley.«
Die Musik hörte auf. Drake und Della Street kamen an den Tisch. Plötzlich sagte Mason: »Lassen Sie alle Garagen überprüfen, die Wagen *mit* Chauffeur vermieten.«
»Was soll das für einen Sinn haben?« fragte Tragg.
»Ich wette mit Ihnen um das Abendessen, daß er bei einer

Garage vorstellig wurde, die Wagen mit Chauffeuren vermietet, und zwar vor drei Uhr nachmittags, und daß er einen Wagen mit Fahrer mietete, der ihn genau hundertfünfundzwanzig Kilometer in die Berge fahren sollte.«

Drake rückte Della Street den Stuhl zurecht.

»Eine Wette um das Abendessen kann ich nicht annehmen, weil ich ein armer Angestellter bin«, sagte Tragg. »Ich kann nicht reichen Mandanten Unkostenrechnungen vorlegen wie Sie! Und darüber hinaus bin ich der Ansicht, daß Sie bluffen.«

»Das weisen Sie mir erst mal nach!«

»Na schön, ich werde das Präsidium anrufen und dafür sorgen, daß man sich in Fresno hinter die Sache klemmt.«

Tragg drängte sich durch die Tanzpaare, die sich auf der Tanzfläche verspätet hatten. Della Street fragte: »Worum geht es, Chef?«

»Ich glaube, wir sind kurz vor der Lösung.«

»Lös den Fall nicht zu bald«, bemerkte Drake scherzend. »Ich werde pro Tag bezahlt, und zu so einem prächtigen Abendessen und einer Gelegenheit, mit Della zu tanzen, komme ich nur dann, wenn du einen Unkostenvorschuß erhalten hast.«

Mason machte mit dem Kopf ein Zeichen zu Della hinüber. »Hat sie immer noch den Glanz von Hollywood an sich, Paul?«

»Aber sicher«, sagte Della.

»Erzählen Sie uns, was Sie gehört haben!«

»Da kommt Tragg zurück.«

»Das geht in Ordnung. Er gehört zur Familie«, sagte Mason und hob seine Stimme, so daß Tragg seine Worte hören konnte.

»Was gibt's?« fragte Tragg.

»Della ist endlich bereit, uns den Schmutz von Hollywood zu erzählen.«

Der Ober tauchte mit den Cocktails auf. »Trinken wir auf das Verbrechen«, sagte Mason und blickte über den Rand seines Glases Tragg an.

»Und darauf, daß die Verbrecher gefaßt werden«, verbesserte Tragg, ehe er trank.

»Auf seriöse oder unseriöse Weise«, fügte Della Street hinzu.

Sie tranken ihren ersten langen Schluck, dann sagte Tragg, als sie ihre Gläser absetzten: »Wie ich sehe, haben Sie Miss Street ihre Auffassung beigebracht, Mason.«

»Und warum nicht?« fragte Mason. »Ein Verbrecher ist kein Mann, der sich an Spielregeln hält. Er erreicht sein Ziel durch Anwendung der zur Verfügung stehenden Mittel. Warum soll man ihn nicht auf dieselbe Weise fangen?«
»Weil es ungesetzlich ist.«
»Ach, Unsinn«, sagte Mason ungeduldig. »Wenn ihr von der Polizei so etwas behauptet, seid ihr entweder dumm oder Heuchler.«
»Nein, das sind wir nicht«, sagte Tragg ernsthaft. »Das Gesetz muß ein würdevolles, eindrucksvolles Bauwerk sein, das auf festen Grundlagen errichtet ist, wenn es Bestand haben soll. Jedesmal, wenn Sie das Gesetz verletzen, reißen Sie ein Stück weg, wobei es gar keine Rolle spielt, was Sie für ein Ziel anstreben.«
»Na, schön«, sagte Mason grinsend, »warum sollte man nicht Teile einreißen?«
»Was wollen Sie damit sagen?«
»Nehmen Sie einmal an, Sie säßen auf dem Dach, und im Erdgeschoß schleicht ein Mörder zur Tür hinaus. Durch Brüllen können Sie ihn nicht festhalten, wenn Sie jedoch einen losen Ziegelstein aus dem Schornstein nehmen, ihn fallen lassen und ihn am Kopf treffen, halten Sie ihn auf, und warum sollte das nicht völlig gerechtfertigt sein? Schließlich haben Sie nur einen losen Ziegelstein aus diesem würdevollen Bauwerk genommen, von dem Sie gerade gesprochen haben, und . . .«
»Nun, so ist es eigentlich nicht«, sagte Tragg.
»Und ob es so ist«, unterbrach ihn Mason. »Da hat zum Beispiel ein Mann einen Ausschank, in dem er widerrechtlich Schnaps verkauft, aber er gibt der Polizei Informationen über die Gäste. Es liegt im Interesse der Polizei, diesen Ausschank in Betrieb zu halten. Man weiß bei der Polizei, daß der Mann den Schnaps verkauft, aber man drückt ein Auge zu.«
»Nun, in diesem Fall müssen Sie zugeben, daß das, was man im Austausch für eine sehr geringfügige Gesetzesübertretung erhält, sehr wichtig ist.«
»Ja, Sie nehmen den losen Ziegelstein aus dem Schornstein Ihres imponierenden Bauwerks und lassen ihn dem Mörder auf den Kopf fallen.«
Tragg streckte beide Hände hoch. »Ich hätte schlauer sein sollen, als mich mit einem Anwalt zu streiten. Aber denken Sie daran,

Miss Street, daß der nächste Tanz mir gehört.«
»Okay!«
»Und was wird in der Zwischenzeit aus Homan?« fragte Mason.
»Also, mein Lieber«, sagte sie zu Mason und gab ihrer Stimme dabei den hohen, schnellen Tonfall einer geborenen Klatschbase: »Sie haben einfach keine Vorstellung, wie dieser Mann nach oben gekommen ist! Ungeheuer aufregend. Angefangen hat er als Schriftsteller mit einem ganz banalen Auftrag, und das bei einem Film, der furchtbarer Kitsch war. Dann ist er plötzlich nach oben gekommen, und damit meine ich, an die große Futterkrippe.«
»Was steckt dahinter?« fragte Mason. »Und im übrigen hören Sie mit diesem Hollywoodgeschnatter auf, sonst werde ich handgreiflich.«
»Eine Frau.«
»Was für eine Frau?«
»Das weiß niemand.«
»Woher weiß man, daß es eine Frau ist?«
»Weil Homan nie Weibergeschichten hat. Er lebt angeblich wie ein Mönch. Was das bedeutet, weiß ich nicht.«
»Seien Sie vorsichtig«, warnte Drake. »Diese Bemerkung könnte Ihnen als zweideutig ausgelegt werden.«
Sie lachte. »Nun, jedenfalls ist die Sache so, daß Homan gelegentlich verschwindet ...«
»Wohin?« fragte Mason.
»Er fährt an einen Ort, an dem er mit seiner Arbeit ganz allein sein kann«, sagte Della Street in zimperlichem übertriebenem Ton, machte große, runde Augen und blickte zur Decke. »Er ist ein Mann, den man einfach nicht stören darf. Er bricht aus dem Atelier aus, um nach Hause zu fahren und sich in seinem Arbeitszimmer einzuschließen, und dann ist er auf einmal mit den Nerven so runter, daß er in seinen Wagen springen und ganz allein in die Einsamkeit fahren muß.«
»Allein?« fragte Mason.
»Allein! Vollkommen allein!«
Das Tanzorchester fing an zu spielen, und Tragg sagte: »Wir lassen das Thema, Miss Street, jetzt werden Sie für etwas anderes und Wichtigeres verlangt.« Er schritt um den Tisch und stellte sich hinter ihrem Stuhl auf.

»Lassen Sie sich nicht von ihm ausfragen, Della!«
»Seien Sie doch nicht töricht, Chef! Er gehört nicht zu denen, die so etwas tun würden, nicht wahr, Leutnant?«
»Es sei denn, ich könnte es ungestraft tun.«
»Paß auf ihn auf, Perry«, sagte Drake, »ich halte ihn für gefährlich. Du solltest ihr lieber verbieten, mit ihm zu tanzen, und dafür sorgen, daß sie mit mir weitertanzt. Auf mich kannst du dich verlassen.«
»Das stimmt«, sagte Della zu Mason. »Er ist genau wie Homan. Er will sich konzentrieren. Die ganze Zeit, während wir getanzt haben, hat er versucht, mich auszuholen, ob . . .« Sie hielt plötzlich inne.
»Ob was?« fragte Tragg.
Sie lächelte schalkhaft zu ihm auf. »Ob der Chef die Cocktails auch als Unkosten abschreiben kann«, sagte sie und wiegte sich leicht im Rhythmus der Tanzmusik hin und her, um sich dann von Tragg fortführen zu lassen.
Mason blickte Drake an. »Wonach hast du sie ausgefragt, Paul?«
»Die freche Person«, sagte Drake. »Ich hätte gleich wissen sollen, daß sie es dir erzählt.«
»Was?«
»Daß ich versucht habe, herauszubekommen, ob sie für den Telefonanruf verantwortlich war, den du bekamst, als Tragg zum Essen fortgegangen war, und auf den hin du aus dem Büro gerast bist.«
»Warum?«
»Ach, ich weiß es nicht. Ich hatte nur so die Idee, daß es verdammt wichtig gewesen sein muß. Ich kann nicht begreifen, daß du deine Verabredung mit dieser Greeley aufs Spiel gesetzt hast.«
»Moment mal!« Masons Gesicht wurde plötzlich hart. »Hast du es Della gesagt?«
»Ja.«
»Und hast du sie gefragt, ob sie wüßte, wohin?«
»Das eigentlich nicht. Ich versuchte nur, herauszubekommen . . .«
»Stop. Hast du sie gebeten, Tragg nichts davon zu sagen?«
»Wovon?«
»Daß ich weggegangen bin.«

Auf Drakes Gesicht zeigte sich Bestürzung. »Nein, das hab' ich nicht getan.«

»Und hast du sie ganz ernsthaft gefragt oder nur so im Spaß?«

»Nur so im Spaß, Perry! Verdammt, wenn sie jetzt Tragg gegenüber ...«

»Tragg läßt sich von keinem Menschen so leicht hinters Licht führen«, sagte Mason. »Es regnete nicht, als er kam. Es fing aber gleich danach an zu regnen. Den größten Teil der Strecke über saß ich im Taxi. Aber ich mußte eine Straße überqueren, und dabei fielen ein paar Regentropfen auf meinen Hut. Als ich meinen Hut aus dem Garderobenschrank nahm, bemerkte Tragg zufällig diese feuchten Flecken. Der Filz hat sie aufgesogen, so daß sie nahezu unsichtbar waren. Man muß ihm schon zugestehen, daß er ein verdammt guter Kriminaler ist, Paul. Er hat die Flecken bemerkt, begriffen, was sie bedeuteten – und kein Wort gesagt. Was bedeutete eigentlich sein törichtes Gezapple auf dem Korridor?«

»Ich weiß es nicht, Perry!«

Mason blickte stirnrunzelnd auf das Tischtuch. »Ich würde gern mit Tragg zusammenarbeiten, aber der Bursche ist verdammt schnell«, sagte er. »Und schließlich steht er auf der Gegenseite. Einige meiner Methoden würden nicht seine Billigung finden.«

»Was passierte denn, während du fort warst?« fragte Drake.

»Ich ging zu Hortense Zitkouský in die Wohnung, traf sie ziemlich beschwipst an, verordnete Kaffee und kam zurück.«

»Ach, Unsinn«, sagte Drake. »Als du zurückkamst, hattest du jenen grimmigen Zug um die Mundwinkel, den du immer – verdammt noch mal, Perry, du bist eine Spielernatur!«

»Natürlich bin ich eine Spielernatur.«

»Du spielst aus reiner Freude, um ungeheure, ungleiche Wetten zu gewinnen, damit du deine Vorstellungen von Gerechtigkeit verwirklichen kannst.«

»Ja, und was ist dabei?«

»Eines Tages wirst du im dünnen Eis einbrechen.«

»Na, und wenn schon?«

»Dann wirst du mich mitreißen.«

»Bisher hab' ich das nicht getan!«

»Nein, bisher nicht ...«

»Laß gut sein!« unterbrach ihn Mason. »Die beiden kommen zurück.«
»Nun, was gibt's?« fragte Drake.
»Die Tanzfläche«, sagte Della Street, »wird zu voll, und ich bin langsam zu ausgehungert, um noch weiterzutanzen, ehe ich ein gutes, dickes Steak mit Pilzsauce gegessen habe. Haben Sie meins halb englisch bestellt, Chef?«
»Nur keine Angst.«
»Und meins?« fragte Drake.
»Gut durchgebraten.«
Ein Page näherte sich dem Tisch und winkte Leutnant Tragg. »Sie werden am Telefon verlangt, Leutnant«, sagte er.
»Entschuldigen Sie mich«, sagte Tragg, schob seinen Stuhl zurück und ging.
Mason warf Della einen Blick zu.
»Er hat versucht, mich auszuhorchen«, sagte sie kurz. »Paul ebenfalls. Bei ihm hat mir's nichts ausgemacht. Er ist harmlos, aber Tragg ist gefährlich.«
»Was wollte er denn wissen?«
»Wo Sie gewesen wären.«
»Was haben Sie gesagt?«
»Ich habe ihn gefragt, woher ich wissen sollte, ob Sie weggewesen wären, da ich doch auch nicht da war.«
»Haben Sie ihm nicht erzählt, daß Paul dieselbe Frage an Sie gerichtet hat?« fragte Mason.
»Unsinn! Dann hätte er ja gewußt, daß Sie ausgegangen waren. So wie die Dinge liegen, hat er es nur vermutet, weil er die nassen Flecke auf Ihrer Hutkrempe sah.«
Drake ließ einen Stoßseufzer los. »Sie sind ein kluges Kind«, sagte er. »Verdammt, was habe ich mir für Sorgen gemacht!«
»Was liegt denn in der Luft?« fragte Della.
»Gar nichts«, sagte Mason, »nur sind wir dabei, allmählich das Netz zuzuziehen.«
»Hat Homan Greeley getötet?«
»Augenblicklich beschäftigt mich nur, wie ich beweisen kann, daß Adler Greeley den Wagen im Auftrag von Homan und in Übereinstimmung mit besonderen Anweisungen von Homan gefahren hat. Dann wird Tragg genügend Material in der Hand haben und muß sich Homan vornehmen.«
»Wieso?« fragte Drake. »Wenn du beweisen kannst, daß sie

nicht den Wagen fuhr, dann bist du doch mit der ganzen Geschichte fertig, nicht wahr?«
»Homan war so sehr bereit, ihr den ganzen Fall aufzuhängen«, sagte Mason, »daß ich dafür sorgen möchte, daß er auch sein Teil bekommt. Außerdem wäre es für sie von großem Vorteil, ihn auf Schadenersatz verklagen zu können. Sie könnte das Geld vielleicht brauchen.«
Drake ließ einen leisen Pfiff hören.
»Besteht also kein Zweifel mehr darüber, daß Greeley den Wagen fuhr?« fragte Della Street.
»Nein, es sei denn, daß irgend jemand ein verschmiertes Hemd in seinen Wäschesack stopfte«, sagte Drake und blickte Mason vielsagend an.
Mason schüttelte den Kopf. »Damit kannst du bei mir nicht landen.«
»Aber getan haben könntest du es doch«, griff Drake wieder an. »Dieser rote Lippenabdruck sah nach Della aus.«
Der Ober erschien mit den Hummercocktails, und Tragg kam zurück. Er wartete, bis der Ober gegangen war, nahm dann Platz und schob den Teller mit dem Cocktailglas von sich.
»Haben Sie was rausgefunden?« fragte Mason mit der Gabel in der Luft.
»Mason«, sagte Tragg, »eines muß ich Ihnen zugestehen. Sie besitzen eine Art von ... ach, es ist schon mehr Genie ...«
»Was gibt's denn?«
»Spinney ist, wie Sie vorausgesagt haben, bei einer Garage aufgetaucht, hat Wagen und Fahrer gemietet, sich genau hundertfünfundzwanzig Kilometer fahren und den Wagen mitten auf einer Bergstraße halten lassen, und zu dem Fahrer gesagt, er möchte aussteigen. Das letzte, was der Fahrer von ihm sah, war, daß er die Bergstraße im Smoking, in leichten Abendschuhen und Mantel entlangging und durch den Staub eines Weges zwischen Kiefern bummelte. Das ist die eine Sache, die ich erfahren habe.«
»Und die andere?« fragte Drake.
»Die andere«, sagte Tragg und ließ seine Augen weiter fest auf Mason ruhen, »ist, daß man die Leiche von Ernest Tanner gefunden hat. Falls Sie sich nicht mehr erinnern sollten, Mr. Mason: Tanner ist der Chauffeur von Jules Homan, also der Mann, den Homan ausdrücklich beschuldigte, sein Telefon für

unerlaubte Ferngespäche mit L. C. Spinney in San Franzisko benutzt zu haben, und zu Ihrer Information, Mason: der Mord wurde genau zu der Zeit begangen, zu der Sie Ihr Büro verließen und ich meinen Hamburger aß.«

»Leutnant«, sagte Mason mit sanfter Stimme, »Sie können wohl nicht anders, als mit Theatereffekten arbeiten, was? Hätten Sie mich nach den feuchten Flecken auf meiner Hutkrempe gefragt . . .«

»Das«, unterbrach ihn Tragg, »war für mich nur der Ausgangspunkt. Was, zum Teufel, soll ich wohl die ganze Zeit über getan haben, als ich telefonierte? Ich habe die Leute vom Präsidium auf die Taxichauffeure angesetzt, die um Ihr Bürohaus herum halten. Der Zeitraum, auf den ich mich bezog, Mason, war der, in dem Sie davonliefen, in ein Taxi sprangen, zum *Adirondack* fuhren und dort ungefähr zwölf Minuten blieben.«

17

Auf dem Gesicht von Paul Drake zeigte sich Überraschung und Bestürzung.

Ganz beiläufig bemerkte Della Street: »Chef, Sie werden mir doch nicht erzählen wollen, daß Sie schon wieder einen Mord begangen haben?«

Tragg, der noch immer Mason ansah, sagte: »Er hat keinen Mord begangen, aber Stephane Claire hat es getan oder die Leiche in ihrem Zimmer gefunden und Mason angerufen, und er hat ihr gesagt, sie soll sich ein Alibi besorgen.«

»Langsam, langsam, Leutnant! Sie kommen auf die unsinnigsten Schlußfolgerungen. Wie wollen Sie wissen, daß ich nicht ins *Adirondack* gefahren bin, während Sie Ihr Sandwich gegessen haben, damit ich inzwischen feststellte, ob ich recht daran täte, Sie ins Vertrauen zu ziehen?«

»Und was hat sie gesagt?« fragte Tragg.

Mason lachte. »Ich fürchte, da kann ich Ihnen nicht behilflich sein. Ich habe sie gar nicht gesprochen.«

»Warum sind Sie dann hingegangen?«

»Ich sehe keinen Anlaß«, sagte Mason, »weswegen ich Ihnen

über mein Kommen und Gehen Rechenschaft ablegen müßte.«
»Mason«, sagte Tragg, »Sie sind ein freundlicher Gastgeber. Ich persönlich habe Sie gern. Von Amts wegen sind wir Gegner. Ich stelle Ihnen jetzt Fragen in meiner amtlichen Eigenschaft.«
»Na, schön«, sagte Mason, »ich werde Ihnen ebenfalls in amtlicher Form antworten: Ich bin nicht befugt, irgend etwas von mir zu geben, was mir ein Mandant gesagt hat. Es könnte sein, daß mir ein Mandant eröffnet, daß er einen kaltblütigen, überlegten Mord begangen hat, dann ist diese Eröffnung streng vertraulich.«
»Das mag für diese Mitteilung zutreffen, aber nicht für andere Dinge«, sagte Tragg.
»Für welche zum Beispiel?«
Tragg steckte Daumen und Zeigefinger in seine Westentasche, holte ein kleines Stück Papier hervor, faltete es auseinander und zog ein weißes Federchen heraus, dessen Spitze immer noch feucht war. Der untere Teil der Feder war dunkelrot gefärbt.
»Man hat mir mitgeteilt, daß Tanner durch einen Schuß in die Hirnschale getötet wurde, der aus allernächster Nähe aus einem kleinkalibrigen Revolver abgefeuert wurde. Um den Schuß zu dämpfen, ist ein Kissen verwandt worden, und ein Teil des Kissens wurde von der Kugel gestreift, die es aufriß, und die Federn wurden überall im Badezimmer verstreut. Als Sie es betraten, war Ihre Schuhsohle feucht. Eine dieser Federn klebte, ohne daß Sie es merkten, an Ihrem Absatz. Und erst, als Sie zurückkehrten, war die Feder soweit getrocknet, daß sie im Korridor von Ihrem Schuh abfiel.«
»Wollen Sie mir erzählen, daß Sie die Feder in meinem Büro gefunden haben?«
»Nicht in Ihrem Büro. Mir fiel Ihr Hut auf, als Sie ihn aus dem Garderobenschrank nahmen. Als Sie dann Della Street den Korridor hinunter folgten, wirbelte die Feder in dem Luftstrom hoch, den Miss Streets Rock verursachte.«
»Ich finde Sie sehr galant, Leutnant«, sagte Della Street schnell. »Ein anderer Mann würde mich verdächtigt haben.«
Traggs Augen schweiften plötzlich zu ihr hinüber. »Bei Gott! In der Tat!«
Sie zog die Augenbrauen hoch.
»Ja, warum, zum Teufel, habe ich nicht schon eher daran gedacht? Sie waren ja fort! Sie sagten, Sie seien in Hollywood

gewesen. Irgend jemand hat Mason angerufen. Die Mitteilung war wichtig genug, daß er sein Büro verließ, obwohl er auf Mrs. Greeley wartete.«
»Nur weiter so, Leutnant. Es ist faszinierend, einen scharfen Verstand bei der Arbeit zu beobachten.«
»Sie haben die Leiche gefunden«, sagte er langsam. »Und Mason wollte nicht, daß Sie in die Sache verwickelt werden. Die Feder fiel von seinem Schuh ab. Er war bei der Leiche gewesen! Ich gehe jetzt ins *Adirondack*.«
»Warum wollen Sie nicht erst essen?« fragte Mason. »Dort sind doch Ihre Leute schon an der Arbeit, die die üblichen Dinge erledigen können.«
Tragg beugte sich vor, wobei er die geballten Fäuste auf den Tisch legte. »Mason«, sagte er, »ich mag Sie gern. Manchmal meine ich, daß Sie mich auch mögen. Aber ich bin ein so guter Kämpfer wie Sie und ein ebenso erbitterter und ebenso rücksichtsloser Kämpfer. Habe ich mich verständlich ausgedrückt?«
»Vollkommen«, sagte Mason.
»Ich wünsche nicht, daß Sie dies Restaurant verlassen, bis ich es Ihnen erlaube! Sollten Sie innerhalb der nächsten dreißig Minuten nichts von mir hören, rufen Sie mich im *Adirondack* an oder im Präsidium.«
»Ich werde nichts dergleichen tun«, sagte Mason. »Es gibt nur eine Möglichkeit für Sie, mich zu kontrollieren, das ist eine Verhaftung.«
»Ich könnte vielleicht auch das tun.«
Mason erhob sich. »Sollten Sie es versuchen, gehe ich Ihnen an den Kragen! Mich hat Ihr Besuch sehr gefreut. Es war ein Vergnügen, selbst für so kurze Zeit mit der Polizei zusammenzuarbeiten. Ich hoffe, Sie machen mir die Ehre, unser unterbrochenes Abendessen zu einem anderen Zeitpunkt fortzusetzen.«
Um Traggs Mundwinkel zeigte sich die Spur eines grimmigen Lächelns. »Mason, ich werde Sie eines Tages doch ins Gefängnis bringen müssen.«
»Ist ja großartig! Dann werde ich mich selbst wieder rausholen und Sie zum Gespött des Gerichts machen.«
»Prächtig, wenn Sie das schaffen! Könnte aber sein, daß ich Sie im Gefängnis festhalte.«
Mason streckte seine Hand aus. »Prächtig, wenn Sie das schaffen«, sagte er.

Sie schüttelten sich die Hand.
»Ich gehe jetzt hinüber ins *Adirondack*, um mir den Toten anzusehen. Denken Sie daran, daß Sie mit mir in Verbindung bleiben müssen und nicht eher fortgehen dürfen, bis Sie meine Erlaubnis haben. Gute Nacht.«
Mason sah ihm nach, wie er mit großen Schritten um die Tanzfläche lief und sich seinen Weg durch die Tische bahnte.
»Hat es einen Zweck, ihm nachzugehen?« fragte Drake.
»Ganz bestimmt nicht«, sagte Mason. »Er hat längst Vorkehrungen getroffen, daß Kriminalbeamte dieses Restaurant abriegeln, und ich möchte wetten, daß er auch das Telefon abhören läßt und hofft, daß ich jemand anrufe. Und der Teufel soll mich holen«, setzte er hinzu, »wenn ich das nicht tue.«
»Seien Sie vorsichtig, Chef«, warnte Della.
Mason warf einen Blick auf seine Armbanduhr. »Ich werde ihm zehn Minuten Vorsprung lassen, um sicher zu sein, daß er alle seine Vorkehrungen getroffen hat.«
»Na, und dann?«
Mason lachte in sich hinein.
»Hör mal, Perry«, sagte Drake, »die Feder hat er wirklich auf dem Korridor gefunden. Das war kein Theater. Wie ist sie dahin gekommen, wenn du nicht im gleichen Raum wie die Leiche warst?«
»Auf genau die Weise, wie er gesagt hat, Paul.«
»Großer Gott, Perry! Gib nur nicht zu, daß du dort warst – jedenfalls nicht mir gegenüber!«
Mason nahm seine Gabel und fing an, seinen Hummercocktail aufzuessen. »Tragg ist ein sehr gefährlicher Gegner.«
Drake seufzte. »Wenn ich nur deine Nerven hätte!«
Die Tanzmusik setzte wieder ein. Della Street suchte mit dem Fuß nach Masons Fußgelenk und stieß ihn leicht an. Er schob seinen Stuhl zurück, und einen Augenblick später glitten sie über die Tanzfläche.
»Was war los?« fragte sie.
Darauf erzählte ihr Mason, was sich wirklich abgespielt hatte. Schließlich sagte sie: »Aber Sie waren doch daran nicht schuld, warum haben Sie nicht die Polizei benachrichtigt und . . .?«
»Weil ich eine Jägernatur bin, Della. Manche Männer haben ihr Vergnügen daran, einen Löwen oder einen Tiger aufzuspüren. Andere schießen kleine Vögel, manche wieder jagen

nur aus der Lust an der Jagd ... Ich aber jage Mörder. Ich glaube, ich weiß, wer Greeley umbrachte. Es ist die einzige Lösung, die mit den Tatsachen übereinstimmt. Und, Della, ich möchte diesen Mörder zur Strecke bringen. Ich will nicht, daß Tragg es tut. Ich bin bereit, ihm dafür den Ruhm zu lassen, aber die Jagd und das Abschießen sind meine Sache.«
»Dann sitzen Sie also in der Klemme?«
»Na, ein wenig schon«, gab er zu. »Aber kommen Sie wieder an den Tisch, damit wir Drake bei der Stange halten. Er verfällt sonst auf komische Gedanken, wenn wir ihn allzu lange allein lassen. Und ich möchte ein paar Telefongespräche führen.«
»Mit wem?«
»Ach, mit ein paar Leuten, die Tragg meiner Meinung nach überwachen lassen sollte.« Sie tanzten um die Tanzfläche, bis sie in der Nähe ihres Tisches waren, dann geleitete Mason sie zu ihrem Stuhl zurück. »Halt die Stellung!« sagte er zu Drake. »Ich gehe telefonieren.«
»Der Ober war hier«, sagte Drake. »Er hat mir gesagt, du hättest ihn beauftragt, das Essen rasch hintereinander zu servieren.«
»Ja. Wir könnten die Suppe fortlassen und gleich zu den Steaks übergehen. Es kann vielleicht eine Weile dauern, Paul, bis wir wieder ein zartes Filet Mignon zu essen bekommen.«
Drake zuckte zusammen. »Ich wünschte, du würdest keine Witze machen. Diesmal meinte Tragg es ernst.«
»Schon möglich, schon möglich«, gab Mason zu.
Er umschritt die Tanzfläche, drängte sich durch die Tischreihen bis zur Telefonzelle und wählte Homans Geheimnummer. Einige Augenblicke später hörte er die Stimme des Filipino in der Leitung.
»Ist Mr. Homan da?« fragte Mason.
»Wer spricht bitte?«
»Rechtsanwalt Mason!«
»Ach, das tut mir leid. Er ist sehr beschäftigt. Er hat hinterlassen, niemand – ganz gleich wer – darf ihn stören. Aber vielleicht ...«
»Okay, Felipe, sagen Sie Mr. Homan, er soll nicht vergessen, daß Sie heute abend keinen Ausgang hatten. Verstehen Sie? Sie sind heute abend nicht ausgegangen.«
Die Stimme des Filipino klang überrascht. »Aber ich bin ja gar

nicht ausgegangen, Mr. Mason. Ich bin schon den ganzen Abend hier.«

»So ist es richtig«, sagte Mason und legte auf.

Mason blätterte in seinem Notizbuch, fand die Telefonnummer von Mona Carlyle, der Angestellten in Rigleys Cafeteria, und rief sie an.

»Miss Carlyle«, sagte er, als er sie am Apparat hatte, »hier ist Mason. Ich spreche im Auftrag von Mr. Drake, der Mrs. Warfield einen Job angeboten hatte. Aus irgendeinem Grunde, den nur sie allein kennt, hat sie sich entschlossen, ihn nicht anzunehmen, und hat das Hotel verlassen, wo sie bleiben sollte, bis ihr Mr. Drake sagen würde, wo und wann sie sich melden sollte.«

»Es tut mir leid, Mr. Mason«, sagte die Stimme am anderen Ende der Leitung. »Ich kann Ihnen nicht behilflich sein. Ich habe nichts von ihr gehört.«

»Aber mir ist der Gedanke gekommen, sie könnte sich innerhalb der nächsten Stunde mit Ihnen in Verbindung setzen.«

»Wieso?«

»Vielleicht ist es nur so eine Ahnung von mir. Aber falls sie es tut, würde es Ihnen etwas ausmachen, ihr zu sagen, daß ich meine Information über ihren Gatten nachgeprüft habe und mich freuen würde, sie ihr geben zu können? Doch sie muß sich persönlich mit mir in Verbindung setzen. Wollen Sie ihr das sagen?«

»Doch, schon«, erwiderte sie unsicher. »Aber wirklich, Mr. Mason, ich habe nicht die geringste Ahnung ...«

»Haben Sie vielen Dank.« Damit ließ Mason den Hörer auf die Gabel fallen.

Er kehrte an den Tisch zurück, wo Drake und Della Street sich leise unterhielten. Della sah auf, lächelte und sagte: »Ich bin froh, daß Sie wieder da sind. Jedesmal, wenn die Männer mich allein erwischen, fragen sie mich das gleiche. Immer die alte Geschichte!«

»Sie versuchen, Sie auszuhorchen«, sagte Mason und setzte sich.

»Ja. Ich fürchte, ich fange an, meinen Sex-Appeal zu verlieren. Früher hat Drake noch Witze mit mir gemacht. Aber jetzt ...«

»Verdammt noch mal, Perry, ständig reißt du mich in irgendeine Schweinerei hinein, und dann willst du noch, daß ich im dun-

keln tappe«, sagte Drake.
»Ich weiß«, sagte Mason beschwichtigend, »aber es ist besser so, Paul. Es verhindert, daß du graue Haare bekommst.«
»Aber könntest du nicht meine Neugier befriedigen? Ich meine, ausnahmsweise?« fragte Drake.
»Derartige Ausnahmen gibt es nicht, Paul! Du bist zu gewissenhaft. Du würdest keinen Ziegel aus einem Schornstein nehmen und ihn auf einen ausreißenden Mörder fallen lassen.«
»Das war eine fabelhafte Schilderung, die du Tragg gegeben hast«, sagte Drake. »Aber bei mir würdest du da nicht gelandet sein. Ich kenne dich zu gut, du reißt das ganze Gebäude ein und läßt nur den losen Ziegelstein im Schornstein übrig.«
»Aber ich baue es immer wieder auf«, sagte Mason.
»Bis jetzt ja. Aber diesmal wirst du damit deine Schwierigkeiten haben.«
»Na, warten wir ab.«
»Mit wem haben Sie telefoniert?« fragte Della Street.
»Ach, nur mit ein paar Leuten, um Tragg in Bewegung zu halten und vor Kummer zu bewahren. Er hat Angst, sich Homan vorzuknöpfen, weil er weiß, daß Homan ihm mit seinen Beziehungen an den Kragen kann. Nun, diesmal habe ich ihn in eine Lage gebracht, daß er entweder die Angel einholen oder den Köder sausen lassen muß. Und der zweite Anruf geschah zu meiner eigenen Sicherheit, denn jetzt wird er mich nicht aus dem Verkehr ziehen. Wir können genausogut in Ruhe unser Essen genießen.«
»Dann gehen Sie also nicht weg?«
»Nicht eher, als bis Tragg zurückkehrt und sich bei mir über die junge Dame erkundigt, mit der man sich im Fahrstuhl gesehen hat. Ich . . .«
Ein Page näherte sich dem Tisch. »Sind Sie Mr. Mason?«
»Ja.«
»Leutnant Tragg möchte Sie am Telefon sprechen.«
»Der Leutnant«, sagte Mason, »spart mir Zeit. Ich glaube, ihr müßt mich noch einmal entschuldigen. Ach, Ober, servieren Sie ruhig weiter. Wir werden uns beeilen müssen.«
Mason ging zum Telefon. »Mason«, sagte Tragg, »einer von den Fahrstuhlführern erkennt Ihr Foto wieder.«
»Wo in aller Welt haben Sie ein Bild von mir her?«
»Wenn Sie glauben, ich würde mich auf eine Auseinander-

setzung mit Ihnen einlassen, ohne für den Notfall ein Foto bereit zu halten, dann haben Sie sich gründlich geirrt.«
»Umsicht ist immer zu empfehlen! Was ist mit dem Fahrstuhlführer . . .?«
»Er hat Sie vom dritten Stock abgeholt. Bei Ihnen war eine junge Dame. Was haben Sie im dritten Stock zu suchen gehabt, und wer war die junge Dame?«
»Ein Irrtum ist ausgeschlossen?«
»Völlig ausgeschlossen.«
»Dann muß die junge Dame wohl eine Mandantin von mir gewesen sein«, sagte Mason. »Halten Sie das nicht für eine vernünftige Schlußfolgerung, Tragg?«
Tragg wurde scharf. »Mason, es geht um Mord! Ich will nicht grob werden. Ich weiß, daß Sie gewöhnlich noch einen Trumpf im Ärmel haben, aber diesmal verlange ich, daß Sie alle Karten auf den Tisch legen!«
»Ich kann keine Fragen über eine junge Dame beantworten, mit der ich in einem Fahrstuhl von irgendeinem Fahrstuhlführer gesehen worden sein soll – noch dazu in einem Hotel der Stadt und zu einem Zeitpunkt, zu dem ein Mord begangen wurde. Das ist Grundprinzip meines Büros«, sagte Mason. »Und damit meine ich, daß der Fall für mich erledigt ist, Leutnant, oder?«
»Mason, ich werde Sie bis morgen vormittag um elf Uhr auf freiem Fuß lassen«, sagte Tragg.
»Warum so großherzig?«
»Weil ich Sie auf Homan hetze. Sie haben mich dauernd gereizt, etwas zu riskieren. Jetzt werde *ich* dafür sorgen, daß Sie *mir* einige von *meinen* Kastanien aus dem Feuer holen.«
»Ich brauche Homan keine einzige Frage zu stellen«, sagte Mason. »Durch Mrs. Greeleys Aussage wird sich das alles erübrigen.«
»Meinen Sie, ich wäre auf diesen plumpen Trick reingefallen?«
»Was war denn so plump daran?«
»Sie erinnern sich«, sagte Tragg, »wie sehr Mrs. Greeley überzeugt war, daß ihr Mann das Mädchen im Wagen nicht allein gelassen hätte. Sie war indessen so gewissenhaft, daß sie das Hemd herbrachte. Sie wären geliefert gewesen, wenn sie es unterschlagen hätte.«
»Wovon reden Sie eigentlich?«

»Von dem netten kleinen Alibi, das Sie für Ihre Mandantin fabriziert haben, Mason! Als Sie dieses Hemd heimlich versteckten, haben Sie eine Sache übersehen!«
»Ich habe nicht die geringste Ahnung, wovon Sie reden, Tragg!«
»Ein hübscher Trick, aber er hat nicht gezogen. Ich nehme an, daß Ihre charmante Sekretärin den Lippenstift zur Verfügung gestellt hat – und auch den Lippenabdruck, wie?«
»Na schön, Sie haben mir irgend etwas voraus. Erzählen Sie, was nicht stimmt.«
»Das Wäschezeichen im Hemd. Das haben Sie übersehen, Mason, nicht wahr?«
»Was ist damit?«
»Es ist nicht Greeleys Wäschezeichen! Dieses Hemd ist nach Greeleys Tod heimlich zur Schmutzwäsche gesteckt worden, damit Mrs. Greeley es fände. Ein gerissener Hund hat es dort versteckt, einer, der wußte, daß Greeley nicht mehr reden könnte, einer, der wußte, daß Mrs. Greeley sich mit Ihnen in Verbindung setzen würde, sobald sie es gefunden hätte. Und zeitlich war die Sache großartig abgestimmt, Mason.«
»Moment mal«, sagte Mason, dessen Stimme jetzt besorgt klang. »Wessen Wäschezeichen ist es denn?«
»Das haben wir noch nicht feststellen können«, sagte Tragg. »Wir wissen nur, wem es nicht gehört.«
»Vielleicht hat er es sich in San Franzisko machen lassen.«
»Nein, es ist nicht Greeleys Hemd. Die Ärmel sind kürzer, und vor allen Dingen mißt der Kragen sechzehn ein Viertel Zoll. Greeleys Kragenweite ist fünfzehn drei Viertel. Daher meine ich, Mr. Mason, daß Sie morgen vormittag Homan im Kreuzverhör über die Schlüssel aussagen lassen. Jetzt können Sie das *Tangerine* verlassen. Wenn Sie mir den Namen der jungen Dame sagen wollen, die heute abend mit Ihnen im Fahrstuhl war, wissen Sie ja, wo Sie mich erreichen. Übrigens werde ich nicht zurückkommen, um mein Steak zu essen, essen Sie lieber beide! Morgen abend wird Ihre Kost weit weniger gut sein. Es wird wahrscheinlich einige Zeit dauern, bis Sie wieder ein saftiges gutes Steak essen werden.«
»Hören Sie, Tragg, was das Hemd betrifft . . .«
»Ich habe Ihnen alles gesagt, was ich zu sagen habe, Mason! Miss Claire ist noch lange nicht von jedem Verdacht frei. Sie

werden sich Homan vornehmen müssen, wenn Sie irgend etwas erreichen wollen. Und wenn einmal das Gericht das Verfahren gegen Miss Claire erledigt hat, werden Sie mir unverzüglich mitteilen, wer die junge Dame war, die mit Ihnen im Fahrstuhl fuhr. Sonst werden Sie als Kronzeuge in Gewahrsam genommen! Sollte das Hemd Paul Drake gehören, so sagen Sie ihm, er soll lieber auch gleich zwei Steaks essen! Denn ich werde schließlich auch das Wäschezeichen rauskriegen.«
Damit wurde am anderen Ende der Leitung der Hörer aufgelegt.
Auch Mason legte auf, und ging langsam zum Tisch zurück, an dem Della Street und Paul Drake saßen und der Tanzvorführung zusahen, die gerade begonnen hatte. Sie wirkten, als hätten sie an einer Beerdigung teilgenommen.
Mason glitt auf seinen Stuhl, nahm Messer und Gabel und attackierte sein Steak mit außerordentlichem Appetit.
»Dein Appetit scheint nicht gelitten zu haben«, sagte Drake.
»Hat er auch nicht! Du hast immer davon geredet, daß ich auf dünnem Eis Schlittschuh laufen und eines Tages einbrechen würde, Paul. Ich bin eingebrochen!«
»Was ist los?« fragte Della.
»Es war nicht Greeleys Hemd. Irgend jemand hat es eingeschmuggelt, damit Mrs. Greeley es fand.«
»Ach, du großer Gott! Das heißt, daß wir dran sind.«
»Sieh dir die Show an, Paul«, sagte Mason, »und mach dir keine Sorgen! Tragg hat gesagt, daß er uns erst einsperrt, wenn ich Homan ins Kreuzverhör genommen habe.«

18

Eine gespannte Atmosphäre erfüllte den Gerichtssaal, als Richter Cortright den Fall Stephane Claire aufrief und Homan erneut in den Zeugenstand trat.
»Ich habe nur noch ein oder zwei weitere Fragen, Mr. Homan«, sagte Mason.
»Können Sie es so kurz wie möglich machen?«
»Falls Sie meine Fragen ohne alle Umschweife beantworten«, sagte Mason, »so glaube ich, daß wir in Kürze fertig sind.

Leutnant Tragg ist doch im Gerichtssaal?«
Mason wandte sich um und sah Tragg an. Tragg erwiderte seinen starren Blick. Seine Stirn kräuselte sich zu einem erstaunten Runzeln.
»Leutnant Tragg«, sagte Mason, »Sie haben meiner Meinung nach ein weißes gestärktes Hemd in Ihrem Besitz, das auf der Vorderseite einige rote Flecken aufweist. Darf ich Sie bitten, dies Hemd dem Zeugen zu zeigen?«
»Was soll das heißen?« fragte Harold Hanley, der Staatsanwalt.
»Sie werden sich erinnern«, sagte Mason, »daß nach der Aussage der Zeugin auf dem Hemd ein verschmierter Lippenstiftstreifen war, den die Angeklagte in diesem Verfahren mit ihrem rechten kleinen Finger gemacht hat. Ich . . .«
»Meiner Meinung nach ist die Frage berechtigt«, entschied Richter Cortright.
»Haben Sie ein solches Hemd in Ihrem Besitz, Leutnant Tragg?«
Tragg nickte.
»Hier im Gerichtssaal?« fragte Mason.
Tragg zögerte einen Augenblick, dann griff er unter den Tisch des Staatsanwalts und holte einen schwarzen Handkoffer hervor. Er öffnete ihn, wobei einige Zuschauer sich neugierig den Hals verrenkten, um das Hemd und den verräterischen Streifen darauf zu sehen. Tragg reichte es Mason.
»Danke Ihnen«, sagte Mason. »Jetzt, Mr. Homan, wollen Sie sich bitte dieses Hemd genau ansehen und mir sagen, ob es Ihnen gehört.«
»Mir gehört!« rief Homan aus.
»Ja.«
»Heiliger Himmel, Mann, *ich* habe den Wagen nicht gefahren! Ich war hier in . . .«
»Bitte, sehen Sie es sich trotzdem an und beantworten Sie meine Frage.«
Mason breitete das Hemd auf Homans Knien aus.
Homan betrachtete es. »Ich weiß nicht«, sagte er prompt. »Wieso soll ich sagen können, wessen Hemd es ist?«
»Kennen Sie Ihr Wäschezeichen?«
»Nein, kenne ich nicht.«
»Na, vielleicht kann ich Ihnen behilflich sein«, sagte Mason.

»Entschuldigen Sie, daß ich Sie belästigen muß, aber würden Sie bitte Ihre Krawatte lockern, damit ich in Ihren Kragen sehen kann?«
Homan entsprach der Bitte und beugte sich vor. Mason las das Wäschezeichen: W 362.
»Und nun«, sagte Mason und deutete auf den Hemdkragen des Hemdes auf Homans Knien, »werden Sie sehen, daß *dieses* Hemd hier das gleiche Wäschezeichen hat.«
Homan betrachtete es mit zusammengekniffenen Augen, sah sich den Lippenstiftstreifen an und brach dann in bittere Protestrufe aus. »Das ist eine Falle! Ich habe die Angeklagte nie im Leben gesehen. Ich habe sie nicht im Wagen mitgenommen. Ich ...«
»Das reicht«, unterbrach Richter Cortright. »Sie haben sich darauf zu beschränken, Fragen zu beantworten.«
»Die Frage, Mr. Homan«, sagte Mason, »lautet, ob dies Ihr Hemd ist.«
»Das weiß ich nicht.«
»Aber Ihr Wäschezeichen ist es?«
»Ich glaube, ja.«
»Und Sie tragen Hemden Größe sechzehn ein Viertel?«
»Ja.«
»Sehr gut«, sagte Mason. »Ich werde nunmehr Ihre Aufmerksamkeit auf die Schlüssel lenken, die die Angeklagte in ihrer Handtasche fand, und Sie fragen, ob dieser Schlüssel hier der Zündschlüssel zu Ihrem Auto ist.«
»Er sieht so aus.«
»Und wissen Sie, was dies für ein Schlüssel ist und wofür?«
»Nein.«
»Kommt er Ihnen nicht bekannt vor?«
»Nein. Er ... Moment mal ... Nein, einen Augenblick lang dachte ich, er sähe wie einer meiner Schlüssel aus, aber das ist nicht der Fall.«
»Dies sind also nicht Ihre Schlüssel?«
»Nein, keinesfalls.«
»Haben Sie zufällig Ihre Schlüssel in der Tasche?«
»Wieso ... ja.«
»Darf ich sie bitte sehen?«
»Ich begreife nicht, was das hiermit zu tun hat.«
»Der Zeuge wird aufgefordert, seine Schlüssel vorzuzeigen«,

ordnete Richter Cortright an. Widerwillig zog Homan eine lederne Schlüsseltasche hervor.
»Nun vergleichen wir doch einmal diese Schlüssel!« sagte Mason. »Ja, hier sind gleich zwei, die übereinstimmen. Können Sie mir sagen, wozu dieser Schlüssel ist, Mr. Homan?«
»Der ist für meine Jacht.«
»Für das Schloß zur Kajüte?«
»Ja.«
»Nun zum dritten Schlüssel: Haben Sie noch einen genau wie diesen?«
»Nicht, daß ich wüßte. Ich kann mich nicht erinnern, wie alle meine Schlüssel aussehen.«
Mason überprüfte sämtliche Schlüssel in der Schlüsseltasche. »Nein, scheinbar haben Sie keinen passenden«, sagte er.
Homan bewegte sich unruhig.
»Also, Sie meinen, dies wären nicht Ihre Schlüssel?«
»Nein.«
»Haben Sie nicht versehentlich Ihre Schlüssel im Wagen gelassen, als Sie ihn parkten – ich meine an dem Tag, an dem er gestohlen wurde?«
»Nein!«
»Sind Sie ganz sicher?«
»Ja.«
Mason klapperte mit dem Schlüsselring. »Was nun diesen dritten Schlüssel anbelangt, ich meine den, den Sie nicht identifizieren konnten – haben Sie keine Ahnung, zu welchem Schloß er paßt?«
»Nein.«
Mason betrachtete ihn mehrere Sekunden unentwegt. »Die Polizei, Mr. Homan, wird am Ende das richtige Schloß finden. Es würde recht unvorteilhaft sein, wenn sich daraus der Beweis ergäbe, daß ...«
»Einen Moment, bitte«, unterbrach ihn Homan, »wenn ich arbeite, bin ich völlig geistesabwesend. Es könnte sein, daß ich die Schlüssel im Wagen gelassen habe, als ich ihn parkte.«
»Dann könnten dies also doch Ihre Schlüssel sein?«
»Wollen Sie dem Gericht zu verstehen geben, daß Sie Ihre eigenen Schlüssel nicht kennen?« fragte Richter Cortright in strengem Ton.
»Ja, Euer Ehren, ich habe so viele Schlüssel ... ich fürchte, daß

ich . . . also, sehen Sie, ich gebe Schlüssel jeweils an Hausangestellte und Chauffeure, von denen ich sie von Fall zu Fall wieder bekomme. Dies könnten vielleicht irgendwelche alten Schlüssel sein, die ich im Handschuhfach liegen gelassen habe. Ja, so muß es sein. Es müssen Schlüssel sein, die ich versehentlich im Handschuhfach gelassen habe.«

Richter Cortright blickte mehrere Sekunden lang verächtlich auf den Zeugen hinunter, dann sagte er zu Mason: »Fahren Sie mit Ihren Fragen fort, Herr Rechtsanwalt!«

Mason lächelte. »Ich bin fertig.«

»Was!« rief Hanley überrascht.

»Ich habe keine weiteren Fragen«, verkündete Mason. Tragg und Hanley flüsterten miteinander, dann erhob sich Hanley und ging zu Mason. »Was soll das bedeuten?« fragte er leise. »Sie haben ihn doch jetzt am Kragen!«

»Sie können ihn ja ausfragen, wenn Sie wollen«, meinte Mason. »Ich nicht«, sagte Hanley. »Ich kann ihn nicht hart anfassen. Seine Filmfirma würde noch vor dem Mittagessen versuchen, mich aus meinem Amt zu entfernen.«

Richter Cortright blickte zu Mason. »Sie werden verstehen«, sagte er, »daß das Gericht an dieser Phase der Zeugenaussage interessiert ist. Es sind genügend Tatsachen angeführt worden, um bei dem Gericht einige Zweifel entstehen zu lassen, doch reichen sie nicht aus, sämtliche von der Anklage angeführten Beweise zu entkräften.«

»Ich bedaure, Euer Ehren, aber ich habe keine weiteren Fragen.«

Richter Cortright zögerte, dann wandte er sich an Homan. »Mr. Homan, haben Sie diesen Wagen am Mittwoch, dem Neunzehnten, gefahren?«

»Nein, Euer Ehren, ganz bestimmt nicht.«

»Wissen Sie, wer ihn gefahren hat?«

»Nein.«

»Wo waren Sie am Mittwoch, dem Neunzehnten?«

»Am Mittwoch, dem Neunzehnten«, sagte Homan, »war ich in meinem Haus in Beverly Hills. Sobald ich den Wagen vermißte und mich davon überzeugte, daß mein jüngerer Bruder mit meiner Jacht zum Fischen fort war, so daß er unmöglich den Wagen mit seinem Zündschlüssel angelassen und gefahren haben konnte, meldete ich den Wagen als gestohlen bei der

Polizei von Beverly Hills. Ein dortiger Beamter suchte mich auf und erkundigte sich nach Einzelheiten. Das läßt sich übrigens nachprüfen.«
»Und das war am Mittwoch, dem Neunzehnten?« fragte Richter Cortright.
»Ja, Euer Ehren.«
»Um welche Zeit?«
»So gegen fünf oder sechs Uhr nachmittags!«
»Haben Sie irgendeine Erklärung, wie diese Lippenstiftflecke auf Ihr Hemd gekommen sind?«
»Nein, Euer Ehren.«
Richter Cortright blickte zu Leutnant Tragg. »Besteht irgendein Anlaß«, fragte er, »an diesem Beweisstück zu zweifeln? Mit anderen Worten, liegt ein Hinweis vor, daß es gefälscht worden ist?«
»Das hatte ich eigentlich bisher nicht gedacht«, sagte Leutnant Tragg, und seine Stimme ließ erkennen, wie bestürzt er war. »Aber offensichtlich – also irgend etwas muß daran falsch sein. Wenn natürlich Mr. Homan nachweisen kann, wo er sich zur Zeit des Unfalls aufgehalten hat . . .«
»Das kann ich«, sagte Homan ruhig. »Ich war in meinem Haus in Beverly Hills. Ich habe, wie bereits erwähnt, den Wagen als gestohlen gemeldet. Ich hatte dann ein Gespräch mit einem Vertreter der Polizei von Beverly Hills und ging ins Filmatelier. Ich brachte das Skript zurück, an dem ich gearbeitet hatte, um anschließend mit einem bestimmten Abteilungsleiter eine Besprechung zu haben.«
»Um welche Zeit begann diese Besprechung?« fragte Richter Cortright.
»Ungefähr um neun Uhr abends. Sie dauerte beinahe bis Mitternacht.«
Cortright und Tragg wechselten Blicke, dann fingen Tragg und Hanley an, miteinander zu flüstern.
In liebenswürdigem Ton sagte Mason: »*Diese* Fragen, Gentlemen, haben Sie gestellt, und nicht ich.«
Richter Cortright blickte auf Mason hinunter. »Herr Rechtsanwalt«, sagte er mit einiger Schärfe. »Sie wußten offensichtlich ganz genau, wo Sie mit Ihrer Befragung aufhören mußten.«
Mason lächelte den verwirrten Richter heiter an. »Das wußte ich allerdings ganz genau, Euer Ehren.«

Staatsanwalt Hanley erhob sich langsam. »Euer Ehren«, sagte er, »einige Beweismittel sind für uns eine ausgesprochene Überraschung. Wir hatten angenommen, daß die Befragung des Zeugen umfassender sein würde. Ja, daß einige Anstrengung gemacht werden würde, nachzuweisen, wofür *sämtliche* Schlüssel bestimmt sind. Es ließe sich sogar machen, daß die Polizei Mr. Mason Gelegenheit verschafft, diesen Nachweis zu führen oder zumindest danach zu forschen, ob dieser Zeuge ... kurzum, wir werden in jeder Beziehung mit Mr. Mason zusammenarbeiten.« Er hielt inne und blickte zu Mason hinüber, doch Mason erwiderte seinen durchdringenden Blick in einer Weise, aus der nur seine völlige Interessenlosigkeit zu erkennen war.«
Wieder wandte sich Hanley an Richter Cortright. »Die Lage ist sehr eigenartig, Euer Ehren. Die Anklagevertretung hat durchaus nicht das Bestreben, an einer Ungerechtigkeit mitzuwirken. Wie das Gericht sehr wohl weiß, haben die weiteren Entwicklungen in diesem Verfahren eine ungemein schwerwiegende und irgendwie komplizierte Form angenommen. Wir sind der Überzeugung, daß im Interesse der Gerechtigkeit allen Beteiligten gegenüber die Verhandlung fortgesetzt werden sollte, während inzwischen unsererseits eine sorgfältige Überprüfung von Mr. Homans Aussage vorgenommen wird.«
»Bedeutet das, daß ich noch einmal herkommen muß?« fragte Homan empört.
Nachdenklich betrachtete Richter Cortright einige Sekunden lang den empörten Fimproduzenten und sagte dann ruhig: »So ist es. Das Gericht wird die Verhandlung am Montag vormittag um zehn Uhr fortsetzen, und zu diesem Zeitpunkt hat der Zeuge wieder zu erscheinen.«
»Aber, Euer Ehren, ich kann nicht dauernd meine Zeit mit Gängen zum Gericht verbringen ...«
»Sie sind ein Zeuge«, sagte Richter Cortright. »Darüber hinaus, Mr. Homan, gibt es in Ihrer Aussage gewisse Punkte, die noch nicht zur Zufriedenheit des Gerichts geklärt worden sind. Die Verhandlung wird bis Montag vormittag zehn Uhr vertagt. Die Angeklagte bleibt weiterhin gegen Kaution auf freiem Fuß.«
Als Richter Cortright den Richtersitz verließ, trat Tragg zu Mason. »Was soll das heißen, Mason?« fragte er.
»Daran sind Sie schuld, Tragg! Sie sagten, Sie würden mir bis heute vormittag Zeit geben und mich, nachdem ich Homan

vernommen hätte, verhaften, falls ich keine zufriedenstellende Erklärung geben könnte. Nun, hier bin ich.«

»Mason«, sagte Tragg, »Sie wußten über den Mord von gestern abend Bescheid!«

Mason lächelte und sagte nichts.

»Ich habe genügend Indizienbeweise, um Sie – zumindest als Kronzeugen – festnehmen zu lassen.«

»Tun Sie es doch«, sagte Mason. »Sie werden es Ihr Leben lang bereuen!«

Tragg seufzte. »Ich wünschte, wir könnten miteinander auskommen. Schließlich sollten wir in diesem Verfahren zusammenarbeiten.«

»Das können wir auch, wenn Sie nicht dauernd versuchen würden, mir am Zeug zu flicken«, sagte Mason.

»Ihnen am Zeug flicken! Großer Gott, da kommen Sie daher und spielen den Leichensammler, indem Sie überall Leichen finden, Sie verletzen die Hälfte aller Gesetze, und dann erwarten Sie von mir, daß ich lächelnd mitmache. Woher, zum Teufel, wußten Sie, daß es Homans Hemd war?«

Homan, der den Zeugenstand verlassen hatte, drängte sich vor und sagte: »Meine Herren, ich unterbreche Sie ungern, aber ich möchte auf jeden Fall Mr. Mason sagen, daß ich seine Fragen für unverschämt halte.«

Mason lächelte wieder.

Tragg hingegen meinte: »Mr. Homan, ich möchte Sie nicht belästigen, aber es ist dringend notwendig, daß wir Ihre Aussagen über Ihr Tun und Treiben am Mittwoch nachprüfen. Wollen Sie bitte die Güte haben, dort drüben Platz zu nehmen und die Namen jedes einzelnen aufzuschreiben, mit dem Sie am Mittwoch nachmittag gesprochen haben?«

»Mit Vergnügen«, kläffte Homan. »Ich will alles, was in meiner Macht steht, tun, um an einer Lösung dieses Falles mitzuarbeiten. Ich weiß, daß ich das Auto nicht gefahren habe, und daß Adler Greeley es gefahren hat, glaube ich nicht! Ich protestiere nur gegen die Art, wie man in meinen Privatangelegenheiten herumschnüffelt.«

»Ich verstehe Ihre Lage genau«, sagte Mason. »Sie protestieren. Sie haben Ihren Protest zum Ausdruck gebracht – und der ist abgelehnt.« Er wandte ihm den Rücken zu.

Homan warf ihm einen finsteren Blick zu, schritt hinüber zu

dem von Tragg angegebenen Tisch, riß ein Blatt Papier aus seiner Mappe, setzte sich seine Hornbrille auf und fing an, hastig zu kritzeln.

Aus dem hinteren Teil des Saales kam Mrs. Greeley auf sie zu. »Mr. Mason«, sagte sie, »ich hatte keine Ahnung, daß es nicht das Hemd meines Mannes war. Und ich hatte ganz gewiß keine Ahnung, daß es Mr. Homan gehörte. Sie wissen offensichtlich etwas, was ich nicht weiß. Allem Anschein nach besteht irgendeine geheimnisvolle Verbindung zwischen meinem Mann und Mr. Homan. Können Sie mir sagen, was es ist?«

Mason schüttelte den Kopf. »Nein, jetzt nicht, Mrs. Greeley! Doch, wenn Sie ein paar Stunden warten können, glaube ich, weit mehr Informationen zu haben.«

»Sie waren so hilfreich gestern abend, Mr. Mason, so ... so ermutigend. Sie haben die Dinge für mich viel leichter gemacht.«

»Da bin ich froh! Aber hier ist eine Möglichkeit für Sie zu helfen. Haben Sie beim Durchsehen der Briefschaften Ihres Mannes irgend etwas gefunden, das ihn in Beziehung zu einer Mrs. Warfield bringt?«

Sie runzelte die Stirn. »Bei uns im Hause nicht. Vielleicht könnte Ihnen seine Sekretärin im Büro Auskunft geben.«

»Mir wäre lieber, wenn *Sie* es versuchten, Mrs. Greeley.« Er wandte sich an Tragg und sagte: »Genau genommen, Leutnant, ist es Della Street gewesen, die meine Aufmerksamkeit auf den Hauptanhaltspunkt zur Lösung des ganzen Falles gelenkt hat.«

»Und der wäre?« fragte Tragg, während Jackson Sterne näherkam und sich schüchtern unweit von ihnen aufbaute.

»Mrs. Warfield! Die nämlich in der bewußten Nacht das *Gateview* gar nicht verlassen hatte, obwohl sie andererseits bestimmt nicht in ihrem Zimmer schlief.«

»Ich verstehe Sie nicht, Mason«, sagte Tragg.

Mason lächelte. »Ich gehe jetzt ins *Gateview*, wo ich mir ein Zimmer nehmen und die Angestellten im Hinblick auf eine Theorie ausfragen werde, die mir vorschwebt. Haben Sie was dagegen?«

Traggs Augen wurden schmal. »Im Augenblick nicht, doch bis Sie mir keine Rechenschaft über die gewisse Feder gegeben haben, Mason ...«

»Also, wirklich, Leutnant, Sie dürften diesen rein materiellen Anhaltspunkten nicht zu viel Wichtigkeit beimessen. Es ist weit befriedigender, Motivierungen und Möglichkeiten zu analysieren und von da herzuleiten, was geschehen sein muß. Bis später.« Er nahm seine Mappe und verschwand.

19

Mason saß in einem Zimmer des *Gateview* Hotel. Von Zeit zu Zeit blickte er auf seine Uhr. Der Haufen Zigarettenstummel im Aschenbecher wurde immer höher. Gegen Mittag rief er in seinem Büro an. »Gibt's was Neues, Della?«

»Hier ist alles ruhig.«

Mason seufzte. »Ich fürchte, daß Traggs Eingreifen meinen kleinen Schlachtplan zunichte gemacht hat. Sollten Sie in einer halben Stunde von mir nichts hören, rufen Sie Tragg an und bitten Sie ihn, herzukommen.«

Mason hängte auf und nahm eine neue Zigarette aus seinem silbernen Etui, als es an die Tür klopfte.

»Herein«, rief er.

Die Tür ging auf, Mrs. Greeley trat ein.

Mason sprang auf. »Sieh da, Mrs. Greeley! Ich hatte keine Ahnung, daß Sie kommen würden!«

»Ich hoffe, ich habe Sie nicht gestört, Mr. Mason, aber ich habe etwas gefunden . . .«

Mason blickte auf seine Armbanduhr. »Hat das nicht Zeit, Mrs. Greeley? Ich erwarte jeden Augenblick Besuch.«

»Es wird nur eine Minute dauern.«

Mason zögerte, dann schloß er schnell die Tür und schob ihr einen Stuhl hin. »Ich möchte nicht ungastlich wirken, doch ich erwarte jemand, der jede Minute eintreffen kann.«

»Mrs. Warfield?« fragte sie.

»Wie kommen Sie gerade darauf?«

»Weil ich den Briefwechsel gefunden habe, nach dem Sie fragen.«

»Wo ist er?«

»Hier.« Sie deutete auf ihre Tasche. »Wollen Sie ihn sich ansehen?«

Wieder blickte Mason auf seine Uhr und zögerte kurz. »Könnten Sie mir ihn hierlassen?«

»Ja.«
»Ich bedaure«, entschuldigte er sich, »aber jede Sekunde ist wertvoll. Ich bemühe mich gerade ...«
»Ich verstehe«, unterbrach sie ihn. »Ich werde die Briefe aufs Bett legen. Ich bin gräßlich nervös, Mr. Mason. Ich frage mich, ob nicht mein Leben in Gefahr ist.«
»Offen gestanden«, sagte Mason, »glaube ich, daß es so ist.«
»Mr. Mason, wußten Sie, was in diesen Briefen steht?«
»Ich hatte keine Ahnung.«
»Wissen Sie, wer der Mann war, den mein Mann beschützte?«
»Ich glaube schon.«
»Können Sie es mir sagen?«
»Das möchte ich lieber nicht – jedenfalls nicht jetzt.«
»Es steht da«, sagte sie, »etwas in dem ersten Brief, dem, der obenauf liegt, das ich Sie bitte, jetzt zu lesen.«
Mason griff nach dem Brief. »Meinen Sie diesen?« fragte er.
»Ja, diesen ...«
Mason fuhr blitzartig herum. Seine Hand umklammerte Mrs. Greeleys Handgelenk.
Ihren Lippen entfuhr unwillkürlich ein Schrei. Ihrer rechten Hand entfiel ein schwerer Gegenstand, schlug auf der Bettkante auf und polterte dumpf zu Boden. Die Finger ihrer linken Hand hielten weiterhin das Kissen umklammert. Ihre rechte Hand fuhr an Masons Arm und packte ihn.
»Sie sind hier völlig sicher, Mrs. Greeley«, sagte Mason, »aber Sie werden nicht mehr sicher sein, wenn Sie diese Pistole bei sich tragen und beim geringsten Geräusch zücken.«
»Da ist jemand an der Tür! Irgend jemand hat am Türgriff gedreht!«
Mason schritt schnell auf die Tür zu und riß sie auf. Auf dem Korridor war niemand.
»Ich hörte jemand«, sagte sie. »Irgend jemand drehte sehr langsam und vorsichtig den Türgriff herum. Die Tür öffnete sich einen Spalt.«
Mason runzelte die Stirn. »Ich fürchte, Sie haben alles zerstört.«
»Es tut mir leid.«
»Das ist ebensosehr mein Fehler wie Ihrer. Doch was das Pistolentragen anbelangt ... so ist das sehr töricht von Ihnen. Ihr Leben ist in Gefahr, doch diese Gefahr können Sie nicht mit

einer Pistole abwenden. Die Leute, die hinter Ihnen her sind, sind viel klüger, als daß Sie sie auf diese Weise beseitigen könnten.
Sie sind nervös, durcheinander und hysterisch. Gehen Sie zu Ihrem Arzt und bitten Sie ihn, er soll Ihnen ein Beruhigungsmittel geben, damit Sie mindestens vierundzwanzig Stunden schlafen können. Wieviel Schlaf haben Sie gehabt, seitdem . . .«
Ihre Mundwinkel fingen an zu zucken. »Nicht mehr als eine oder zwei Stunden, seit . . .« Ein krampfartiges Zucken verunstaltete ihr Gesicht. »Ich kann die Vorstellung nicht loswerden! Ich kann es nicht! Ich kann es nicht! Ich werde die nächste sein. Ich weiß es. Ich bin verfolgt worden. Ich bin . . .«
»Mrs. Greeley«, sagte Mason, »ich wünsche, daß Sie sofort einen Arzt aufsuchen. Ich kann Ihnen jetzt keine Zeit mehr widmen. Versprechen Sie mir, daß Sie sofort Ihren Arzt aufsuchen?« Er klopfte ihr mit der Hand auf die Schulter.
Mit Tränen in den Augen sah sie ihn an. »Mr. Mason, Sie sind einfach wundervoll! Ich werde sofort hingehen.« Sie holte tief Atem und versuchte zu lächeln. »Es tut mir leid, daß ich die Beherrschung verlor! Leben Sie wohl, Mr. Mason!«
Mason machte die Tür hinter ihr zu und schloß ab. Als ungefähr dreißig Minuten später wieder an die Tür geklopft wurde, schlich er auf Zehenspitzen hin und stellte sich seitlich neben die Tür, so daß eine durch die Füllung abgeschossene Kugel ihn verfehlen mußte. »Wer ist da?« fragte er.
»Tragg.«
»Ich erkenne Ihre Stimme nicht!«
»Was soll denn das heißen?« schrie Tragg. »Hören Sie etwa nicht . . .«
Mason schloß auf. »Ich wollte nur sicher gehen.«
»Weswegen all diese Vorsichtsmaßregeln?«
»Ich erwarte den Besuch des Mörders.«
»Was soll das heißen?«
Mason ließ sich in einen Sessel fallen und steckte sich eine Zigarette an. »Mrs. Warfield zog damals in dieses Hotel, blieb aber über Nacht nicht in ihrem Zimmer.«
»Gewiß nicht. Sie ging in Greeleys Zimmer. Ich fand ja dort ihr Gepäck.«
»Und danach?« fragte Mason.
»Sie blieb dort.«

»Nachdem sie Greeley erschossen hatte?«
»Ja. Warum nicht?«
»Sie konnte doch nicht genau wissen, daß niemand den Schuß gehört hatte.«
»Nein, natürlich nicht«, gab Tragg zu, »aber es hörte sich nicht wie ein Schuß an. Zwei oder drei Leute hörten einen Knall, meinten aber, es wäre ein Auspuff gewesen.«
»Natürlich konnte sie das nicht wissen.«
»Worauf wollen Sie hinaus?«
»Sie verließ das Hotel nicht vor dem nächsten Morgen!«
»Nein, sie blieb im Zimmer.«
»Mit Greeleys Leiche?«
»Warum nicht?«
»In dem Bett hat niemand geschlafen.«
»Nun, neben eine Leiche hätte sie sich wohl kaum schlafen gelegt.«
»Und sie hätte wohl kaum die ganze Nacht in einem Zimmer mit einer Leiche *gesessen*. Selbst, wenn man annimmt, daß sie was vertragen kann, ist das etwas viel verlangt.«
»Was hat sie also getan?« fragte Tragg.
»Die Nacht in einem anderen Zimmer verbracht.«
»Und in welchem?«
Mason zuckte mit den Schultern. »In diesem Fall gibt es eine große Anzahl von Punkten, die sich nicht beweisen lassen – jedenfalls jetzt noch nicht. Aber hören Sie, Tragg, wir wissen, wie die Antwort darauf lautet, und falls an meinen Überlegungen irgend etwas nicht stimmt, sagen Sie mir das.«
»Schießen Sie los!«
»Als mir klar wurde, was hier im Hotel geschehen sein mußte, ließ ich Drake die Eintragungen im Anmeldebuch nachsehen. Nachdem Mrs. Warfield sich eintrug, wurden innerhalb fünfzehn Minuten zwei Einzelzimmer vermietet, das eine an den Mann, auf den die Beschreibung des unbekannten Fahrers des Autos paßte. Daher habe ich mich um das andere nicht gekümmert – jetzt begreife ich, daß ich es hätte tun müssen.«
»Wer war der zweite Hotelgast?«
»Eine Frau, verstehen Sie?«
»Nein.«
»Mrs. Warfield muß die Nacht bei dieser Frau verbracht haben.«

»Aber ihr Gepäck war doch in Greeleys Zimmer?«

»Sicher. Mrs. Warfield trug sich ein und ging auf ihr Zimmer; dann fuhr sie hinunter in die Hotelhalle und versuchte, alte Nummern vom *Photoplay* zu bekommen. Als sie feststellte, daß sie die gesuchte Zeitschriftennummer nicht kaufen konnte, kehrte sie in ihr Zimmer zurück. Dort wartete wahrscheinlich Greeley auf sie.«

»Sie meinen, Greeley ist Spinney?«

»Ja.«

»Wer war denn aber ihr Mann?«

»Greeley.«

»Ich verstehe Sie nicht.«

»Greeley hat Spinney erfunden, um sich einen Mittelsmann zu schaffen.«

»Nur weiter«, sagte Tragg.

»Greeley führt also Mrs. Warfield hinunter in sein Zimmer. Natürlich nimmt sie ihr Gepäck mit. Vergessen Sie nicht, daß er ihr Mann ist, nach dem sie ganz verrückt ist.«

»Sie meinen also, er hätte auf sie gewartet, als sie aus der Hotelhalle zurückkam?«

»Aber sicher. Sonst hätte sie sich zumindest die Hände gewaschen und Seife und Handtuch benutzt. Nun gut, wir haben also jetzt Mrs. Warfield in Greeleys Zimmer. Er macht den Fehler, ihr zu beichten und sie um Verzeihung zu bitten. Statt dessen bekommt er eine Kugel ins Hirn. Mrs. Warfield hat zuviel mitgemacht, um noch verzeihen zu können. Sie hat bis zur Erschöpfung gearbeitet und jeden Cent, den sie nur irgendwie ersparen konnte, ihrem Mann geschickt, den sie liebte. Als sie dahinterkommt, daß er ihr in voller Absicht Geld entlockte, damit sie nicht genug Fahrgeld besäße, um an die Küste zu fahren und Nachforschungen anzustellen . . .«

»Na, schön, sie erschoß ihn also«, unterbrach Tragg. »Und was dann?«

»Sie geht wieder auf ihr Zimmer und schickt sich an zu verschwinden. In diesem Augenblick wird sie von der Frau entdeckt.«

»Wer war diese Frau?«

»Mrs. Greeley.«

»Was?«

»Ja. So muß es gewesen sein.«

»Und was wollte Mrs. Greeley?«
»Mrs. Greeley war mißtrauisch. Sie hatte keinen Beweis – jedenfalls damals noch nicht. Sie wollte Mrs. Warfield aushorchen.«
»Und was geschah?«
»Mrs. Warfield sah darin eine wunderbare Gelegenheit zu entwischen. Sie hielt Mrs. Greeley hin, blieb bei ihr über Nacht und verließ seelenruhig am Morgen das Hotel.«
»Das ist eine ziemlich phantastische Geschichte.«
»Sie stimmt aber mit den Indizien überein. Mrs. Greeley ist verliebt in Jules Homan. In Hollywood werden diese Dinge sehr freundlich geregelt. Der Ehemann tritt ab. Es gibt eine Scheidung ohne Lärm, und die Betreffenden heiraten. Greeley gehörte aber nicht zur Gesellschaft von Hollywood. Er wurde mißtrauisch und wollte Homan zwingen, ihm eine große Entschädigungssumme zu zahlen, weil er ihm seine Frau entfremdet hatte. Das konnte Homan nicht dulden. Es hätte seine Laufbahn ruiniert.«
»Wie kommen Sie auf alle diese Dinge?«
»Homan muß den Wagen am Dienstag gefahren haben«, sagte Mason. »Mrs. Greeley muß mit ihm die Nacht von Dienstag auf Mittwoch und den darauffolgenden Vormittag verbracht haben. Das ist die einzige Möglichkeit, wie die Beweismittel ein Bild ergeben. Sie haben Beverly Hills am Dienstag verlassen, und sind zu einer Hütte gefahren, die Homan hinter Fresno in den Bergen besitzt. Sie werden wahrscheinlich feststellen, daß der dritte Schlüssel an dem Ring in das Türschloß dieser Hütte paßt. Diese Schlüssel gehören Homan. Für seine Ausflüge mit Mrs. Greeley ließ er sich Extraschlüssel machen, um sie, sooft er fortfahren konnte, entweder auf der Jacht und manchmal für diese Hütte in den Bergen zur Hand zu haben.«
»Ich finde zwar, daß das total verrückt ist«, sagte Tragg, »aber ich will auch noch den Rest hören.«
»Der Chauffeur Tanner war von Greeley bestochen worden, um für ihn zu spionieren. Greeley war in San Franzisko, wo er als Spinney auftrat, um Mrs. Warfield dort festzuhalten, wo er sie haben wollte. Natürlich wußte er, daß während seiner Reise nach San Franzisko Homan seine Abwesenheit ausnützte. Tanner rief Greeley in San Franzisko zweimal an. Beim erstenmal berichtete er Greeley, daß Homan mit dem Wagen fortgefahren

sei. Beim zweitenmal verständigte er ihn, daß Homan nicht zu seiner Jacht gefahren sei und deswegen in der Hütte hinter Fresno sein müsse. Und mindestens einmal rief Greeley Tanner in Homans Wohnung an.«

»Stehen die Anrufe auf Homans Telefonrechnung?« fragte Tragg.

Mason lächelte. »Das ist das Tragikomische daran.«

»Nur weiter.«

»Erst später am Dienstag abend stellte Tanner endgültig fest, daß die beiden in Homans Berghütte waren. Greeley-Spinney nahm ein Flugzeug nach Fresno, mietete sich einen Wagen und fand heraus, daß Homan und seine Frau dort waren. Er konnte Homans Wagen nicht stehlen, wenn er nicht seinen Mietwagen dort lassen wollte, damit sie darin entwischten. Daher fuhr er zurück, mietete einen Wagen mit Fahrer, stieg irgendwo auf der Autostraße einen Kilometer entfernt von Homans Versteck aus und schnappte sich Homans Wagen, um so das Liebespaar hilflos im Liebesnest zurückzulassen.«

»Warum ist er nicht eingebrochen und hat sie in flagranti ertappt?« fragte Tragg.

»Einmal, weil er noch nicht so weit war. Und zweitens, weil sie nicht mehr da waren.«

»Wieso?«

»Die beiden waren am Mittwoch nachmittag wieder in der Stadt. Dafür gibt es nur eine Erklärung. Sie müssen ihn gesehen haben, als er bei seinem ersten Besuch herumschnüffelte. Sie haben wohl telefonisch ein Flugzeug bestellt und sind wieder hierhergeflogen. Es sind nicht ganz dreihundert Kilometer Luftlinie. Verstehen Sie, ich weiß es nicht genau, aber ich möchte wetten, daß sich in der Nähe der Hütte eine Art Landeplatz befindet. Der muß einfach da sein!«

»Warum, zum Teufel, nahmen sie nicht seinen Wagen? Warum ließen sie ihn dort und nahmen ein Flugzeug?«

»Einmal, um Zeit zu sparen. Und außerdem wußten sie, daß Greeley den Wagen tatsächlich gesehen hatte. Die beste Möglichkeit, ein Alibi zu bekommen, bestand darin, im Flugzeug zurückzufliegen und den Wagen als gestohlen zu melden.«

»Warum war Greeley noch nicht soweit, sie in flagranti zu ertappen?«

»Wegen Mrs. Warfield, seiner ersten Frau. Es wäre für ihn

reichlich ärgerlich gewesen, eine Schadenersatzforderung von etlichen hunderttausend Dollar an Homan zu stellen, um dann zu erleben, daß irgendein gewisser Anwalt mit Mrs. Warfield vor Gericht erschien. Daher stahl er den Wagen und glaubte, er hätte die beiden in den Bergen ausgesetzt. Wieder in Los Angeles, plante er, Homans Wagen stehen zu lassen und nach Hause zu gehen, wo seine Frau nicht anwesend sein würde. Sie würde nach einiger Zeit äußerst beunruhigt mit irgendeiner plausiblen Lüge auftauchen, die er später zu gegebener Zeit sicherlich entkräften konnte. Doch wie sich herausstellte, war er der Mann, der Stephane Claire mitnahm.«

»Wollte er von Mrs. Warfield eine Scheidung erreichen?« fragte Tragg.

»Anfänglich schon«, sagte Mason. »Später entschloß er sich meiner Meinung nach, sie umzubringen.«

»Als nächstes, fürchte ich, werden Sie beweisen wollen, daß es sich um Notwehr handelt«, schnaubte Tragg.

»Nun . . . sagen wir, sie hat ihn gereizt, wenn Sie das damit sagen wollen. Verstehen Sie, Tragg, ich bin kein Gedankenleser. Ich gebe Ihnen nur eine Lösung, die mit den Indizienbeweisen übereinstimmt. Wenn Sie meine Argumentation durchlöchern können, bitte!«

Tragg kratzte sich am Kopf. Dann sagte er: »Aber Mrs. Greeley telefonierte doch mit ihrem Mann in San Franzisko?«

»Nachdem Greeley tot war, behauptete sie, sie hätte es getan.«

»Sie sprach aber mit jemand.«

»Sicher, das gehörte zu ihrem Alibi. Sie hat von irgendeinem Automaten eine Freundin angerufen und dafür gesorgt, daß sie zurückgerufen wurde. Auf diese Weise hat sie die Tatsache belegt – und zwar durch die Rechnungen der Telefongesellschaft –, daß sie in Los Angeles war, ohne ihre Freundin mit hineinzuziehen.«

»Woher wissen Sie das alles?« fragte Tragg.

»Ich weiß es nicht genau, aber nur so passen alle Beweismittel zueinander.«

Tragg schob seine Hände tief in seine Jackentaschen und starrte auf seine Schuhspitzen. »Sonst noch etwas?«

»Ach, nur noch eine Menge Kleinigkeiten, die meine Theorie bekräftigen«, sagte Mason. »Natürlich hat Greeley Mrs. Warfield von Detektiven beobachten lassen. Als ihm gemeldet wurde, sie käme nach Los Angeles, um einen Job bei Drake anzunehmen, wartete Greeley auf sie am Autobusbahnhof, wo er sich selbstverständlich abseits hielt.«

»Und dann ist er Ihnen ins Hotel gefolgt?«

»Ja.«

»Und was ist mit Mrs. Greeley?«

»Sie wiederum muß Greeley nachgegangen sein. Vielleicht hat sie sogar das Telegramm gesehen, das Mrs. Warfields Ankunft meldete. Vergessen Sie nicht, daß sie ihren Ehemann in diesen Tagen wie ein Habicht beobachtete, weil sie argwöhnte, daß er etwas von ihrem Verhältnis wußte.«

»Aber wie ist das nun mit dem Hemd voll Lippenstift?«

Mason lächelte. »Jetzt wird die Sache erst richtig zur Komödie. Sie erinnern sich, daß Homan und Mrs. Greeley in der Nacht, nachdem Mrs. Greeley festgestellt hatte, daß ihr Mann in San Franzisko aufgehalten werden würde, hinaus in ihr Liebesnest fuhren. Homan hielt sich gar nicht erst damit auf, seinen Smoking gegen einen anderen Anzug zu vertauschen, sondern warf nur ein paar Kleidungsstücke in einen Koffer. Als sie dann die Hütte verließen, muß das panikartig vor sich gegangen sein. Sie griffen blindlings ihre Sachen und packten. Dabei geriet Homans gestärktes Hemd in Mrs. Greeleys Koffer. Als Mrs. Greeley das Hemd fand, war für sie der einzig richtige Platz, um es zu verstecken, der Wäschesack ihres Mannes, aus dem sie es später zu entfernen beabsichtigte.

Nach dem Tode ihres Mannes kriegte sie heraus, daß ich hinter der Warfield-Geschichte her war und Homans Aktivitäten ziemlich genau überprüfte. Sie und Homan lebten beide in panischer Angst, ich könnte ihre kleine Affäre an die Öffentlichkeit bringen. Der beste Weg, dem zu begegnen, war, einen Freispruch für Stephane Claire zu erreichen. Ein Mittel dazu war, nachzuweisen, daß Greeley doch den Wagen gefahren hatte. Daher holte sie das erstbeste steife Hemd, das sie in der Schmutzwäsche fand, heraus, schmierte Lippenstift darauf und brachte es in mein Büro. Das arme Frauenzimmer! Es war ein letzter verzweifelter Versuch. Sie muß zu diesem Zeitpunkt schon völlig durcheinander gewesen sein, sonst hätte sie sich an Homans Hemd erinnert.«

»Warum sind Sie hier, Mason?« fragte Tragg.

»Um herauszukriegen, wer die Frau war, die gleich nach Greeley hier im Hotel ein Zimmer nahm.«
»Aber das wußten Sie ja offensichtlich schon.«
»Ich habe es vermutet.«
»Haben Sie eine Ahnung, wo Mrs. Warfield steckt?«
»Sie könnte auf Homans Jacht sein. Denken Sie daran, daß sein Bruder Horace sie benutzen wollte, Homan sich jedoch plötzlich weigerte, sie ihm zu überlassen.«
Tragg betrachtete ihn nachdenklich. »Was ist denn das für Zeug da auf dem Bett?«
»Einige Papiere, die Mrs. Greeley brachte, es ist der Briefwechsel zwischen ihrem Mann und Mrs. Warfield, seiner ersten Frau. Sie fand ihn nach seinem Tode.«
»Nun, ich vermute . . . Hallo, was ist denn das?«
Traggs Augen ruhten auf der am Boden liegenden Pistole.
»Mrs. Greeley hat sie fallengelassen.«
»Sie fallengelassen?«
»Ja, sie ist hysterisch und bildet sich ein, irgend jemand versucht, sie zu töten. Ich habe ihr das Versprechen abgenommen, daß sie zu ihrem Arzt geht und sich ein Schlafmittel verschreiben läßt.«
Tragg hob die Pistole auf. »Eine kleinkalibrige Pistole!«
»Ja, sie paßte gerade in ihre Handtasche. Wollen Sie sie haben?«
Tragg betrachtete sie einen Augenblick genau, dann ließ er sie in seine Hüfttasche gleiten. »Mason, ich gratuliere Ihnen!«
»Ich habe nichts getan«, sagte Mason, »ich habe nur die Beweise sachgemäß zusammengefügt.«
»Das reicht doch, nicht wahr? Es ist ein Triumph für Sie.«
»Den können Sie für sich beanspruchen. Ich will nur eines, nämlich Stephane Claire von der Anklage auf fahrlässige Tötung reinzuwaschen.«
Tragg errötete. »Mason, das ist verdammt anständig von Ihnen.«
»Ich bin Amateur«, sagte Mason. »Sie sind Berufsdetektiv. Nehmen Sie den Mörder fest. Ich kriege meine Mandantin frei.«
Tragg wandte sich zum Telefon. »Ich werde das Präsidium anrufen und . . .«
»Warten Sie einen Moment.«
»Was ist denn los?« fragte Tragg.

»Das hat keine Eile.«
»Und ob es Eile hat, zum Teufel noch mal! Jetzt haben wir wirklich Material gegen Mrs. Warfield – falls sie auf Homans Jacht ist . . .«
»Es gibt noch eine Reihe von Gesichtspunkten«, sagte Mason, »die ich mit Ihnen durchsprechen möchte. Gehen wir einen Cocktail trinken, Tragg, und überprüfen wir das ganze Beweismaterial sorgfältig.«
Tragg kniff die Augen zusammen. »Was haben Sie vor?« fragte er.
»Gar nichts«, sagte Mason, »nur ehe Sie mit dem . . .«
Tragg riß plötzlich den Telefonhörer an sich: »Verbinden Sie mich sofort mit dem Präsidium! Hier spricht Leutnant Tragg!«
»Tun Sie das nicht, Tragg!« warnte Mason.
Über den Hörer hinweg blickte Tragg Mason an. »Zum Teufel mit Ihnen, Mason! Sie haben mich ganz schön eingeseift. Ich habe es nur an der Art gemerkt, in der Sie mich eben davon zurückhalten wollten, mich zu weit vorzuwagen . . . Ist da das Präsidium? Hier spricht Tragg! Lassen Sie sofort einen Fahndungsbefehl nach Mrs. Adler Greeley an alle Polizeistellen gehen! Eine Beschreibung und ein Foto von ihr haben wir . . . Ja, Mordverdacht . . . Begangen an ihrem Mann und Ernest Tanner. Lassen Sie sämtliche Drugstores in der Nähe des *Gateview* absuchen, ob dort eine Frau, die ihrer Beschreibung entspricht, versucht hat, Schlaftabletten zu kaufen. Lassen Sie die Aktion sofort anlaufen. Ich rufe später wieder an, um Einzelheiten anzugeben.«
Tragg ließ den Hörer auf die Gabel fallen. »Sie hätten mich reinlegen können«, sagte er zu Mason, »wenn Sie mir nicht mit dieser weichen Tour gekommen wäre. Sie wußten genau, daß es sich wie eine logische Lösung des Falls angehört hätte, wenn ich beim Präsidium die Sache mit Mrs. Warfield angebracht hätte. Die Zeitungsleute hätten einen richtigen Sherlock Holmes aus mir gemacht – und morgen früh, wenn Mrs. Greeleys Leiche und ihr Geständnis gefunden worden wäre, hätte sich die ganze Stadt über mich totgelacht. Ich nehme an, Sie haben ihr gesagt, sie sollte Selbstmord begehen!«
Mason seufzte. »Ich habe ihr nur geraten, ihren Arzt aufzusuchen, Tragg!«

Della Street betrat das Büro. Mason hatte sich in seinem Drehstuhl zurückgelegt, die Füße auf der Schreibtischplatte, und starrte mit gerunzelter Stirn angestrengt auf seine Schuhspitzen.

»Was gibt es, Della?«

Sie anwortete nicht sofort, sondern ging um den Schreibtisch herum und legte mitfühlend ihre Hand auf seine Schulter. »Leutnant Tragg hat gerade angerufen, Chef.«

Mason blickte auf, wandte sich jedoch wieder ab, als er Della Streets Gesichtsausdruck sah.

»Man hat sie gefunden.«

»Wo?« fragte Mason.

»An einem Ort, an dem nachzusuchen niemand eingefallen wäre.«

»Im *Gateview?*«

Della machte große Augen. »Woher wissen Sie das?«

»Nun, ich würde vermuten, daß sie aus dem Zimmer, das sie nahm, nie ausgezogen ist. Sie wollte keine Aufmerksamkeit auf sich lenken, daher ist es möglich, daß sie, als sie sich eintrug, eine Woche im voraus bezahlt hat.«

»Dann muß sie doch schon zu dem Zeitpunkt die Absicht gehabt haben, ihn umzubringen.«

Mason nickte.

»Warum?«

»Um den Ruf des Mannes zu schützen, den sie liebte.«

»Homan?«

»Und Sie hatten die Absicht, Tragg so lange von der Spur abzulenken, bis Mrs. Greeley die Gelegenheit hatte ... Sie sind ein Schwächling!«

»Aber, Della«, sagte Mason, »die Frau ist hochgradig erregbar. Sie liebte Homan, und zwar wahnsinnig! Leidenschaftlich! Was sie tat, tat sie, um Homans Ruf zu retten. Doch dann fing Tanner an, sie zu erpressen. Und als sie begriff, daß Tanner Bescheid wußte, mußte sie ihn in der gleichen Weise zum Schweigen bringen wie ihren Mann. Das Tragische daran ist, daß alles nicht nötig gewesen wäre, falls sie nur gewartet hätte. Hätte sie nur mit Mrs. Warfield gesprochen, ehe sie in das Zimmer ihres Mannes ging! Ach«, sagte Mason mit einem Seufzer, »die

Zeiger der Schicksalsuhr lassen sich nicht zurückdrehen.«
»Chef, was ist eigentlich passiert?«
»Ein großer Teil meiner Ausführungen Tragg gegenüber hat gestimmt«, sagte Mason, in dessen Stimme ein Ton von Müdigkeit mitschwang. »Aber es gab ein oder zwei wichtige Abweichungen. Als Mrs. Greeley erfuhr, daß ihr Mann mit einer Detektivagentur über eine Mrs. Warfield korrespondierte, glaubte sie wahrscheinlich, Mrs. Warfield sei eine Zeugin in dem Verfahren, das Greeley gegen Homan wegen Entfremdung einleiten wollte.
Sie folgte ihrem Mann bis zum Hotel, natürlich ging sie nicht sofort in Mrs. Warfields Zimmer. Sie ging in sein Zimmer – und tötete ihn. Was dann passierte, können wir nur vermuten. Wahrscheinlich hatte Greeley einige von Mrs. Warfields Briefen an ihn als Spinney in der Tasche. Und Mrs. Greeley wird wohl nicht lange gebraucht haben, um zu begreifen, welch eine herrliche Gelegenheit sich hier bot, die Ermordung Greeleys Mrs. Warfield anzuhängen. Danach geht sie in Mrs. Warfields Zimmer, bringt diese in ihr eigenes Zimmer und lockt die ganze Geschichte aus ihr heraus. Da Mrs. Warfield Angst hat, kann sie sie leicht überreden, Drake und mich sitzen zu lassen und zu verschwinden. Mrs. Greeley mußte sie an einem Ort unterbringen, wo ihr keine Zeitungen in die Hände fielen. Ein solcher Ort war Homans Jacht.«
»Und was ist mit Mrs. Warfields Gepäck?«
»Das brachte Mrs. Greeley natürlich in Greeleys Zimmer – wobei sie wahrscheinlich Mrs. Warfield erzählte, sie würde es heimlich aus dem Hotel schaffen.«
Es entstand eine lange Pause. Dann fragte Della Street stirnrunzelnd: »Greeley trug doch aber keinen Smoking, als er nach Hause kam, oder?«
»Aber sicher, er hat sich nur umgezogen, ehe er seine Frau weckte.«
»Wieviel wußte Homan über Mrs. Greeleys Unternehmungen?«
Mason schüttelte den Kopf. »Das ist Traggs Sache. Meiner Vermutung nach wußte er gar nichts.«
»Nicht einmal, daß sie Mrs. Warfield auf seiner Jacht verborgen hielt?«
»Nein, ich glaube nicht. Er weiß nur, daß Mrs. Greeley ihn bat,

dort eine Zeugin verstecken zu dürfen. Auf alle Fälle soll sich Tragg darüber den Kopf zerbrechen. Ich werde mir darüber keine Sorgen machen. Verflucht noch mal, Della, ich habe eine Frau in den Tod geschickt! Ich will darüber nicht mehr sprechen!«

Della nahm den vollen Aschenbecher, leerte ihn aus und stellte ihn wieder auf den Schreibtisch.

»Was wird aus Ihrer hübschen Blondine, Chef?«

»Sie ist von jedem Verdacht gereinigt.«

»Das schon, aber ich meine . . .«

»Ihr Onkel wird schon Vernunft annehmen, wenn ich mit ihm gesprochen habe.«

»Wer redet denn vom Onkel!« Della rümpfte verächtlich die Nase. »Ich meine doch ihr Liebesleben.«

»Tja, da ist einmal dieser Romeo aus ihrer Heimatstadt, aber ich setze vielmehr auf den jungen Homan. Er ist kein übler Bursche, und wenn mich nicht alles täuscht . . .«

Das Telefon läutete. Della Street hob ab und rief: »Hallo . . . Bleiben Sie einen Moment am Apparat!« Dann sagte sie zu Mason: »Tragg!« Mason nahm ihr den Hörer aus der Hand.

»Hallo, Mason«, sagte Tragg. »Ich wollte Ihnen nur danken. Die Presseleute meinen, ich tauge was als Detektiv.«

»Na, großartig!«

»Seit wann wußten Sie Bescheid, Mason?« fragte Tragg.

»Ach«, sagte Mason, »eigentlich hätte ich schon früher dahinterkommen müssen, aber als Sie diese weiße Feder auf meinem Korridor fanden, Tragg, da ging mir plötzlich ein Licht auf. Als Mrs. Greeley wegen dem Hemd telefonierte, rief sie nicht von zu Hause aus an. Sie telefonierte vom *Adriondack* oder von irgendeinem Lokal in der Nähe. Sie behauptete aber, sie sei zu Hause, um ein Alibi zu haben.«

»Und da hatte sie den Mord bereits begangen?«

»Ja. Sie ist Tanner von dem Augenblick an gefolgt, als er den Gerichtssaal verließ. Sie war völlig verzweifelt. Sie hatte versucht, Homan und sich selbst zu schützen, und das wollte sie bis zum Schluß durchhalten. Sie war sich klar, daß Tanner sie erpressen konnte.«

»Ach, Sie meinen, *sie* hat die Feder verloren?«

»Natürlich«, sagte Mason.

»Woher wußten Sie, daß Sie es nicht waren?« fragte Tragg.

Mason grinste.
»Ein Mann von durchschnittlicher Intelligenz weiß, daß feine Federn an nassen Schuhen kleben bleiben – und würde dementsprechend vorsichtig handeln.«
Und damit legte Mason den Hörer auf die Gabel, ehe Tragg etwas äußern – oder noch weitere Fragen stellen konnte.